SCIENCE FICTION

Herausgegeben
von Wolfgang Jeschke

Ein Verzeichnis weiterer Bände dieser Serie
finden Sie am Schluß des Bandes.

JULIA ECKLAR

KOBAYASHI MARU

Ein STAR TREK-Roman

Deutsche Erstausgabe

WILHELM HEYNE VERLAG
MÜNCHEN

HEYNE SCIENCE FICTION & FANTASY
Band 06/5103

Titel der Originalausgabe
THE KOBAYASHI MARU
Übersetzung aus dem Amerikanischen
von Andreas Brandhorst

3. Auflage

Redaktion: Rainer Michael Rahn

Die Originalausgabe erschien bei POCKET BOOKS,
a division of Simon & Schuster, Inc., New York

Printed in Germany 1996
Umschlagbild: Pocket Books/Simon & Schuster
Umschlaggestaltung: Atelier Ingrid Schütz, München
Technische Betreuung: Manfred Spinola
Satz: Schaber Satz- und Datentechnik, Wels
Druck und Bindung: Ebner Ulm

ISBN 3-453-07269-3

Historische Anmerkung

Dieses Abenteuer findet kurz nach den Ereignissen statt, über die in *Star Trek: Der Film* berichtet wurden.

1 HALLEY

»*Enterprise* ruft Shuttle *Halley*. Wir haben alle externen Kom-Kanäle geöffnet und führen eine Sensorsondierung durch. Bitte antworten Sie, wenn Sie dazu in der Lage sind. *Enterprise* ruft Shuttle *Halley*. Wir haben alle externen Kom-Kanäle geöffnet ...«

»Können Sie das verdammte Ding nicht irgendwie abstellen, Chekov?«

Leonard McCoy sprach leiser als sonst, aber es gelang ihm trotzdem, die aus den Lautsprechern dringende Stimme des Kommunikationsoffiziers Uhura zu übertönen. In einem anderen Bereich des Abteils, zwischen den Sitzen, öffnete Kirk die Augen und sah Finsternis.

Einige Sekunden lang wußte Captain James T. Kirk nur: Er war verletzt, und Kühle umgab ihn. Dann bekam der Schmerz einen Ursprung – das rechte Knie –, und das brennende Stechen weckte Erinnerungen. Die Reminiszenzen verursachten Übelkeit. Langsam drehte er den Kopf, um in der finsteren Raumfähre nach Scott und Sulu Ausschau zu halten.

McCoy saß auf der gegenüberliegenden Seite des Mittelgangs, eine Reihe vor Sulu, der noch immer schlief – an der Rückenlehne festgebunden. Leonard hatte bereits die gleiche Position eingenommen, als Jim aufgrund der Medikamente, die der Bordarzt ihm verabreicht hatte, eingeschlafen war. McCoy trug eine für ihn zu große Feldjacke; die Hände steckten unter den Achseln, suchten dort nach Wärme. Das gelbe Licht der Notlampe schälte seine Züge aus der Dunkelheit und verlieh ihnen einen besonderen Kontrast. Er hatte noch nicht gemerkt, daß der Captain wach war. McCoys Aufmerksamkeit galt dem vorderen Durchgang. Dahinter hörte Kirk Bewegungen, aber angesichts der Finsternis konnte er nichts erkennen.

»Chekov!« knurrte der Arzt erneut. »Desaktivieren Sie den dreimal verfluchten Kommunikator!«

»Bin ja schon dabei«, erwiderte der Russe verärgert. Nach einer Weile knackte etwas, als Chekov eine Prozessorkarte aus dem Schaltpult löste, und daraufhin herrschte Stille.

»Werd bloß nicht griesgrämig, Pille«, sagte Kirk. »Unsere Lage ist auch so schon ungemütlich genug.«

Der Arzt drehte sich überrascht um. »Seit wann bist du wach?« fragte er und ging zunächst nicht auf die Bemerkung des Captains ein.

Jim zuckte mit den Schultern. »Lange genug, um zu dem Schluß zu gelangen, daß du offenbar ziemlich schlechte Laune hast.«

McCoy wirkte verlegen und lehnte sich zurück. »Entschuldige. Es ist nur ...« Er seufzte, und seine Verdrießlichkeit schien sich einfach zu verflüchtigen. Er sah jetzt nicht mehr mürrisch aus, sondern müde und alt. »Mir erscheint alles so sinnlos«, sagte er.

»Ja, ich weiß.« Der Atem wehte Kirk als weiße Fahne von den Lippen – seit einer guten Stunde wurde es immer kälter im Shuttle. »Aber gib die Hoffnung noch nicht auf, Pille.«

McCoy brummte leise – was sehr vertraut klang. Kirk lächelte unwillkürlich.

»Wie steht's mit deinem Knie?«

»Du bist der Doktor«, erwiderte Jim. »Eine solche Frage sollte ich eigentlich an dich richten.«

McCoy sah zu Kirk und schnitt eine Grimasse. »Es bestehen durchaus Heilungschancen für dich, aber zumindest zwei Wochen lang mußt du vorsichtig sein. Du hast dir das Knie ordentlich verstaucht.«

Diese Auskunft freute Kirk nicht gerade. Leonards Hinweis bedeutete, daß er sich derzeit kaum bewegen durfte. »Eine Verstauchung, wie? Wenigstens ist nichts gebrochen.«

»Und wenn schon«, entgegnete McCoy. »Wichtig ist nur: Es tut weh.« Er zögerte kurz. »Du *hast* Schmerzen, nicht wahr?«

Einmal mehr hob und senkte Kirk die Schultern. »Ein wenig.« Damit untertrieb er. Im verletzten Knie tobte geballte Pein, und dadurch verkrampften sich die Oberschenkelmuskeln – bis alles nach einer Veränderung der Sitzposition verlangte. Doch wenn er sich rührte ... Dann explodierte der Schmerz im Knie, was ihn bereuen ließ, sich bewegt zu haben.

Er beschloß, das Thema zu wechseln. »Wie geht es Sulu?«

Sorge huschte über Leonards Miene, doch er kam gar nicht dazu, eine Antwort zu geben.

»Es ist mir schon besser gegangen«, brachte der Steuermann hervor.

McCoy wandte sich halb um und bedachte Sulu mit einem strengen Blick. »Sie sollten schlafen, Commander«, tadelte er.

Sulus Augen blieben geschlossen, als er sich ein Lächeln abrang. Eine Nackenstütze hielt seinen Kopf fest. »Sie scherzen wohl, Doktor! Die Schmerzen in der Schulter sind nicht auszuhalten!«

»Sie haben bereits ein starkes schmerzstillendes Mittel erhalten«, sagte McCoy wesentlich sanfter. »Wenn ich Ihnen jetzt erneut eine Injektion verabreiche, gewöhnen Sie sich daran. Und dann wirkt das Medikament bald nicht mehr.«

Kirk glaubte zu sehen, wie Sulu nickte, und unmittelbar darauf verzog der Steuermann das Gesicht. Mit mehreren Gurten war er in seinem Sessel festgeschnallt, so daß er sich kaum mehr bewegen konnte. »Ich verstehe«, antwortete Sulu. »Aber unter den... gegenwärtigen Bedingungen dürfen Sie... nicht von mir erwarten, daß ich... schlafe.«

Kirk starrte in die Dunkelheit und versuchte, nicht an die Crew und auch nicht an sein Knie zu denken. Weder das eine noch das andere fiel ihm leicht. Die verbrauchte Luft im Shuttle roch nach verbrannten Schaltkreisen und Ozon. Scott arbeitete im rückwärtigen Segment der Raumfähre, und dort ertönten seltsame Geräusche. Chekov saß im Pilotensessel und hatte nicht einmal geflucht, als er die Reste des Kommunikators überprüfte und nach etwas suchte, das einen Reparaturversuch lohnte. Zuerst wies Uhuras samtene Stimme darauf hin, daß sich die *Enterprise* irgendwo dort draußen befand. Jetzt fehlte selbst dieser Trost. Kirk wußte nicht, ob er sich deshalb über McCoy ärgern oder ihm dankbar sein sollte.

In drei Tagen hätte unser Landurlaub begonnen. Der erste Landurlaub seit vier Monaten. Es war einfach nicht fair.

An Bord der *Enterprise* hatte zunächst niemand etwas von einem Einsatz in der Nähe des Hohweyn-Systems geahnt. Vor zwei Wochen brach plötzlich der Kontakt zur Forschungsgruppe Venkatsen ab, und nur Kirks Schiff konnte schnell genug zur Stelle sein, um gegebenenfalls einzugreifen – wie üblich.

Fehlschlag. So hieß das Risiko, daß die Gruppe Venkatsen sowie die betreffenden Investoren eingegangen waren, als der Einsatz des Teams auf Hohweyn VII begann. Es handelte sich um den sichersten Planeten in einem Sonnensystem, das man sich gefährlicher kaum vorstellen konnte – dort mußte man dauernd mit Überraschungen rechnen. Das Hohweyn-System bestand aus insgesamt siebenundvierzig Planeten: lokale Trabanten, eingefangene Himmelskörper und Irrläufer. Sie alle umkreisten eine Tri-Sonne, und ihre Umlaufbahnen stellten ein unüberschaubares Chaos aus astrophysikalischen Anomalien dar. Es ging der Gruppe vor allem darum, die Geheimnisse der gravitationellen Wechselwirkungen zu erforschen. Die Ergebnisse der Untersuchungen sollten es ermöglichen, bessere Sensoren zu konzipieren – damit interplanetare und interstellare Reisende Gravitationsanomalien ausweichen konnten, anstatt ohne irgendeine Vorwarnung mit ihnen konfrontiert zu werden.

Soviel zur modernen Forschung, dachte Kirk. *Vermutlich haben wir weitaus mehr Informationen über Gravitationsfluktuationen als Venkatsen!* Allerdings: Vielleicht bekamen sie keine Gelegenheit, die entsprechenden Daten ›nach Hause‹ zu bringen.

Einige der vielen Gefahren in diesem Sonnensystem gingen von mehreren Wolken ›Raumschutt‹ und breiten Asteroidengürteln aus – die Überbleibsel von besonders instabilen Planeten und Kometen. Hohweyn VII verbrachte den größten Teil seines solaren Jahres damit, jenen Bereich zu durchqueren. Ganz abgesehen von der hohen Kollisionswahrscheinlichkeit: Angesichts der aus Eisen und Nickel bestehenden Asteroiden spielten die Sensoren verrückt.

Als Kirk das Sonnensystem erreichte, hielt er es für unklug, mit der *Enterprise* nach Hohweyn VII zu fliegen. Sie blieb jenseits der Meteoritenschwärme in Sicherheit, während sich ein Shuttle auf den Weg machte, um Venkatsen zu kontaktieren. Kirk entschloß sich dazu, bei dieser Mission selbst die Leitung zu übernehmen. Er wollte endlich einmal fort von der Brücke – wenn auch nur zeitweise –, ersehnte sich eine Gelegenheit, seine taktischen und diplomatischen Fähigkeiten unter Beweis zu stellen. Die Gruppe sollte aus fünf weiteren Personen bestehen, und es kamen natürlich nur Freiwillige in Frage.

Doch auch wenn Jim seine Begleiter selbst ausgewählt hätte – das Ergebnis wäre unverändert geblieben. Er wußte nicht genau, ob er sich deshalb schuldig fühlen sollte, aber eins stand fest: Er spürte tatsächlich so etwas wie Gewissensbisse.

Kirk brauchte einen Techniker, für den Fall, daß es technische Ursachen für die Kommunikationsprobleme mit Venkatsen gab. Chefingenieur Montgomery Scott wies darauf hin, daß man auf Hohweyn VII bestimmt keine normalen Geräte verwendete. Mit anderen Worten: Jim brauchte einen Spezialisten mit Phantasie und Improvisationstalent. Als Scott dabei auf sich selbst zeigte, konnte der Captain keine Einwände erheben. Der Schotte hatte Dinge repariert, die Kirk nicht einmal als Apparaturen erkennen konnte; ihm war es gelungen, Geräte zu elektronischem Leben zu erwecken, die bei anderen Technikern als wertloser Schrott galten. Manchmal hatte es den Anschein, daß nur die eine Hälfte des Maschinenraums an Bord der *Enterprise* den Bauplänen entsprach – die andere wies eine völlig neue und auf Kirks Wünschen basierende Struktur auf. Wenn Scotty mitkommen wollte, um an archaischen Instrumenten herumzuspielen... Jim sah keinen Grund, sich für einen anderen Techniker zu entscheiden.

Dr. McCoy bot keine Erklärung für seine Absicht an, sich der Landegruppe hinzuzugesellen, und Kirk fragte ihn auch gar nicht nach dem Grund. Wahrscheinlich hatte es Leonard satt, dauernd Patienten zu behandeln, die schlicht und einfach an Streß litten, weil sie seit vier Monaten nicht ausspannen konnten. Der Hinweis auf denkbare Verletzte oder Krankheitsfälle bei der Venkatsen-Gruppe diente ihm nur als Vorwand, die *Enterprise* zu verlassen und seine Krankenstation einem anderen Arzt zu überlassen. Wie auch immer: Kirk kritisierte McCoys Bereitschaft, sich Gefahren auszusetzen, nur mit wenigen Worten. Insgeheim freute er sich über Leonards Beschluß, ihm Gesellschaft zu leisten.

Pavel Chekov hatte vielleicht die besten und offensichtlichsten Gründe dafür, sich freiwillig für die Shuttle-Mission zu melden. Kirks früherer Navigator –

jetzt leitete er die Sicherheitsabteilung des Schiffes – war nicht der einzige Angehörige seiner Sektion, der eine Teilnahme am Einsatz anstrebte. Alle Sicherheitswächter an Bord der *Enterprise* wußten: Vorschriften – und Vernunft – verlangten, daß mindestens ein Bewaffneter zugegen war, wenn es darum ging, außerhalb des Schiffes irgendwelche Nachforschungen anzustellen. Dabei spielte es kaum eine Rolle, welchen Rang die Eskorte bekleidete. Kirk wußte auch: Während der vergangenen Monate hatte sich für die Sicherheitsbeauftragten an Bord keine Möglichkeit ergeben, das Schiff zu verlassen. Ihre einzige Abwechslung bestand darin, dann und wann im Kontrollraum am Waffenleitstand zu sitzen. Der Erste Offizier Spock schlug den insgesamt fünfzehn Wächtern vor, den Zufall entscheiden zu lassen. Kirk hatte Chekovs Versetzung immer bedauert – seiner Ansicht nach gab es keinen besseren Navigator –, und deshalb freute er sich sehr, als ausgerechnet der Russe das richtige Los zog. Dadurch schrumpfte die Gruppe um eine Person, denn Chekov kümmerte sich nicht nur um die Navigation, sondern nahm auch die Pflichten der Sicherheitseskorte wahr.

Daraufhin fehlte nur noch Lieutenant Commander Sulu, Kirks Steuermann und bester Pilot der *Enterprise,* von Starfleet ganz zu schweigen. Jim dachte zunächst daran, den kleinen, schlanken Asiaten zu bitten, ihn zu begleiten. Bestimmt zögerte Sulu nicht, sich Kirk und den anderen anzuschließen, wenn auch nur deshalb, um ihre Sicherheit zu gewährleisten. Wie sich herausstellte, brauchte der Captain gar nicht mit dem Steuermann zu reden.

Sulu erschien so fröhlich, als stünde nur ein routinemäßiger Praxistest auf dem Programm. Chekov war zu jenem Zeitpunkt damit beschäftigt, im Hauptcomputer der *Enterprise* gespeicherte Navigationsdaten in den kleineren Rechner des Shuttles zu kopieren. Nach nur fünf Minuten mußte ein neutraler Beobachter den

Eindruck gewinnen, daß die beiden Männer schon immer Seite an Seite gearbeitet hatten. »Es ist wie mit dem Fahrradfahren«, sagte Sulu zu Kirk, obgleich seine Worte eigentlich Chekov galten. »Man vergißt es nie. Außerdem möchte ich verhindern, daß er uns mit einem Asteroiden zusammenstoßen läßt.« Chekov schien beweisen zu wollen, daß es für Sulus Spott überhaupt keinen Grund gab: In Rekordzeit meldete er das Shuttle startbereit, und kurz darauf verließ es den Hangar der *Enterprise*.

Mit relativ geringer Geschwindigkeit flog die *Halley* ins Hohweyn-System. Scott behielt ständig die Anzeigen der Sensoren im Auge und nannte Koordinaten, wenn sie ihn auf Gefahren hinwiesen. Sulus Finger huschten immer wieder über die Tasten, um tiefen Gravitationsschächten und unberechenbar fluktuierenden Kraftfeldern auszuweichen. Er offenbarte dabei die gleiche unerschütterliche Ruhe wie jene Pflanzen, die in seiner Kabine an Bord der *Enterprise* wuchsen. Auch Chekovs Blick blieb auf die Instrumente gerichtet, und er reagierte sofort auf Scotts Informationen. Doch er wirkte nicht ganz so entspannt wie Sulu. Weder er noch der Steuermann wandten sich von ihren Konsolen ab, bis Scott sagte: »Verringern Sie den Schub, Mr. Sulu.«

Sulu kam der Aufforderung sofort nach, und Chekov drehte besorgt den Kopf. »Was ist los?« fragte er den Chefingenieur.

Scott sah auch weiterhin auf die Anzeigen. »Die Sensoren haben eine Fluktuation registriert, und zwar auf unserer Steuerbordseite.« Der Schotte lächelte humorlos. »He, Jungs ... Ich glaube, wir haben eine Gravitationsmine entdeckt.«

Sulu stöhnte. »Ein echter Glücksfall.«

»Können wir ihr ausweichen?« ertönte Kirks Stimme aus dem Passagierabteil. Es überraschte die Offiziere nicht, daß der Captain zugehört hatte.

»Das finden wir gleich heraus, Sir«, erwiderte Scott.

»Eins steht fest: Ich habe keine große Lust, unmittelbare Bekanntschaft mit ihr zu schließen!«

Chekov bediente die Kontrollen, lehnte sich zurück und warf einen kurzen Blick auf die Instrumente des Chefingenieurs. »Ich brauche mehr Platz«, sagte er zu Sulu. »Die Entfernung ist selbst für ein Wendemanöver zu gering.«

Kirk begriff plötzlich, daß die Sache ernst war. Sulu mochte imstande sein, das Shuttle durch die Hölle zu fliegen, ohne auch nur mit der Wimper zu zucken, aber bei Chekov sah die Sache anders aus. Seine plötzliche Gereiztheit wies deutlich darauf hin, daß er die Situation für brenzlig hielt. »Viertausend Kilometer zurück«, sagte er. »Vorbei an der Anomalie bei vier sieben acht Komma ...«

»Lieber Himmel!« entfuhr es Scott. »Es bewegt sich! Das verdammte Ding *bewegt* sich! Kippen Sie den Bug, Sulu! Nach unten! Bringen Sie uns *unter* die Mine!«

»Koordinaten!« Chekov drehte sich so weit, wie es die Sicherheitsgurte seines Sessels erlaubten. »Ich brauche *Koordinaten*, Scott!«

Erst eine ganze Weile später gelangte Kirk zu folgender Erkenntnis: Chekov brauchte Koordinaten, um zu berechnen, wo sich die Gravitationsmine befand, wenn sie an der *Halley* vorbeigeflogen war. Daraus ergaben sich zwei Bezugspunkte, die der Russe verwenden wollte, um einen neuen Kurs zu bestimmen. Unglücklicherweise blieb ihm dafür nicht genug Zeit.

Die Mine traf das Shuttle an der einen Seite und riß es so jäh herum, als besäße es überhaupt keine Masse. Kirk stieß an die Wand, und der Aufprall preßte ihm die Luft aus den Lungen. Das gesamte Blut seines Körpers schien sich in den Gliedmaßen zu sammeln, um sie anschwellen zu lassen. Er wußte nicht, ob die *Halley* mit Vollschub beschleunigte oder vom Gravitationschaos der Mine zerfetzt wurde. Vor vielen Jahren hatte er Horrorgeschichten über außer Kontrolle geratene

Zentrifugen gehört, und er fragte sich nun, ob sie der Wahrheit entsprachen.

Dann hörte er Sulus zuversichtlich klingende Stimme. »Ich glaube, ich kann uns befreien ...«

»Sulu!«

Das Triebwerk zündete mit einem ohrenbetäubenden Donnern. Kirk sah sich wieder imstande, zwischen oben und unten zu unterscheiden – mit einem Ruck fiel er in den Sessel zurück. Er wollte gerade einen Statusbericht verlangen, als sich der Schrank neben dem Schott knirschend aus der Verankerung löste.

Aus einem Reflex heraus sprang er auf. »Nein!« rief McCoy. Eine der Schranktüren wölbte sich – wenn sie nachgab, verschwand McCoy unter einer Lawine aus Raumanzügen und anderen Dingen. »Vielleicht kommt es zu neuerlichen Gravitationsverschiebungen!« warnte der Arzt.

Jim achtete nicht darauf.

Er hatte jetzt nicht mehr den Eindruck, daß sein Leib in verschiedene Richtungen gleichzeitig gezerrt wurde. Es sammelte sich auch kein Blut hinter den Augen, um ihn nur noch farbige Schlieren sehen zu lassen. Trotzdem: Als er stand, wußte Kirk sofort, daß die *Halley* schlingerte. Zuerst glaubte er, eine glitschige Stelle des Decks betreten zu haben; ein oder zwei Sekunden lang dachte er daran, den Verantwortlichen zur Rechenschaft zu ziehen – bis er sich daran entsann, daß der Betreffende Scott hieß. Der Captain neigte sich im Versuch zur Seite, das Gleichgewicht zu wahren, aber ein weiteres Schwanken sorgte dafür, daß er gegen die Wand abstieß. Heißer Schmerz brannte im rechten Knie, und abrupt gab es unter ihm nach. Kirk drehte sich, um nicht mit dem Kopf an die Wand zu prallen. Mit der Schulter rutschte er daran entlang und sank zu Boden, während das Stechen im verletzten Knie eine fast unerträgliche Intensität gewann.

Erneut ließ sich das Triebwerk des Shuttles vernehmen, und diesmal klang es wie ein kehliges Knurren. Die Konturen im Innern der Raumfähre wurden so weich wie Samt und verflüchtigten sich dann in der heranwogenden Finsternis. Kirk biß sich auf die Lippe und beobachtete, wie die heftigen Schmerzen Funken vor den Augen bildeten. Es dauerte nicht lange, bis sich seine Befürchtungen bestätigten. Mehrere Erschütterungen erfaßten die *Halley*, und eine von ihnen schob ihn ruckartig zur Seite, bescherte ihm neuerliche Pein. Er biß sich noch fester auf die Lippe, um nicht laut zu schreien. Die Tür des Schranks wölbte sich zwar noch etwas weiter vor, blieb jedoch geschlossen. *Ich hätte im Sessel bleiben sollen*, dachte der Captain.

»Jim?« fragte McCoy besorgt.

»Ich bin hier, Pille. Und es ist alles in Ordnung mit mir.« Das war eine Lüge, und der Tonfall bot einen entsprechenden Hinweis.

»Was Dümmeres fiel dir wohl nicht ein, wie?« fragte Leonard, bevor ihn Kirk daran hindern konnte. »Wie sieht's weiter vorn aus?«

»Doktor!« Jemand stolperte. »Doktor McCoy? Sind Sie verletzt?«

Kirk erkannte Chekovs Stimme.

Leonard fluchte leise. »*Mir* geht's bestens«, behauptete er. »Und Sie? Was ist überhaupt passiert?«

»Ich brauche keine ärztliche Hilfe«, erwiderte Chekov. »Im Gegensatz zu Sulu!«

»Keiner rührt sich von der Stelle!« befahl Kirk und hörte, daß Chekov zwei Schritte außerhalb des Abteils verharrte. Hinter dem Navigator stöhnte Sulu, und Scott richtete einige leise, beruhigende Worte an ihn. »Niemand verläßt seinen Platz, solange es dunkel ist«, fügte der Captain hinzu.

»Jim ...«

»In der Finsternis bist du wohl kaum imstande, irgendwelche Patienten zu behandeln, Pille!« Kirk drehte sich, um zur Pilotenkabine zu blicken, vergaß dabei, daß er in der Dunkelheit überhaupt nichts sehen konnte. Das Knie protestierte mit neuem Schmerz gegen die Bewegung. »Scotty?«

»Ja?« antwortete der Chefingenieur. Seine Stimme erklang in unmittelbarer Nähe von McCoys Sessel.

»Bei allen Raumgeistern!« entfuhr es dem Arzt. »Wenn Sie mich noch einmal so erschrecken...«

»Entschuldigung, Doktor.«

»Befinden sich Lampen in den Ausrüstungsfächern?« fragte Kirk und beugte sich über ein Knie, das in Flammen zu stehen schien.

»Aye«, bestätigte Scott. »Etwa ein Dutzend. Aber ich brauche Hilfe. Komm, Junge...« Diese Aufforderung galt offenbar Chekov. »Ich schätze, außer uns steht niemand.«

Kirk saß in der Dunkelheit und lauschte, während Scott und der Navigator den rückwärtigen Bereich des Shuttles aufsuchten. Eine Zeitlang sprachen sie leise miteinander, und dann knarrte eine Klappe. Kurz darauf tastete ein dicker Lichtfinger durch den Mittelgang – die erste Notlampe war aktiviert.

»*Etwas* funktioniert noch, dem Himmel sei Dank«, brummte McCoy.

Dann begann das Warten. Chekov half Kirk in einen Sessel, während sich Leonard um Sulu kümmerte. Jim versuchte nur einmal, das verletzte Knie zu belasten – was dazu führte, daß der Russe fast sein ganzes Gewicht tragen mußte. Anschließend stellte Chekov überall Lampen auf, während Scott das Triebwerk ausschaltete. Der Antrieb produzierte nur noch Lärm, ohne die *Halley* auch nur einen Meter weit durchs All bringen zu können. McCoy immobilisierte Sulu, so gut es ging, band ihn dann in einem Sessel der zweiten Sitzreihe fest. Dem Arzt wäre es lieber gewesen, den Steuermann hinzulegen, aber dafür kam nur der Mittelgang in Frage – und der mußte frei bleiben, damit wichtige Bordsysteme jederzeit repariert werden konnten.

Chekov versuchte, einen Kom-Kontakt zur *Enterprise* herzustellen, doch die Signale schienen das Schiff nicht zu erreichen. Trotzdem stellte er seine Bemühungen erst ein, als ihn Kirk dazu aufforderte. Die Steuerungsmechanismen funktionierten nach wie vor, doch ohne Daten vom Navigationscomputer blieben sie nutzlos. Die Nav-Systeme waren zum größten Teil zerstört. Scott öffnete die Konsolen, schuf neue Verbindungen zwischen einzelnen Schaltkreiselementen und versuchte, Beleuchtung und Heizung zu reaktivieren. Chekov blieb am Kommunikator sitzen, und Kirk beobachtete, wie McCoy den Steuermann behandelte.

Sulus Entscheidung, das Triebwerk zu zünden und die Raumfähre mit einer jähen Schubphase von der Gravitationsmine zu befreien, hatte eine vollständige Vernichtung des Shuttles verhindert. Doch er war gezwungen gewesen, seine Gurte zu lösen, um die Kontrollen zu erreichen, und das blieb nicht ohne Folgen. Kirk stieß im Passagierabteil an die Wand, und Sulu erging es in der Pilotenkanzel ähnlich. Das Ergebnis: ein ausgekugelter Arm, der in einem unmöglichen Winkel vom Körper abstand, bis McCoy ihn wieder einrenkte. Hinzu kamen gesplitterte Knorpel, diverse Muskelrisse und einige verletzte Nervenstränge. In der Krankenstation an Bord der *Enterprise* konnte das alles problemlos in Ordnung gebracht werden. Doch in einem Shuttle, das kaum mehr darstellte als einen Schrotthaufen, gab es keine Rekonvaleszenzmöglichkeiten. Leonard verwendete mehrere durchsichtige Verbände, um Sulus Arm an den Leib zu binden. *Dadurch sieht sein Patient aus wie der Schmetterling in einem Kokon,* dachte Kirk. *Oder wie eine Fliege, die im Spinnennetz festsitzt und auf das Unvermeidliche wartet.*

Er sah sich in der Raumfähre um und überlegte, wie lange Spock nach ihnen suchen würde, bevor er sie für tot erklärte.

Sulus Stimme unterbrach diese Gedankengänge.

»Wissen Sie, woran mich das hier erinnert?« fragte der Steuermann. »Unsere Situation ist natürlich ganz anders, aber gewisse Parallelen lassen sich nicht leugnen.«

Kirk hoffte, daß er jetzt nicht von einer Katastrophe oder dergleichen erfuhr. »Was meinen Sie?«

Sulu lächelte schief. Er war noch immer bleich, und Schmerz trübte die Augen, doch das Schmunzeln schien Leben in seine Züge zurückzubringen. »Damals an der Starfleet-Akademie ... Unsere Klasse wurde mit einer Simulation konfrontiert ...«

»Nicht nur Ihre Klasse, sondern *alle*.« Kirk lächelte ebenfalls. Eigentlich sollte diese Sache geheim bleiben, um ehrliche Reaktionen anderer Kadetten zu gewährleisten, aber unter den gegenwärtigen Umständen ...

Chekov stöhnte leise.

»Ich erinnere mich ebenfalls. Und zwar an *Kobayashi Maru*.«

Sulu versuchte zu nicken, woraufhin sein Gesicht einen fast fratzenhaften Ausdruck gewann. »Ja«, sagte er nur, und in den Mundwinkeln zuckte die Andeutung eines neuen Schmunzelns.

»Kobayashi Maru?« wiederholte McCoy verwirrt. »Was bedeutet das?«

»So heißt ein Folterinstrument ganz besonderer Art«, erklärte Chekov. Kirk lachte leise. Leonards Blick wechselte zwischen Navigator und Captain hin und her, während er zu argwöhnen schien, daß man sich einen Scherz mit ihm erlaubte. Jims Lächeln wuchs in die Breite.

»Es ist ein japanischer Ausdruck«, sagte er. »Wörtlich übersetzt bedeutet er: ›das Schiff namens *Kobayashi*‹. So lautete der Name – des Schiffes, meine ich.«

Die Verwunderung wich nicht aus McCoys Miene, und Kirk fuhr fort: »Dabei handelt es sich um ein spezielles Szenario. Ein Kadett erhält das Kommando über ein simuliertes Raumschiff und muß dann eine Entscheidung treffen, bei der es um einen manövrierunfähigen Föderationsfrachter geht, der sich im stellaren Territorium der Klingonen befindet. Der Transporter hat Treibstoff geladen und heißt *Kobayashi Maru*.«

McCoy schnaubte und nahm wieder Platz. »Was hat es mit dem Test auf sich?«

»Er präsentiert eine Situation, die keinen Sieg zuläßt«, sagte Kirk. »Was auch immer der betreffende Kadett unternimmt – letztendlich enden seine Bemühungen in einer Niederlage. Ganz gleich, welche Entscheidungen er trifft: Er kann keinen Erfolg erzielen.«

McCoy drehte sich halb um, und sein Gesicht verriet ungläubige Empörung. »Das klingt ziemlich unfair.«

Alle lachten, selbst Sulu.

»Das ist ja gerade Sinn der Sache, Pille«, meinte der Captain.

McCoy seufzte und lehnte sich zurück. »Das verstehe ich nicht.«

Jim brachte Leonard fast so etwas wie Mitleid entgegen – er konnte unmöglich wissen, warum seine Reaktion so komisch war. »Der Test dient dazu, den Charakter des Kadetten zu überprüfen«, erläuterte er. »Man stellt dabei fest, wie er sich bei einer Niederlage verhält.«

McCoy überraschte Kirk, indem er laut lachte. »Bestimmt bist du mit Pauken und Trompeten durchgefallen.«

Der Captain gab sich beleidigt. »Ganz im Gegenteil. Ich habe sogar ziemlich gut abgeschnitten.«

»Ach?« McCoy hob überrascht die Brauen. »Ich kann es gar nicht abwarten, die Einzelheiten zu erfahren.«

Seit seiner ganz persönlichen Auseinandersetzung mit dem Simulator waren viele Jahre vergangen, aber Kirk stellte erstaunt fest, daß er bei den Erinnerungen daran errötete. Er widerstand der Versuchung, im Sessel hin und her zu rutschen. »Es ist eine lange Geschichte, Pille ...«

McCoy grinste. »Wir haben viel Zeit.« Und etwas ernster: »Außerdem lenkt es uns ab.«

Von Gedanken an den drohenden Tod. Wenn sie nicht innerhalb der nächsten Stunden gerettet wurden... Einerseits wollte Kirk seine jugendlichen Torheiten für sich behalten, aber andererseits fühlte er sich verpflichtet, die Belastungen für seine Crew in Grenzen zu halten. Hinzu kam: Ihre derzeitige Situation ließ sich tatsächlich mit einem neuen *Kobayashi Maru*-Test vergleichen. Deshalb hielt Jim entsprechende Schilderungen für angemessen.

»Eigentlich darf ich niemandem davon erzählen«, wandte er ein, um nicht zu bereitwillig nachzugeben.

»Unsere Lippen sind versiegelt«, versprach Sulu feierlich – um dann einmal mehr zu schmunzeln. »Habe ich recht, Pavel?«

Chekov sah kurz ins Passagierabteil. »Nicht einmal meiner eigenen Mutter würde ich etwas verraten, Sir.«

»Ich nehme Sie beim Wort«, sagte Kirk, als Chekov wieder in der Pilotenkanzel verschwand. »Wenn jemand auch nur *versucht,* sich mit einem derartigen Trick aus der Affäre zu ziehen... Dann weiß man an der Akademie sofort, von wem die Idee stammt.«

2 DIE VORPROGRAMMIERTE NIEDERLAGE

Kadett James T. Kirk saß vor einem Terminal des Gemeinschaftssaals, stützte die Ellenbogen auf die Knie und das Kinn auf geballte Fäuste. Daumengroße Gestalten bewegten sich auf dem Bildschirm, eilten vor und zurück, wenn Kirk mit geflüsterten Worten die Projektionsrichtung der Aufzeichnung bestimmte. Die Darstellung einer Explosion ließ helles Licht in der Nische erstrahlen, und dem Gleißen folgte eine Dunkelheit, die auch den Monitor erfaßte. Auf der schwarzen Schirmfläche leuchtete nur noch der Hinweis KOBAYASHI-MARU-TEST 463981-009 BEENDET. Nach einigen Sekunden verblaßte er ebenfalls.

Ich habe versagt.

Zum inzwischen fünften Mal versuchte Kirk, sich damit abzufinden, aber wieder spürte er nur ungläubige Benommenheit. Er hatte die Ausbildung an der Akademie als jüngster Kadett begonnen und war in jedem Jahr Klassenbester gewesen. Doch dann steckte man ihn in einen zwölf Meter durchmessenden Simulator, und nach nur fünf Minuten mußte er eine verheerende Niederlage hinnehmen. Erneut sprach er eine Anweisung, um sich die Aufzeichnung noch einmal anzusehen.

»Eine solche Hartnäckigkeit erwartet man normalerweise nur bei Andorianern.«

Kirk setzte sich auf und drehte den Kopf. Lieutenant Commander Constrev stand im Zugang der Lesenische.

»Für Studenten ist die Ausgehzeit schon vor einer ganzen Weile zu Ende gegangen. Sie sollten längst im Bett liegen.«

Kirk hatte oft spät am Abend mit dem Computerexperten Constrev diskutiert und befürchtete daher nicht, von ihm gemeldet zu werden. Er wandte sich wieder dem Bildschirm zu und stützte das Kinn auf die Hände. »Ich möchte mir die Aufzeichnung noch einmal ansehen«, sagte er. *Um herauszufinden, wo mir der entscheidende Fehler unterlief.*

Constrev setzte sich auf den Boden. »Meinen Sie den *Kobayashi Maru*-Test?« Kirk warf ihm einen überraschten Blick zu, und der Lieutenant Commander lächelte. »Es ist fast Mitternacht. Ich glaube, Sie haben die Aufzeichnung oft genug gesehen.«

Kirks Aufmerksamkeit glitt wieder zum Projektionsfeld, und er versuchte, seine Überraschung zu verbergen. Constrev schien genau zu wissen, was er empfand, und es gefiel Jim nicht, so leicht durchschaut zu werden. »Es geht mir nur darum, die Einzelheiten aus der Perspektive des Beobachters kennenzulernen«, sagte er wie beiläufig.

»Ich verstehe.« Eine Zeitlang sah Constrev zum Schirm. »Vor fünfzehn Jahren gelang es einem Kadetten, beim *Kobayashi Maru*-Test elfeinhalb Minuten lang durchzuhalten.« Der Lieutenant Commander sprach so, als hätte Kirk um statistische Angaben gebeten. »Das erfuhr ich von meinem vorgesetzten Offizier Admiral Howell. Bisher hat es niemand geschafft, diesen Rekord zu brechen. Warum möchten Sie dort einen Erfolg erzielen, wo alle anderen versagten?«

Kirk spürte, wie ihm das Blut ins Gesicht schoß. Diesmal konnte er sich nicht unter Kontrolle halten – die Worte platzten regelrecht aus ihm heraus. »Ich bin so verflucht *dumm* gewesen! Für die Klingonen war es ein Kinderspiel, mein Schiff zu vernichten!« Erneut ballte er die Fäuste, ohne es bewußt zur Kenntnis zu nehmen. Er preßte sie an die Hüften, um nicht auf etwas einzuschlagen. »Ich kenne mich mit Strategie aus«, preßte er hervor. »Verdammt, Constrev, ich bin ein *guter* Kommandant.«

Constrev nickte unverbindlich. »Vielleicht sind die Klingonen schlicht und einfach besser.«

»Nein.« Diese Vorstellung war viel zu entsetzlich, um genauer darüber nachzudenken. Wenn die Klingonen bei einer Simulation ›besser‹ waren – wie mochte dann die klingonische Realität beschaffen sein? »Es ist nur ein Computer«, sagte Kirk. »Ich hätte in der Lage sein sollen, ihn zu schlagen.«

»Nur ein Computer, wie?« Constrevs Lachen hallte dumpf durch den leeren Gemeinschaftssaal. »Ein Grund mehr für Ihre Niederlage.«

Kirk sah ihn an, und dünne Falten bildeten sich auf seiner Stirn.

Constrev lächelte. In Hinsicht auf Computer-Psychologie konnte er ebenso lange wie begeisterte und fundierte Vorträge halten. Manchmal erweckte er den Eindruck, binäre mentale Prozesse für etwas Heiliges zu halten. »Computer sind nie unschlüssig«, sagte er nun. »Computer denken schneller als alle derzeit bekannten biologischen Organismen. Darüber hinaus beziehen sie ihr Wissen aus Daten, die der ganzen *Spezies* zur Verfügung stehen und nicht nur dem einzelnen Individuum. Sie sind intelligenter und geduldiger.«

»Aber sie haben keine Gefühle«, entgegnete Kirk. Er wollte nicht mit einer Maschine verglichen werden – erst recht dann nicht, wenn ein solcher Vergleich zu seinem Nachteil ausfiel. »Ihnen fehlen Instinkte, ein Herz!«

Constrevs Lächeln wirkte nun nachsichtig. »Sie glauben also, emotional hochentwickelte biologische Wesen sollten über die Elektronik triumphieren.«

Unüberhörbarer Sarkasmus erklang in diesen Worten. Jim schwieg und blickte wieder zum Bildschirm.

»Sie sollten sich einmal mit Philosophie befassen, James Kirk. Zum Beispiel Agrippa. Nach ihm sind alle Geschöpfe mikrokosmische Repräsentationen des sie umgebenden Universums. Ein Wesen wird geboren, altert und stirbt eines Tages. Wenn man versagt, so spiegelt sich darin das letztendliche Versagen aller großen und kleinen Dinge wider, bis zum Ende der Ewigkeit. Dieser Erkenntnis muß man sich stellen.«

Zum sechsten Mal an diesem Abend beobachtete Kirk, wie die Brücke der *Potemkin* in Flammen aufging. Es interessierte ihn nicht sonderlich, was Agrippa vom *Kobayashi Maru* hielt – Agrippas Noten hingen nicht davon ab. »Wie mikrokosmisch können wir sein, wenn zwar jeden Tag Individuen sterben, aber die Spezies gedeiht?« fragte er verärgert.

»Selbst die erfolgreichste Spezies scheitert früher oder später an der Entropie. Irgendwann versagen *wir alle.*«

Kirk schaltete das Aufzeichnungsgerät aus und spürte, wie der Ärger heftiger in ihm brodelte. Zumindest für diesen Abend hatte er genug von Philosophie. »Gute Nacht, Constrev«, sagte er.

Der Lieutenant Commander stand auf. »Gute Nacht, James.«

Es war wie ein Alptraum.

Zum zweiten Mal innerhalb von zwei Wochen brannte Rauch in Kirks Augen. Ventilatoren in der Decke summten und saugten grauschwarzen Qualm ab, als sich der Simulator mit einem leisen hydraulischen Zischen öffnete. Die Kadetten auf der Brücke des ›zerstörten Schiffes‹ wechselten verlegene und auch bestürzte Blicke. Als Kirk ihre rußverschmierten Mienen sah, fühlte er sich noch schuldiger.

Ich habe versagt und sie enttäuscht.

Er starrte auf die Navigationskonsole, als Admiral Howell den Kontrollraum betrat. Er schritt an den Resten eines geborstenen Schaltpults vorbei, und Mitgefühl zeigte sich in seiner Miene. »Die Simulation ist zu Ende«, verkündete er.

Die Kadetten seufzten erleichtert. Trotz seiner Verzweiflung wunderte sich Kirk darüber, daß nach der gerade erlebten Katastrophe eine ruhige Stimme genügte, um den jungen Leuten die Last der Anspannung zu nehmen. Er beneidete Howell um seine wie unerschütterlich anmutende Gelassenheit. Bis vor kurzer Zeit hatte er geglaubt, ebenfalls mit dieser Eigenschaft ausgestattet zu sein.

»Sie haben dreißig Minuten Zeit, um sich umzuziehen und Ihre Gedanken zu sammeln«, fuhr der Admiral fort. Kirks Demütigung schien er völlig zu ignorieren. »Um zehn Uhr erwarte ich Sie im Konferenzsaal. Dann erörtern wir Ihr Verhalten während des Tests. Wegtreten.«

Zu zweit und zu dritt verließen die Kadetten den Simulator. Manche von ihnen hatten es sehr eilig, nach draußen zu gelangen. Leise, gedämpfte Stimmen erklangen. Alle mieden Kirks Blick. *Kein Wunder*, dachte Jim. Ein zweites Schiff. Ein zweiter *Kobayashi Maru*-Test. Ein zweites Versagen. Kirk dachte entsetzt daran, daß damit vielleicht ein Trend begann.

»Wollen Sie sich uns anschließen, Kadett Kirk? Oder haben Sie die Absicht, sich von den Wartungstechnikern forttragen zu lassen?«

Jim hob den Kopf, sah zum lächelnden Howell auf und wandte sich von ihm ab, als seine Wangen heiß wurden. »Ich habe über ... meine Leistungen nachgedacht. Jetzt bin ich bereit, den anderen nach draußen zu folgen.«

Er erhob sich, doch Howell forderte ihn mit einem Wink auf, wieder im Kommandosessel Platz zu nehmen. »Sie haben über Ihre Leistungen nachgedacht?« brummte der Admiral und musterte ihn, als er stehenblieb. »Hatten Sie an jenem Abend nicht Zeit genug dazu?«

Kirk blinzelte verblüfft. »Constrev ...«

»Hat mir nichts gesagt«, beendete Howell den angefangenen Satz. »Aber ich weiß, daß die Datenkarte mit der Aufzeichnung Ihres ersten *Kobayashi Maru*-Tests an jenem Abend ausgeliehen war. Eine Routinekontrolle ergab, daß Sie erst spät in Ihr Quartier zurückkehrten. Und Constrev erschien mir am nächsten Morgen unausgeschlafen.« Der Admiral trat vor und beugte sich über die Navigationskonsole. »Mister Kirk, ist Ihnen eigentlich klar, daß Ihre Reaktionszeit bei beiden Tests ein ganzes Stück unter dem Durchschnittswert lag?«

Kirk errötete erneut. »Es ging mir nicht um schnelles Reagieren, Sir.« Das entsprach nur teilweise der Wahrheit. Er hatte sich auch mit dem zeitlichen Aspekt der einzelnen Phasen beschäftigt und wußte, daß bei der ersten Simulation genau vier Minuten und siebenunddreißig Komma null drei Sekunden bis zu seinem ›Tod‹ verstrichen waren. Diesmal glaubte er, etwas länger überlebt zu haben.

»In beiden Fällen stellten Sie großen Einfallsreichtum unter Beweis, und sie zögerten nicht, den ganzen Ihnen zur Verfügung stehenden Ermessensspielraum zu nutzen. Die Crew unterstützte Ihre Bemühungen auf lobenswerte Weise – insbesondere wenn man bedenkt, daß die ›Brückenoffiziere‹ noch nie an Bord eines Raumschiffs tätig gewesen sind.« Howell wölbte eine Braue und lächelte schief. »Ich habe nicht mit der Reinhold-Pirouette gerechnet. Ich bin nicht einmal sicher, ob sich ein derartiges Manöver mit einem Kreuzer der *Constitution*-Klasse durchführen läßt. Wie dem auch sei: Admiral Walgren hat Ihnen für den Versuch zusätzliche Punkte gegeben. Und *er* läßt sich nicht so leicht beeindrucken.«

»Ich habe mein Schiff verloren.« Kirks Lippen formten diese Worte, bevor er sie zurückhalten konnte. Er sah darin einen weiteren Beweis für Mangel an Selbstdisziplin, und mit erneuter Verlegenheit sah er sich auf der zerstörten Brücke um. »Und auch meine Crew! Nicht nur einmal, sondern gleich *zwei*mal...«

»Sie haben sich alle Mühe gegeben.«

»Was ganz offensichtlich nicht genügte.«

Howell zuckte mit den Schultern, und seine Gelassenheit weckte jähen Zorn in Kirk. Er verspürte den irrationalen Wunsch, ihm die Faust ins Gesicht zu rammen. »Mag sein«, sagte der Admiral. »Aber ganz gleich, *wieviel* Mühe Sie sich gegeben hätten – Sie wären nicht in der Lage gewesen, ein anderes Ergebnis zu erzielen.«

Kirk wollte widersprechen. Schon als Junge hatte er sich mit den großen Kommandeuren beschäftigt, und deshalb wußte er: Korrd, Garth von Izar oder Shaitani hätten selbst in einer so aussichtslosen Situation den Weg zum Sieg gefunden. Beim erstenmal hatte er versucht, sich an Shaitani ein Beispiel zu nehmen, aber...

Aber er hatte trotzdem versagt.

Und das war unmöglich.

Kirk sah in das faltige Gesicht des Admirals und suchte dort nach einer Bestätigung für seine Ahnung. Den Grund kannte er nicht, aber er *wußte plötzlich Bescheid*. Er verstand – und haßte sowohl Howell als auch alle anderen, die ihm ein solches Szenario präsentierten.

»Sie haben es geplant«, sagte er leise und vorwurfsvoll. »Sie wußten, daß ich auch beim zweiten Mal verlieren würde.«

»Ich weiß, daß dabei *jeder* verliert.« Howell richtete sich auf und hielt Kirks Blick mühelos stand. »Denn genau das ist Sinn der Sache. Der *Kobayashi Maru*-Test sieht überhaupt keinen Sieg vor.«

Howell blieb auch weiterhin völlig ruhig, schien es nicht zu bedauern, daß Kirk die wahre Bedeutung der Simulation erkannt hatte. Jim verzichtete darauf, den Admiral zu unterbrechen, hörte ihm aufmerksam zu.

»Beim *Kobayashi Maru* ist die Niederlage vorprogrammiert«, erklärte Howell. »In der Wirklichkeit erlebt man ein derartiges Fiasko nur einmal. Wie dem auch sei: Jeder Raumschiffkommandant sollte auf so etwas vorbereitet sein.« Er vollführte eine Geste, die der Brücke galt. »Ganz gleich, welche Anweisungen Sie erteilen – der Computer paßt das Szenario an und schafft einen Ausgleich. Seine Datenbank beinhaltet das Wissen aller guten Kommandeure, die jemals lebten; niemand von ihnen wäre imstande, sich bei diesem Test durchzusetzen. Es gibt *immer* mehr Klingonen, mehr Schäden und zuwenig Zeit.«

Kirk nickte langsam und verstand besser, als Howell glaubte. »Mit anderen Worten: Der Computer mogelt.«

Howells Lachen überraschte Jim. »*Natürlich* mogelt er! Weil der Sinn des Szenarios darin besteht, niemanden gewinnen zu lassen. Und darauf ist der Computer programmiert. Auf den eigenen Sieg.«

»Das halte ich für unfair.« Kirk verschränkte wie trotzig die Arme. »Als Sie mir sagten, ich könnte den Test so oft wiederholen, wie ich möchte ... War das gelogen?«

»Nein.« Howell schüttelte den Kopf. »Wiederholen Sie ihn so oft, bis es in der Hölle schneit. Oder bis zum Ende des Semesters – was auch immer früher der Fall ist. Es macht keinen Unterschied: Sie haben nicht die geringste Chance, bei dem Test eine Niederlage zu vermeiden.«

»Warum weisen Sie mich so deutlich darauf hin? Warum sehen Sie nicht einfach zu, wie ich mich dem Szenario noch einmal stelle, ebenso unwissend wie die anderen?«

»Der Grund dafür ist ganz einfach.« Howell lächelte dünn. »Die anderen Kadetten wissen zwar nicht, daß bei diesem Test keine Erfolgsaussichten existieren – aber niemand von ihnen hatte den Wunsch, sich ihm ein zweites Mal zu unterziehen.« Das Lächeln verblaßte, und irgendwo in den Zügen des Admirals klebte ein Schatten von Sorge. »Ich habe Sie auf die wahre Natur des *Kobayashi Maru* hingewiesen, weil ich hoffe, Sie damit zur Vernunft zu bringen. Ein so guter Student wie Sie sollte seine Zeit nicht mit dem Verlieren vergeuden.«

Kirk verließ den Simulator und versuchte, dabei würdevoll zu wirken – obgleich er sich wie ein Narr fühlte. »Vielleicht kann man doch gewinnen«, murmelte er.

Die Terminalstation von Alt El Cerrito gewährte Zugang zu den Datenbeständen der Weltbibliothek, aber Kirk fand keine Informationen über den *Kobayashi Maru*. Es existierten weder Bücher noch irgendwelche Artikel, die Erklärungen boten. Offenbar gab es nicht einmal entsprechende Fußnoten in weitgehend unbekannten Fachzeitschriften.

Natürlich nicht.

Während Kirk aufs Shuttle wartete, das ihn zur Starfleet-Akademie zurückbringen sollte, übte er stumme Kritik an sich selbst. Er hätte nicht damit rechnen dürfen, schriftliche Unterlagen zu finden – immerhin war schon die Suche in der Akademiebibliothek erfolglos geblieben.

Böiger Dezemberwind zerrte an ihm, und er trat unruhig von einem Bein aufs andere, wodurch die insgesamt vierzehn Speichermodule in seinen Taschen wie Rumbakugeln klickten und klackten. Nach einer Weile zog er den Reißverschluß ganz zu und klappte den Kragen hoch.

Außerhalb des verdammten Simulators schien der *Kobayashi Maru*-Test überhaupt nicht zu existieren. Niemand sprach davon. Die Lehrbücher schwiegen sich darüber aus. Starfleets Datenbanken enthielten keinen einzigen Hinweis – es gab nicht einmal ein Raumschiff, das einen solchen Namen trug. Ohne die überaus deutlichen Erinnerungen hätte Kirk vielleicht geglaubt, nur geträumt zu haben.

Träume...

Während der letzten Monate war er immer wieder schweißgebadet erwacht, um den Rest der Nacht mit der Planung von Strategien zu verbringen. Dauernd stellte er Niederlage und Sieg einander gegenüber und erkannte: Manchmal genügte ein geringer zusätzlicher Faktor, um das eine ins andere zu verwandeln. Als die erste Suche nach Informationen ohne konkrete Resultate blieb, befaßte sich Kirk mit militärischen Niederlagen im allgemeinen. Wenn er nicht von den Siegen lernen konnte, so boten ihm vielleicht andere Fehlschläge Aufschluß.

Einige historische Niederlagen waren närrisch und offenbarten ihre Gründe sofort. Der Terraner George Custer hätte die Cheyenne bei Little Bighorn mühelos geschlagen, wenn er bereit gewesen wäre, auf den Rest seiner Truppe zu warten. Babin hatte die sechste Flotte nach Rukbat V geschickt, weil er den Planeten als sein persönliches Eigentum erachtete und auf keinen Fall verlieren wollte; andernfalls wäre er vielleicht bereit gewesen, den von einem romulanischen Hinterhalt munkelnden Stimmen mehr Beachtung zu schenken.

Es gab auch Debakel, die zum betreffenden Zeitpunkt nicht verhindert werden konnten. Zum Beispiel die Hoshe-Offensive durch den Magellanschen Sektor – damals wußte die Erde noch nichts vom Transporter. Oder Fr'nir, dessen Soldaten bei Gasd an einer Kurit-Vergiftung starben, ohne daß sich jemand über die wahre Todesursache klar wurde.

Nach den Schlachten wandte Kirk seine Aufmerksamkeit den Kommandeuren zu. Garth, Babin, Shaitani, Hoshi, Igga, Korrd und viele andere: Von morgens bis abends sammelte Jim biographische Informationen und statistische Daten über die jeweiligen Kämpfe. Erst in der vergangenen Nacht hatte er im Traum die Schlacht von Tiatris erlebt und sie gewonnen, trotz der sehr ungünstigen Umstände. Der Freundliche John war den

Mihka zum Opfer gefallen, aber Kirk trieb seine Feinde ins Meer. Er erinnerte sich auch ans Wie, an jeden einzelnen Befehl, den er erteilt hatte, um den Sieg zu erringen. Immer hatte er zum richtigen Zeitpunkt die richtige Entscheidung getroffen.

Während des Rückflugs zur Akademie plante er weitere Strategien und Taktiken. In jedem Fall fand er Lösungen, die aus Niederlagen Siege machten. Mit Hilfe eines Korrelators veränderte er historische Daten, um festzustellen, wie sie sich auf die Schlachten auswirkten. Es gelang ihm, die Konfrontationen entweder für sich zu entscheiden oder sie zu verhindern.

Jim erzielte einen Erfolg nach dem anderen – und anschließend dachte er wieder an den *Kobayashi Maru*.

Der Test war weitaus komplizierter als die historischen Szenarios. Der Computer wußte praktisch alles, und er konnte die ungeheure Menge der ihm zur Verfügung stehenden Daten innerhalb von Sekundenbruchteilen zu völlig neuen Strukturen verarbeiten. Die Neutrale Zone hielt ständig weitere klingonische Schlachtkreuzer bereit, ungeachtet der Tatsache, daß dort nie mehr als höchstens vier imperiale Schiffe patrouillierten. Unter der Matratze in seinem Quartier hatte Kirk Dutzende von Zetteln mit Notizen versteckt – manchmal sahen sie nicht nach Schlachtplänen aus, sondern wirkten eher wie Flußdiagramme. Inzwischen kannte er zwölf Strategien, die beim *Kobayashi Maru* zum Erfolg führen mochten. Und zwölfmal begegnete er ihnen, indem er zusätzliche Daten im Speicher des Computers ablegte und die klingonischen Streitkräfte vergrößerte. Nein, auf diese Weise *konnte* man nicht gewinnen. Ganz gleich, was er sich einfallen ließ: Er bekam es einfach mit mehr Gegnern zu tun. Oder ihre Schiffe wurden weniger stark beschädigt. Oder die klingonischen Phaserstrahlen durchdrangen die Schilde der *Potemkim*, obgleich das nicht so ohne weiteres möglich sein sollte. Kirk blieb an die Gesetze der Physik gebunden; die Grenzen des Computers hingegen wurden allein von der sadistischen Phantasie des Programmierers bestimmt. Anders ausgedrückt: Da die simulierten Ereignisse während des *Kobayashi Maru*-Tests nicht auf den Rahmen der Realität beschränkt blieben, konnte praktisch *alles* geschehen.

Howell hatte recht. Kirk würde verlieren, ganz gleich, wie oft er die *Potemkin* zu retten versuchte.

Das ist Sinn der Sache.

Aber es war nicht fair.

Das Shuttle landete, und Kirk stieg aus, wanderte kurze Zeit später über einen leeren Hof. Winterregen und die bevorstehenden Abschlußprüfungen veranlaßten die meisten Kadetten dazu, im Innern des Gebäudekomplexes zu bleiben. Unter anderen Umständen wäre auch Kirk in seinem Quartier geblieben, um den ganzen Tag am Lesegerät zu verbringen, aber er hatte nur am Samstag Gelegenheit, die Akademie zu verlassen, um seine Nachforschungen fortzusetzen. Und er mußte jede Chance nutzen, um vor dem Ende des Semesters zusätzliche Daten zu sammeln.

Auf halbem Wege über den windigen Platz bemerkte Jim jemanden, der unter dem Bogen eines hohen Verbindungsweges stand. Angesichts des dicken Parkas ließ sich die Gestalt nicht sofort identifizieren, aber die ausgestellte Hose deutete darauf hin, daß es sich um einen Starfleet-Angehörigen handelte. Kirk lächelte und trat dem Kameraden entgegen.

Er erkannte Constrev erst, als die Entfernung auf wenige Meter schrumpfte. Der Lieutenant sah neugierig zu ihm auf und schien trotz der hochgeschlagenen Kapuze zu frösteln.

»Was machen Sie hier draußen?« fragte Kirk, als der Blick des Computerexperten wieder über den Hof glitt.

»Ich versuche, mich an das Wetter zu gewöhnen«, antwortete Constrev. »Mein Studium an der Akademie dauert noch zwei Jahre, und ich möchte imstande sein, die Gebäude auch im Winter zu verlassen.« Er versuchte, ruhig zu sprechen, aber eine gewisse Schärfe in seiner Stimme deutete darauf hin, daß man ihm diese Frage nicht zum erstenmal stellte.

Kirk nickte und versuchte, ernst zu bleiben – Constrev trug einen geradezu riesigen Parka, schien nicht nur mit Wind und Regen zu rechnen, sondern auch mit Schnee und Eis. »Zum Glück für Sie befindet sich die Starfleet-Akademie in San Francisco«, sagte Jim. »Die meisten Menschen halten das Klima hier nicht für kalt.«

»Ich bin nicht ›die meisten Menschen‹.« Und damit hatte Constrev durchaus recht: Immerhin war er auf Vulkan geboren.

Als der Lieutenant Commander schwieg, fragte Kirk: »Auf Vulkan ist das Wetter anders, nicht wahr?«

»Dort gibt es Jahreszeiten, unter ihnen auch einen Winter«, erwiderte Constrev. »Aber dabei wird's nie richtig kalt. Der Sommer ist viel wärmer als hier; Temperaturen von fünfzig Grad Celsius sind in einem guten Jahr keine Seltenheit.«

Kirk pfiff leise durch die Zähne. »Dabei gart man regelrecht.«

»Ich nicht.«

Eine Zeitlang standen sie stumm nebeneinander. Kirk beobachtete einen Haufen aus trockenen Blättern, die umherwirbelten und einander zu jagen schienen. Er trachtete danach, keine Gegner in ihnen zu sehen, die es irgendwie zu überlisten galt, doch seine Gedanken glitten immer wieder in eine solche Richtung. Er mußte sich zwingen, den Blick abzuwenden, als der Wind nachließ und die Blätter auf dem Boden liegenblieben.

»Wo sind Sie heute gewesen?« fragte Constrev. Auch er hatte die Blätter beobachtet, und Kirk gewann den – recht unangenehmen – Eindruck, daß der Computerexperte seine Gedanken erriet.

»In der Terminalstation der Weltbibliothek«, sagte Jim. »Dort habe ich nach Informationen über den *Ko-*

bayashi Maru-Test gesucht.« *Wenn er Bescheid weiß, so hat es keinen Sinn zu leugnen.*

Constrev schüttelte den Kopf und schob die Hände tiefer in die Parkataschen. »An einem so kalten Tag könnte mich nichts zu einer Reise bewegen.«

»In meiner Heimat gilt dies nicht als kalt«, entgegnete Kirk. »Ich bin in Iowa aufgewachsen, und im Winter können die Temperaturen dort bis auf minus fünfzig Grad sinken.«

Constrev schnitt eine Grimasse. »Vermutlich gibt's auch Schnee, wie?«

Kirk seufzte. »Im Bereich des flachen Landes wirkt der Schnee wie Zuckerguß auf einem Kuchen. Im Sonnenschein glänzt er so hell, daß die Augen schmerzen. Stellen Sie sich vor, Sterne ganz dicht zusammenzupacken, so daß keine Lücken zwischen ihnen bleiben. Man kann Schneemänner aus dem Weiß bauen oder es mit den Händen zu Bällen pressen, die man nach dem Bruder wirft.« Er lächelte, als er sich an ein Dutzend Iowa-Winter erinnerte, an kalte, taube Finger, an einen Atem, der zu weißen Wolken kondensierte. »Sie kennen keinen Schnee, und daher können Sie gar nicht verstehen, was es bedeutet, damit aufzuwachsen. Schnee ist mehr als nur gefrorenes Wasser. Er kann zu einem wichtigen Bestandteil der Kindheit werden.«

Constrev blieb eine ganze Weile still. Nach einigen Sekunden drehte Kirk den Kopf und stellte fest, daß der Blick des Lieutenants in die Ferne reichte – er schien sich jene Welt vorzustellen, die Jim gerade beschrieben hatte.

»Vielleicht zeige ich Ihnen Iowa eines Tages«, stellte Kirk in Aussicht und kam sich plötzlich dumm vor. »Dann wissen Sie, was ich meine.«

Constrev nickte geistesabwesend. »Sie haben die Seele eines Poeten, James Kirk«, sagte er ernst. »Warum vergeuden Sie Ihre Zeit mit dem Krieg?«

»Ich verabscheue Kriege und dergleichen«, gab Kirk zurück.

»Aber Sie befassen sich mit dem Test. Sie verbringen mehr Zeit in Bibliotheken als in Ihrem eigenen Bett. Sie sammeln Daten über Zerstörung und Taktik. Hat das nichts mit dem Krieg zu tun?«

»Nein. Es geht ums Prinzip.« Er trat vor Constrev, um ihn zu zwingen, den Blick von dem imaginären Schnee abzuwenden. »Ich glaube nicht an Szenarios, die keinen Sieg zulassen. Meiner Ansicht nach ist es unfair, Kadetten mit einer Situation zu konfrontieren, die ihnen die Demütigung einer vorprogrammierten Niederlage beschert.«

»Das letztendliche Versagen ist die Grundlage unseres Universums«, meinte Constrev. »Ganz gleich, aus welcher Perspektive man die Sache betrachtet: *Jemand* verliert immer.«

»Unsinn.«

»Wenn *Sie* dauernd gewinnen, muß jemand anders verlieren, stimmt's?«

Dieser Gedanke beunruhigte Kirk. Er betastete die Speichermodule in seinen Taschen, und Verlegenheit machte sich in ihm breit. Gleichzeitig ärgerte er sich darüber, daß eine so schlichte Bemerkung genügte, um das stabil geglaubte Gebäude seiner persönlichen Philosophie zu erschüttern. »Das ist etwas anderes«, sagte er, obgleich sich Unsicherheit in ihm regte. »Es gibt einen Unterschied zwischen ›verlieren‹ und ›nicht gewinnen‹. Ich weiß, daß man verlieren und sterben kann. Aber ich bin auch davon überzeugt, daß keine Situation existiert, die einen Sieg *unmöglich* macht.«

Constrev musterte ihn, und der Blick seiner hellblauen Augen schien bis in die fernsten Winkel von Kirks Selbst zu reichen. »Vielleicht haben Sie recht«, erwiderte er schließlich und wandte sich ab. »Aber wenn das, was Sie mir bisher von dem Test erzählt haben, tatsächlich zutrifft, so hat er kaum etwas mit der Realität zu tun. Warum beansprucht er trotzdem einen so großen Teil Ihrer Aufmerksamkeit?«

»Weil …« Kirk unterbrach sich, als plötzlich eine Idee in ihm erblühte. »*Weil* er nichts mit der Realität zu tun hat!« Jims innerer Kosmos erbebte, als er plötzlich eine Möglichkeit sah. »Weil es nicht fair ist. Weil der Computer mogelt!« Er packte Constrev an den Schultern und schüttelte ihn. »Er mogelt! Und das bedeutet: Auch ich brauche mich nicht an die Spielregeln zu halten!«

Der Lieutenant Commander wirkte skeptisch. »Die Ausbilder sind sicher nicht begeistert, wenn jemand versucht, Testergebnisse zu manipulieren.«

»Zweimal minus ergibt plus, oder?«

»Aber doppeltes *Mogeln* …«

»Führt zu einem fairen Test«, beendete Kirk den Satz. »Vertrauen Sie mir – immerhin bin ich ein Kommando-Kadett.«

Sieben Minuten vor dem Wecken erreichte Kirk das Quartier, schlüpfte voll angezogen unter die Decke und stopfte sich ihren Zipfel in den Mund, um nicht laut zu keuchen – er hatte einen Sprint hinter sich und war außer Atem. *Was ist eigentlich mit mir los?* dachte er entsetzt. Noch vor einigen Wochen – vor dem *Kobayashi Maru* – wäre es ihm nie in den Sinn gekommen, Stunden nach dem Zapfenstreich in die Unterkunft zurückzukehren. Als mustergültiger Kadett hatte er über Dinge nachgedacht, ohne sie in Zweifel zu ziehen, allen Anweisungen gehorcht, ohne ihren Sinn in Frage zu stellen. Jetzt fühlte er eine Kontroverse zwischen sich und seinen Vorgesetzten – und es ging dabei um ein philosophisches Problem, dem er bisher überhaupt keine Beachtung geschenkt hatte. Er wußte: Der Konflikt endete genau drei Minuten nach zehn Uhr an diesem Morgen. Jim spürte, wie sein Herz schneller klopfte, als er daran dachte.

Kurz darauf erklang das Wecksignal, und Kirks Stubengenosse fragte ihn nicht einmal, warum er bereits angezogen war. Vermutlich hatte er sich während der vergangenen Tage an das seltsame nächtliche Gebaren Jims gewöhnt und sah keinen Sinn mehr darin, ihm entsprechende Fragen zu stellen. *Warte nur ab,* dachte Kirk, als er rasch sein Bett in Ordnung brachte. *Bald wißt ihr alle, was ich des Nachts angestellt habe ...*

Während der ersten Lektionen kam er sich wie ein Verdurstender vor, der durch heißen Wüstensand taumelt. Um zehn Uhr bekam er die Erlaubnis, sich beim Simulator zu melden. Dutzende von Kadetten reckten die Hälse, als er aufstand und zum Ausgang schritt. Ahnte jemand von ihnen, daß er kalte, feuchte Hände hatte, einen lautlosen Kampf gegen die eigene Unschlüssigkeit führte? Wohl kaum. Jim fragte sich, wie Howell und Walgren nach dem Test reagieren mochten ...

Einige Studenten aus der Sicherheitssektion warteten bereits auf der Brücke, als Kirk eintraf. Er meldete sich bei den zuständigen Offizieren und ging anschließend zum Kommandosessel. Ein sonderbarer Widerstand schien sich allen seinen Bewegungen entgegenzustemmen, als ginge er durch eine zähflüssige Masse, die ihn festhalten wollte. Der Grund dafür hieß Schuldbewußtsein, begriff Jim. Zwar hatte er viele Stunden in Nachforschungen und Vorbereitungen investiert, aber jetzt belasteten ihn Gewissensbisse. Zum Glück erwiesen sich die Armlehnen des Befehlsstands als fest, und sie verliehen ihm nicht nur äußeren, sondern auch inneren Halt.

Inzwischen kannte Kirk alle Einzelheiten des Tests. Er beobachtete, wie die anderen Kadetten wachsame Blicke auf die Instrumentenanzeigen richteten, und schließlich bat der Steuermann um die Angabe von neuen Kursdaten, um der Neutralen Zone auszuweichen. Unmittelbar darauf sagte der Senior-Offizier am Kommunikationspult: »Wir empfangen einen Notruf, Captain.«

»Lautsprecher ein«, sagte Kirk. Die beiden Worte klangen fest und zuversichtlich, obgleich Jims Gaumen völlig trocken war.

»... dringend Hilfe«, ertönte eine furchterfüllte, von statischem Rauschen untermalte Stimme. »Hier ist die *Kobayashi Maru,* neunzehn Flugstunden von Altair VI entfernt. Wir sind mit einer Gravitationsmine kollidiert...«

Kirk hörte sich nicht auch den Rest an – er war mit jeder einzelnen Silbe des Textes vertraut. Allerdings: Man erwartete von ihm eine angemessene Reaktion auf die simulierte Lage, und deshalb gab er sich besorgt, als er erwiderte: »*Kobayashi Maru,* hier ist die *USS Potemkin.* Bitte nennen Sie uns Ihre Position.«

»Gamma Hydra«, lautete die Antwort. »Sektor zehn.«

»Die Neutrale Zone«, hauchte der Navigator. Es fiel Kirk schwer, ein Lächeln zu unterdrücken.

»... mehrere Risse in der Außenhülle. Die Lebenserhaltungssysteme versagen! Bitte helfen Sie uns, *Potemkin.*«

Ich weiß überhaupt nicht, warum ich lächele, dachte Kirk, während es ihm immer mehr Mühe bereitete, ernst zu bleiben. *Es kann wohl kaum lustig sein, sich an der Starfleet-Akademie einen Rauswurf einzuhandeln.* Darauf lief es vielleicht hinaus. Andererseits: Bisher unterschied sich diese Version des Tests nicht von den beiden anderen, die er bereits kannte. Waren ihm die beabsichtigten Veränderungen gelungen? Zweifel keimte plötzlich in Jim. Immerhin fehlte ihm die Kompetenz eines Computerexperten.

»*Potemkin?* Wir empfangen Ihre Signale kaum noch. Können Sie uns helfen?«

»Steuern Sie uns in die Neutrale Zone«, sagte Kirk und lehnte sich zurück. Er hielt sich nicht einmal damit auf, Informationen über den Frachter zu verlangen. Beim erstenmal hatte er sich eine entsprechende Datenübersicht angesehen, ohne daß sie ihm etwas nützte.

Auch beim zweiten Mal nahm er diese Möglichkeit wahr, um sich wie jemand zu verhalten, der den Test nicht kannte. Jetzt beschloß er, keine Zeit damit zu verlieren.

»Damit verletzen wir die Vertragsbestimmungen, Captain«, gab der Erste Offizier zu bedenken.

»Das ist mir durchaus klar.« *In der Wirklichkeit sähe alles ganz anders aus,* erinnerte sich Jim. »Deflektoren aktivieren. Nur für den Fall.«

»Aye, aye, Sir.«

Der Computer wies darauf hin, daß die *Potemkin* nun in die Neutrale Zone vorstieß.

»Die Kom-Verbindung mit der *Kobayashi Maru* ist unterbrochen!« rief der Kommunikationsoffizier wenige Sekunden später.

Und der wissenschaftliche Offizier meldete: »Drei klingonische Kreuzer im Anflug!«

»Ausweichmanöver!« befahl Kirk und schloß die Hände fest um die Armlehnen des Kommandosessels – er wußte, daß eine heftige Erschütterung bevorstand. Die imperialen Schiffe eröffneten das Feuer, und der Simulator erbebte. Das Pult des Steuermanns platzte funkenstiebend auseinander.

»Volle Energie in die Schilde!«

Eine schlanke junge Frau trat über den ›Toten‹ vor der geborstenen Konsole hinweg und drückte Tasten. »Die Deflektoren sind ausgefallen, Captain.«

Kirk warf dem ›sterbenden‹ Navigator einen verärgerten Blick zu, ballte die Fäuste und wünschte sich, auf irgend etwas einzuschlagen. Einmal mehr erschien ihm alles ungerecht und unfair. »Stellen Sie einen Kontakt zu den klingonischen Schiffen her. Teilen Sie ihnen mit, daß uns eine Rettungsmission in die Neutrale Zone führt!«

Vorwurfsvoll starrte Jim zum Wandschirm. Howell und die anderen sahen zu, und er wünschte sich, sie mit seinem Zorn verbrennen zu können.

Das Projektionsfeld zeigte ihm schwarzes All und drei raubvogelartige Kriegsschiffe. Eine sonderbare, unheilverkündende Stille herrschte. Kirk merkte erst, daß der Kadett am Kom-Pult nicht auf seine Order reagiert hatte, als der Erste Offizier brummte: »Der Captain hat Sie aufgefordert, eine Verbindung mit dem klingonischen Commander herzustellen, Mister.«

Der Kommunikationsoffizier stotterte hilflos. Jim drehte den Kommandosessel und beobachtete, wie der Mann kurz die Augen schloß – zu einem stummen Gebet? – und dann die Kontrollen bediente. »Visuelle Verbindung, Sir …«

Kirk wölbte überrascht die Brauen.

»Hier spricht Commander Kozor von der *Kh'yem*«, ertönte eine gutturale Stimme. Im Hintergrund hörte Jim das Knurren und Zischen anderer simulierter Klingonen, die ihren jeweiligen Aufgaben nachgingen. »Sie sind in die Neutrale Zone vorgestoßen und haben damit die Vertragsbestimmungen verletzt. Im Namen des klingonischen Imperiums fordert die *Kh'yem* Sie zum Kampf heraus!«

Kirk drehte erneut den Kommandosessel, wandte sich dem Wandschirm zu und versuchte, sowohl würdevoll als auch zuversichtlich zu wirken – die Klingonen konnten ihn zwar nicht sehen, wohl aber die Offiziere der Bewertungsgruppe. »Hier spricht Captain James T. Kirk, Kommandant der *USS Potemkin*.« Zum erstenmal sprach er seinen Namen auf diese Weise, und Aufregung erfaßte ihn. »Eine Rettungsmission brachte uns hierher. Wir empfingen den Notruf eines zivilen Föderationsfrachters und sind unterwegs, um Hilfe zu leisten. Zwar verfolgen wir keine feindlichen Absichten, aber im Falle eines Angriffs werden wir uns mit allen Mitteln zur Wehr setzen.«

»Captain Kirk?« wiederholte der klingonische Commander. »*Der* Captain Kirk?«

In Jims Mundwinkeln zuckte es, als die Kadetten im

Simulator wie aus einem Mund riefen: »*Der* Captain Kirk?« Die Leiche des Navigators geriet in Bewegung, lachte leise.

Kirk räusperte sich. »Wenn Sie einen Beweis für meine Identität verlangen ...«

Der Klingone fauchte seinen Leuten Anweisungen zu. »Das ist nicht nötig«, sagte er, und jetzt klang er nicht mehr so aggressiv wie vorher. »Bitte übermitteln Sie uns die Koordinaten des Frachters. Die *Kh'yem* bietet Ihnen Unterstützung an, *Captain* Kirk.«

Das grölende Lachen des Navigators ruinierte die Feierlichkeit dieses Augenblicks. Kirk spürte die verblüfften Blicke der übrigen Kadetten auf sich ruhen und lächelte selbstgefällig. »Gamma Hydra, Sektor zehn. Wir wissen Ihr Angebot sehr zu schätzen, Kozor. Bitte eskortieren Sie uns.«

»Selbstverständlich, *Captain* Kirk! Zu Diensten ...«

Als der Test zu Ende ging, waren achtzehn Minuten und siebenundzwanzig Sekunden verstrichen. Benommen gab Kirk während der Rettungsaktion alle notwendigen Befehle – es überraschte ihn ein wenig, daß *tatsächlich* ein Frachter namens *Kobayashi Maru* existierte, dessen Besatzung gerettet werden mußte. Die Crew verhielt sich tadellos, und die Klingonen demonstrierten eine für sie völlig untypische Kooperationsbereitschaft. Der Kommandant des Frachters – Kojiro Yance – lud Kirk zum Abendessen ein.

Im Simulator roch es noch immer nach verschmorten Kabeln und geschmolzenem Kunststoff, als Howell im Zugang erschien. Die Ventilatoren in der Decke saugten erneut den Rauch ab, aber die beschädigten Konsolen – beziehungsweise ihre Simulationen – qualmten noch immer. Hier und dort zeigten sich spinnwebartige Gebilde aus Flüssigkristall auf dem rußigen Boden. Lachende Kadetten schoben sich am Admiral vorbei und traten nach draußen.

Kirk blieb im Befehlsstand sitzen, senkte den Kopf und strich mit den Fingerkuppen über die Armlehnen des Kommandosessels. *Ich habe es geschafft*, dachte er. *Ich habe dort einen Sieg errungen, wo eigentlich nur eine Niederlage möglich sein sollte*. Es spielte kaum eine Rolle, daß er seinen Triumph einer Manipulation verdankte.

»Eine interessante Vorstellung«, sagte Howell, als sie im Simulator allein waren. »Admiral Walgren spielt mit dem Gedanken, Sie vors Kriegsgericht zu stellen. Es wird mir bestimmt nicht leichtfallen, ihm das auszureden.« Er ging an der Konsole des Steuermanns vorbei und setzte sich.

Kirk lächelte noch immer, und sein Blick glitt durch den Kontrollraum. »Ich bin erfolgreich gewesen.«

»Und was haben Sie damit bewiesen?« Howells Stimme brachte ehrliche Neugier zum Ausdruck. »Daß sich Mogeln auszahlt?«

Es verletzte Kirks Stolz, seinen Sieg allein auf schlichtes Mogeln zurückzuführen. »Ich habe nur für ausgleichende Gerechtigkeit gesorgt, das ist alles. Die Spielregeln waren unfair.«

»Den Grund dafür habe ich Ihnen bereits erklärt ...«, begann Howell.

Jim unterbrach ihn. »Ich sehe keinen Sinn in einem Test, der eine Niederlage zur Folge haben *muß*.«

»Und deshalb modifizieren Sie einfach das Simulationsprogramm, damit die Klingonen Sie für einen berühmten Captain halten und Ihnen helfen, anstatt die *Potemkin* zu vernichten?« Howell musterte Kirk. »Was wollen Sie unternehmen, wenn Sie tatsächlich einmal in eine solche Situation geraten, wenn Sie von imperialen Kreuzern bedroht werden? Wollen Sie sich dann den Klingonen gegenüber als Garth von Izar ausgeben?«

Kirk straffte die Schultern und hatte plötzlich das seltsame Gefühl, ein zukünftiges Schiff verteidigen zu müssen. »Mit dem Problem befasse ich mich, wenn es soweit ist«, erwiderte er steif. »Vielleicht genügt es dann, meinen wahren Namen zu nennen.«

In Howells Zügen kam es zu einer subtilen Veränderung, doch der strenge Ernst kehrte zurück, bevor Jim die Reaktion zu deuten vermochte. Er runzelte andeutungsweise die Stirn, und daraufhin lächelte der Admiral, stand langsam auf. »Vergessen Sie die Frage«, sagte er, näherte sich dem Befehlsstand und sah wie ein Untergebener zu Kirk auf. »Lassen Sie uns nun feststellen, was der Rest der Klasse *diesmal* zu sagen hat. Ich schätze, Ihnen steht eine recht unruhige Zeit bevor.«

Kirk erhob sich ebenfalls und verharrte neben Howell im leeren Simulator. »Ja, Sir. Was auch immer ich von den anderen Kadetten hören werde – sicher hab ich's verdient.«

Howell schmunzelte erneut, sogar noch etwas freundlicher als vorher. »Ja, Mr. Kirk. Mit dieser Vermutung dürften Sie richtigliegen.«

Kirk ahnte, daß sich diese Worte des Admirals nicht nur auf den Rest des Tages bezogen.

3 HALLEY

Auf McCoys Rat hin hatte Kirk die Sitzposition geändert: Er lehnte jetzt mit dem Rücken an der Wand, und das rechte Bein lag ausgestreckt über zwei Sitzen. Eine Minute lang trommelte er mit den Fingern aufs Polster und schwieg, doch Leonards Grinsen half ihm schließlich dabei, die Verlegenheit durch Ärger zu überwinden. »So komisch war das gar nicht, Pille.«

McCoy lachte leiser. »Da muß ich dir widersprechen, Jim«, sagte er und kicherte. »Ich finde es sogar *sehr* komisch.« Er wandte sich von seiner Medo-Tasche ab, neigte den Kopf nach hinten und atmete tief durch. »Es ist so *typisch!* Ich hätte gleich darauf kommen sollen!«

Kirk schnitt eine Grimasse und hoffte, daß Leonard sie im Halbdunkel nicht bemerkte. Obwohl… Eigentlich war's schade, gerechten Verdruß an die Finsternis zu verschwenden. »Willst du mich damit beleidigen?«

Der Arzt zuckte mit den Schultern. »Kommt ganz darauf an, welches Bild du von dir selbst hast…«

»Ich glaube, ich verstehe nicht ganz…« Chekov stand in der vorderen Tür und hatte nur die zweite Hälfte von Kirks Schilderungen gehört. Jetzt nahm er mit dem Rücken zur Luftschleuse Platz, zog die Knie an und schlang die Arme darum. Das Licht der Notlampen verlieh dem braunen Haar des Lieutenants einen fast bläulichen Glanz, und gleichzeitig blieben Einzelheiten des Gesichts im Schatten verborgen. »Soll das heißen, Sie haben bei jenem Test gemogelt?«

»Mr. Chekov!« McCoy heuchelte Empörung, und er

schnitt eine übertrieben ernste Miene. »Was die damaligen Leistungen des Captains betrifft, kann man wohl kaum von ›mogeln‹ sprechen – das ist ein viel zu banales Wort.« Er entnahm der Medo-Tasche einen Gegenstand und hielt ihn ins Licht. »Er nutzte das Vorrecht des Kommandanten, ein Problem auf … kreative Weise zu lösen.«

»Ich habe die Bedingungen des Tests verändert«, erklärte Kirk.

McCoy gab ihm nicht die Chance, seinen Rechtfertigungsversuch fortzusetzen. »Seine Lösung hatte überhaupt nichts mit dem ursprünglichen Test zu tun«, brummte er und kramte erneut in der Tasche.

Chekovs Blick wanderte zwischen Captain und Arzt hin und her. Er schien zu glauben, daß die beiden Männer bei ihrem Wortwechsel eine Art geheimen Code verwendeten. »Sie haben gemogelt.«

Kirk verzog noch einmal das Gesicht und war dankbar dafür, daß die Dunkelheit seine Züge verbarg. »Mein ganzes Leben lang habe ich gemogelt«, sagte er gedankenverloren. »Das Schicksal hat es nie gemerkt – bis jetzt.«

Die gute Stimmung verflüchtigte sich ebenso schnell wie Wachs in einem Partikelstrahl, und es folgte bedrückende Stille. Kirk wollte sich zuerst entschuldigen, begriff dann aber, daß er dadurch alles noch schlimmer gemacht hätte. Er hörte, wie McCoy in der Tasche auch weiterhin nach irgendeinem Gegenstand suchte, lauschte eine Zeitlang den Geräuschen, die Scott im Heck der *Halley* verursachte. Das Schweigen dauerte an, und nach einer Weile wünschte sich der Captain, daß jemand ein anderes Thema anschnitt.

McCoy war es, der die immer mehr zur Last werdende Stille beendete.

»Kommen Sie.« Er stand auf und stieß Chekov mit dem Fuß an. »Setzen Sie sich in einen Sessel! Das Metall saugt Ihnen geradezu die Wärme aus dem Leib, und ich möchte nicht auch noch einen Hypothermie-Patienten bekommen.«

Chekov erhob sich gehorsam, und als er durchs Licht trat, sah Kirk seinen mürrischen Gesichtsausdruck. In der Reihe hinter Sulu ließ er sich auf einen leeren Sitz sinken. »Bald sind auch die Sessel nicht mehr sicher. Die beste Isolierung nützt uns nichts, solange es draußen kälter ist als hier drinnen.« Chekov starrte durchs Fenster ins All. »So will es die praktische Physik.«

Es überraschte Kirk nicht, daß ausgerechnet Chekov an den Tod dachte, der außerhalb des Shuttles lauerte. Der Sicherheitsoffizier hatte über lange Zeit hinweg gekämpft, um sich einen festen Standpunkt zwischen rein praktischen Erwägungen einerseits und blindem Idealismus andererseits zu erobern. Dieser Umstand hatte seinem Wesen einen zwiespältigen Aspekt hinzugefügt: Er wagte es jetzt kaum mehr, sich in die eine oder andere Richtung zu wenden, aus Furcht, den mühsam errungenen festen Halt zu verlieren. Jim fragte sich manchmal, wer oder was diese Veränderung bewirkt hatte, und aus welchem Grund.

»Geben Sie nicht auf«, sagte er und hoffte dabei, den eigenen Rat beherzigen zu können. »Uns bleiben noch einige Stunden, bevor die sinkende Temperatur gefährlich wird. Zeit genug für Scotty, um ein ganz neues Shuttle zu konstruieren!«

»Wenn Ihre Besorgnis allein dem möglichen Erfrieren gilt, so kann ich Sie beruhigen«, ertönte die Stimme des Chefingenieurs aus dem Hecksegment der *Halley*.

Kirks Knie protestierte mit heißem Schmerz, als er sich halb umdrehte. Scott schritt durch den Mittelgang, und ein Instrumentengürtel hing schief an seiner Taille. Er strich einige Strähnen seines zerzausten Haars beiseite, und die schmutzigen Finger hinterließen Flecken an der Stirn. Als er Jims Blick bemerkte, lächelte er schief und trat an der Notlampe vorbei.

»Nun, wie sieht's aus?« fragte der Captain und glaubte, die Antwort bereits zu kennen.

Scott setzte den Weg zur Pilotenkanzel fort, beugte sich dort über den Sessel des Steuermanns und betätigte einige Tasten. Helles Licht verdrängte das Halbdunkel aus der Raumfähre, die daraufhin dankbar zu seufzen schien. Erleichterung durchströmte Kirk.

»Außerdem funktioniert die Heizung«, sagte Scott und kehrte ins Passagierabteil zurück. »Sie arbeitet schon, obwohl wir den Unterschied erst in einer Stunde oder so bemerken werden. Wir brauchen also nicht zu befürchten, der Kälte zum Opfer zu fallen.«

»Endlich steht unseren Augen mehr als nur Sternenlicht zur Verfügung.« McCoy legte bei der Untersuchung von Kirks Knie eine kurze Pause ein, um die Notlampe am Rand des Sessels auszuschalten. »Wie dem auch sei, Jim: Im Dunkeln hat das hier besser ausgesehen.«

Kirk blieb stumm. Leonard hatte ihm das Hosenbein aufgeschnitten, damit sich der Stoff nicht um das angeschwollene Knie spannte. Die chemische Kältepackung linderte den Schmerz kaum und täuschte nicht über die purpurne Verfärbung der Haut hinweg. McCoy schob die Packung vorsichtig beiseite und bereitete den Injektor vor. Jim nahm das zum Anlaß, sich ganz auf Scott zu konzentrieren, um nicht bei der Injektion zusehen zu müssen.

»Ist unser energetisches Potential wiederhergestellt?« fragte er den Chefingenieur.

»Nein«, antwortete Scott unverblümt. »Die *Generatoren* produzieren Energie, aber der Antrieb ist nach wie vor ohne Saft.« Der Schotte lehnte sich an die Wand, hob und senkte wie in Zeitlupe die Schultern. »Eine typische Auswirkung von Gravitationsminen«, fügte er hinzu. »Das Triebwerk beschädigt sich mit der eigenen Schubkraft, und hinzu kommen die Folgen der starken Gravitationsbelastung. Es hat überhaupt keinen Sinn, die einzelnen Schäden aufzulisten. Fast nichts an Bord ist heil geblieben.«

»Bedeutet das, wir treiben noch immer manövrierunfähig durchs All?« Mit dieser Frage fing McCoy die Aufmerksamkeit des Captains ein – und verabreichte die Injektion, als er Kirks Blick auf sich spürte.

»Aye, Doktor«, bestätigte Scott. »Sie haben's erfaßt.« McCoy wandte sich Sulu zu, vielleicht ein wenig zu abrupt, denn der Chefingenieur ließ seinen Worten eine Erklärung folgen, die fast entschuldigend klang. »Die Bordsysteme können kaum mehr identifiziert, geschweige denn *repariert* werden. Deshalb würde uns das Triebwerk selbst dann kaum etwas nützen, wenn es sich noch in einem funktionstüchtigen Zustand befände, was ganz eindeutig *nicht* der Fall ist.« Er gestikulierte vage. »Unsere Energie für Licht und Heizung reicht mindestens hundert Jahre lang. Aber ohne Hilfe von außen sind wir nicht imstande, unseren Kurs auch nur um einen einzigen Zentimeter zu ändern.«

Hilfe konnte allein von Spock und der *Enterprise* kommen. Kirk überlegte, ob er wirklich auf eine Rettung hoffen durfte – oder ob es besser war, sich mit dem Unabwendbaren abzufinden. Er dachte an Chekov, der hin und her gerissen war zwischen dem, was seiner Ansicht nach geschehen sollte beziehungsweise mußte – und dem, was ihnen die Zukunft *tatsächlich* bescheren mochte. Plötzlich verstand er die Empfindungen des Russen und entschied für sich persönlich, daß Wunder nicht von allein geschahen: Sie wurden nur dann möglich, wenn man nachhalf. Um bei diesem speziellen Szenario zu gewinnen, blieb ihm nichts anderes übrig, als erneut zu mogeln. »Können Sie den Kommunikator irgendwie in Ordnung bringen, Scotty?«

Der Chefingenieur drehte den Kopf und sah zum Sicherheitsoffizier. »Was meinen Sie?«

Chekov schüttelte den Kopf. »Ich habe das Schaltpult fast ganz auseinandergenommen.« Er nickte in Richtung Pilotenkanzel, und Kirk sah überaus vertraut wirkenden Kummer im Gesicht seines ehemaligen Navigators. »Die einzelnen Komponenten liegen im Sessel, zusammen mit einigen Teilen des Empfängers.«

Scott verschwand erneut in der vorderen Kabine, und einige Sekunden später schnaufte er enttäuscht. Kirk warf Chekov einen fragenden Blick zu, und daraufhin sagte der Lieutenant: »Die Gravitationsschwankungen haben fast alles zerrissen und zerfetzt.«

»Vielleicht gelingt es mir, etwas zusammenzubasteln.« Scott verließ die Pilotenkanzel und stapfte auf dem Weg zum Heckbereich durch den Mittelgang. In der einen Hand hielt er etwas, das einmal eine Karte mit integrierten Schaltkreisen gewesen sein mochte. »Ein Versuch kann sicher nicht schaden. Das ist immer noch besser, als einfach nur tatenlos herumzusitzen.«

Als tatenlos herumzusitzen... Diese Worte weckten Schuldgefühle in Kirk, trotz der Schmerzen im verletzten Knie. *Ich sollte etwas unternehmen.*

Er sah zu Sulu und McCoy auf der anderen Seite des Mittelgangs. Der blasse Steuermann hatte vor etwa einer halben Stunde das Bewußtsein verloren und erwachte, als ihm der Arzt eine neuerliche Injektion verabreichte. »Ich... bin eingeschlafen«, murmelte er und blickte in Kirks Richtung. »Bitte entschuldigen Sie, Sir.«

Jim zuckte mit den Schultern, und dann fiel ihm ein, daß Sulu diese Geste vermutlich gar nicht sehen konnte. »Sie haben nicht viel verpaßt.«

»Der Captain hat beim *Kobayashi Maru* gemogelt«, sagte Chekov in der Reihe hinter Sulu.

»Sir?« fragte der Steuermann. Kirk seufzte.

McCoy wiederholte die Schilderungen und beschränkte sich dabei aufs Wesentliche.

»Das überrascht mich nicht«, kommentierte der Steuermann und lächelte, als Leonard schließlich schwieg.

McCoy schnaubte. »Ich habe in diesem Zusammenhang auf typisches Verhalten hingewiesen«, brummte er. »Was *mir* fast eine Degradierung eingebracht hätte!«

»Es liegt an den Verletzungen – dadurch kann ich mir viel mehr erlauben.« Sulu lachte leise, und Pein zeichnete sich dabei in seinen Zügen ab. »Gott schützt Narren, Kinder und Invaliden.«

McCoy bedachte Kirk mit einem fragenden Blick, und der Captain hob erneut die Schultern. Leonard wandte sich wieder an den Steuermann. »Was ist so lustig? Geben Sie uns die Möglichkeit, ebenfalls zu lachen.«

Sulu holte tief Luft. »Ich habe an Narren und den *Kobayashi Maru* gedacht ...«

»Sie können sich *viel* erlauben, aber nicht *alles*«, erklang Chekovs Stimme. Der warnende Tonfall schien Sulu noch mehr zu amüsieren.

»Was soll das bedeuten?« McCoy hob die Augen, zeigte so etwas wie unschuldiges Interesse. »Hat *noch* jemand an Bord dieses Shuttles den *Kobayashi-Maru*-Test erlebt?«

Chekov starrte aus dem Fenster, und ein Schatten schien auf sein Gesicht zu fallen. Regten sich Ärger, Zorn oder Verlegenheit in ihm? Kirk konnte es nicht feststellen. Als der Sicherheitsoffizier auch weiterhin schwieg, sagte Sulu: »Wir haben ihn beide hinter uns.« Er lachte erneut. »Der Unterschied besteht darin, daß in *meinem* Fall der Simulator heil blieb!«

McCoy lachte, und Kirk schmunzelte. »Wir sind ganz Ohr, Mr. Chekov«, sagte er.

Der Russe beugte sich noch weiter zum Fenster vor. »Es ist sehr *peinlich*.« Er sprach so leise, daß Jim Mühe hatte, ihn zu verstehen.

»Das ist immer der Fall«, meinte Kirk. »Bei der Peinlichkeit handelt es sich um einen integralen Bestandteil des Tests.«

»Eigentlich bezieht sich das Peinliche gar nicht auf den *Kobayashi Maru*«, warf der Steuermann ein.

»Sulu ...«, begann Chekov, und diesmal schien die Warnung ernst gemeint zu sein.

»Er hatte weitaus mehr Bewegungsspielraum«, fuhr der Steuermann fort, obgleich Chekovs Miene darauf hinwies, daß sein Unbehagen immer mehr zunahm. »Und er hat ihn gut genutzt. Es ist eine sehr interessante Geschichte.«

Der Sicherheitsoffizier seufzte und blickte auch weiterhin ins All. »Na schön. Berichten *Sie* davon, wenn Sie unbedingt wollen.«

»Ich bitte Sie, Mr. Chekov.« Kirk fühlte sich verpflichtet, die wachsende Anspannung zwischen den beiden Offizieren ein wenig zu lindern. »So schlimm kann es bestimmt nicht sein ...«

Sulu gluckste und kicherte. »Sie wären überrascht, Captain.«

Chekov richtete einen vorwurfsvollen Blick auf den Steuermann, und Kirk wiederholte McCoys frühere Bemerkung: »Wir haben viel Zeit. Und außerdem lenkt es uns ab.« Er hoffte, daß ihn der Russe verstand.

Chekov schien zunächst nicht zu ahnen, daß die Worte des Captains auch noch eine verborgene Botschaft enthielten – bis er für einige Sekunden Kirks Blick begegnete. Erst dann offenbarten die dunklen Augen des Russen beginnendes Verstehen. Chekov nickte, doch gewisse Anzeichen ließen den Schluß zu, daß er noch immer mit sich selbst rang. Jim beobachtete, wie sich praktische Erwägungen durchsetzten, den Sieg über die Bedürfnisse von Chekovs Emotionen errangen. Daraufhin fühlte Kirk eine seltsame Mischung aus Schuld und Erleichterung.

»Es ist *wirklich* nicht besonders komisch«, betonte der Sicherheitsoffizier noch einmal. Er schürzte die Lippen und sah wieder aus dem Fenster. »Ganz im Gegenteil. Nichts in meinem ganzen Leben hat mich so verlegen gemacht ...«

4 DIE SPIELREGELN

Die *USS Yorktown* explodierte, verwandelte sich in eine Wolke aus Neutrinos und grellem Licht. Kadett Pavel Chekov saß im Auditorium, lehnte sich in seinem Sessel zurück und seufzte zufrieden. Die drei klingonischen Kreuzer in der Nähe des Starfleet-Schiffes wurden ebenfalls vernichtet, und ihre Explosionsblitze vereinten sich mit dem ersten Gleißen. Die übrigen Studenten im Saal beobachteten das Geschehen auf dem Wandschirm und applaudierten begeistert. Nur die vier wissenschaftlichen Kadetten in der ersten Reihe wirkten betroffen und sogar bestürzt. Chekov bemerkte Alan Baasch in der Mitte jener Gruppe und lächelte. Baasch hielt sich immer streng an die Vorschriften, und deshalb lehnte er ein kreatives Finale ab. Sein Ärger bereitete Chekov zusätzliche Genugtuung.

Das Glühen im großen Projektionsfeld an der Wand verblaßte, und kurz darauf leuchteten wieder die Lampen im Auditorium. Dutzende von Kadetten blinzelten wie kleine Kinder, die gerade aus tiefem Schlaf erwachten. Der neben Chekov sitzende Robert Cecil meinte im Plauderton: »Dafür zieht dir Kramer das Fell über die Ohren.«

Der junge Russe beugte sich vor und sah, wie Cecil einige Rußflocken aus dem blonden Haar zupfte. Alle Studenten im Saal waren schmutzig und rochen nach Qualm. Chekov fragte sich, welchen Eindruck er in diesem Zustand auf sein Idol James Kirk gemacht hätte. Es war kein Geheimnis, wie sehr er Kirk bewunderte, und

Chekov ließ ebensowenig Zweifel an seiner festen Überzeugung, nach der Ausbildung an Bord der *Enterprise* arbeiten zu dürfen.

»Wieso denn?« erwiderte er nun. »Man hat mich mit der Aufforderung in den Simulator gesetzt, die Klingonen zu schlagen – und ich *habe* sie besiegt.«

Cecil schnaubte leise und lehnte sich zurück. »Du solltest die Pflichten eines Kommandanten wahrnehmen. Niemand hat von dir verlangt, dein eigenes Schiff zu vernichten.«

»Darauf hätte man mich *vor* der Konfrontation mit den Klingonen hinweisen müssen.« Chekov wußte natürlich, daß die Opferung der *Yorktown* eine ziemlich drastische Maßnahme darstellte, um über die imperialen Kreuzer zu triumphieren, aber er sah darin noch immer eine akzeptable Lösung. Commodore Aldous Kramer ereiferte sich gern – seit dem Beginn von Chekovs Ausbildung schien er an chronischer Verärgerung zu leiden –, aber so sehr er auch kochte: An der vom Kadetten getroffenen Entscheidung konnte er nichts ändern. Darüber hinaus wußte der Student: Die Szenarios dienten in erster Linie dazu, den *Charakter* zu testen; von irgendwelchen Bürokraten ersonnene Vorschriften spielten dabei keine oder nur eine untergeordnete Rolle. Wenn Kramer Chekovs Charakter nicht mochte, so war das sein Problem. Der Russe wollte jedenfalls keine Zeit mit dem Versuch vergeuden, den Commodore sympathisch zu finden.

Kramer stand nun vor dem Bildschirm, der vom Boden bis zur Decke emporreichte. Das Licht der Lampen verlieh seinem Haar die Farbe von Stahl, und die Augen wirkten wie zwei zornige schwarze Rosinen im Pfannkuchen des Gesichts. Er forderte die Kadetten nicht auf, ihre Gespräche zu beenden und still zu sein, unternahm nicht den geringsten Versuch, ihre Aufmerksamkeit zu wecken. Statt dessen beschränkte er sich darauf, stummes Mißfallen auszustrahlen – bis die Studenten schließlich schwiegen. Schon nach kurzer Zeit herrschte Ruhe im Saal.

Der Commodore trat zum Podest und ließ seinen strengen Bariton erklingen: »Kadett Chekov!«

Der Russe straffte die Schultern, blieb jedoch sitzen. »Sir?«

Kramer spähte über die Sitzreihen hinweg und verzog so das Gesicht, als hätte er gerade in eine besonders saure Zitrone gebissen – dieser Ausdruck kam bei ihm einem grimmigen Lächeln gleich. »Ich würde Sie gern *sehen*, während ich mit Ihnen rede.«

Chekov erhob sich sofort und wartete nicht ab, bis ihn Cecil unterm Tisch anstieß. Robert schien immer zu befürchten, daß ein Teil von Kramers Zorn auch ihn traf. Wenn Chekov den Aufforderungen des Commodore nicht sofort nachkam, hielt es Cecil für nötig, ihn anzutreiben – was manchmal zu erheblicher Verlegenheit führte. Ungehorsam wäre dem jungen Russen nie in den Sinn gekommen, doch Roberts Ungeduld führte manchmal dazu, daß er langsamer reagierte.

Als er stand, legte Kramer die Hände auf den Rücken. »Kadett Chekov, Sie haben gerade die Aufzeichnung Ihres *Kobayashi-Maru*-Tests gesehen, nicht wahr?« In seiner Stimme ließ sich ein melodisch klingender Rheinland-Akzent vernehmen, der einen auffallenden Kontrast zur eisernen, phantasielosen Persönlichkeit bildete.

»Ja, Sir«, bestätigte Chekov selbstbewußt. »Das habe ich tatsächlich.«

»Und wie beurteilen Sie Ihre Leistungen?«

Chekov zögerte kaum merklich. »Ich glaube, sie sind recht zufriedenstellend, Sir.«

Kramer nickte, ging mit langsamen, gemessenen Schritten auf und ab. »Ein Captain ist vor allem dazu verpflichtet, die Sicherheit von Schiff und Besatzung zu gewährleisten, stimmt's?«

»Ja, Sir.« Chekov spürte, wie sich ein flaues Gefühl in seiner Magengrube ausbreitete.

»Außerdem hat ein Captain die Aufgabe, die gegenwärtigen friedlichen Beziehungen mit unseren klingonischen Nachbarn zu wahren«, fuhr Kramer fort. »Sind Sie nicht auch dieser Meinung?«

»Die Klingonen haben angegriffen...«, begann Chekov.

Der Commodore unterbrach den Kadetten sofort, gab ihm keine Gelegenheit, weitere Einwände zu erheben. Abrupt blieb er stehen und donnerte: »Beantworten Sie meine Frage, Mr. Chekov!«

Aus einem Reflex heraus ballte der Student die Fäuste. »Ja«, sagte er.

Kramer schien diesen kleinen Sieg zu genießen, als er sich übers Pult vorbeugte. »Sie haben die Vertragsbestimmungen verletzt, als Sie in die Neutrale Zone vorstießen. Sie ließen sich auf einen Kampf gegen drei klingonische Schiffe ein, obgleich die Möglichkeit zum Rückzug bestand. Ganz bewußt vernichteten sie ein Starfleet-Schiff im Wert von mehreren *Milliarden* Credits und gaben die Crew dem Tod preis. Und das nur, um einem Frachter zu Hilfe zu eilen, von dem Sie nicht einmal wissen, ob er wirklich existiert. Ich nehme dies zum Anlaß, Ihnen folgende Frage zu stellen: Welche Aspekte Ihrer Leistungen beim Test halten Sie für ›zufriedenstellend‹?«

»Wenn Sie gestatten, Commodore...« Es fiel Chekov schwer, höflich zu bleiben.

Kramer vollführte eine spöttisch gemeinte einladende Geste. »Oh, ich *bitte* Sie um eine Erklärung! Daran bin ich sehr interessiert.«

Chekov versuchte, das schallende Gelächter im Saal zu ignorieren. Es gelang ihm nur teilweise. »Die Pflicht eines Captains besteht unter anderem darin, Rechte und Leben von Zivilisten in seinem Zuständigkeitsbereich zu schützen. Dazu gehören auch die Besatzungsmitglieder von Frachtern und Treibstofftransportern. Ich habe den Klingonen mitgeteilt, daß uns eine Rettungsmission in die Neutrale Zone führte – während sie ihren Aufenthalt in jenem Sektor nicht einmal zu rechtfertigen versuchten.«

»Wenn sich die Klingonen über vertragliche Vereinbarungen hinwegsetzen, so bedeutet das nicht, daß wir ihrem schlechten Beispiel unbedingt folgen müssen«, wandte Kramer ein.

»Ich weiß, Sir«, sagte Chekov. »Ich wollte nur darauf hinweisen, daß keine ernsten Konsequenzen für die diplomatischen Beziehungen zwischen Föderation und Imperium zu befürchten sind, da sich auch die Klingonen einer Vertragsverletzung schuldig machten.«

Kramer neigte den Kopf und winkte kurz. »Nun gut«, brummte er. »Begnügen wir uns damit, die Möglichkeiten eines *posthumen* Kriegsgerichtsverfahrens gegen Sie zu erörtern.« Erneut ertönte lautes Gelächter.

Chekov zählte in Gedanken bis drei. »Des weiteren möchte ich betonen, daß ich die Crew der *Yorktown* keineswegs dem Tod preisgegeben habe, Sir.«

»Sie glauben, daß die Besatzung überlebte, weil Sie Ihr Schiff evakuieren ließen?« fragte Kramer.

Als Chekov diese Frage hörte, erwachte Unsicherheit in ihm. Er zögerte, bevor er erwiderte: »Äh, ja ...«

Kramer seufzte so tief, daß Chekov den älteren Mann um sein Lungenvolumen beneidete. »Mit einem Schiff der *Constitution*-Klasse haben Sie mehrere imperiale Kreuzer gerammt«, sagte der Commodore und zog jedes einzelne Wort in die Länge. »Was die Zerstörung von vier – ich wiederhole: *vier* – Raumern mit Materie-Antimaterie-Wandlern, Photonentorpedos und Plasma-Kammern zur Folge hatte. Die Föderation darf sich glücklich schätzen, wenn sie während der nächsten hundert Jahre Kom-Signale durch jenen Raumbereich schicken kann – von Schiffen ganz zu schweigen.«

Chekov spürte viel zu deutlich, wie er vom Kragen aufwärts errötete.

»Haben Sie das in Erwägung gezogen, Kadett?«

Ein Lüge kam nicht in Frage. Chekovs Wangen und Ohren brannten noch immer, als er den Kopf schüttelte und mit möglichst fester Stimme antwortete: »Nein, Sir. Das habe ich nicht.«

»Natürlich nicht.« Kramer griff nach seinen auf dem Pult liegenden Unterlagen, schien die Sache damit für erledigt zu halten.

»Wenn Sie erlauben, Sir...«

Der Commodore verharrte, blickte so auf die Papiere und Datenfolien hinab, als hätte er dort faszinierende neue Informationen entdeckt.

»Ich glaube nach wie vor, daß die Zerstörung der *Yorktown* eine vernünftige Alternative zur Gefangennahme darstellte«, sagte Chekov, als Kramer schließlich aufsah. »Sogar dann, wenn sie den Tod der Besatzung bedeutete, Sir. Die Möglichkeit des Rückzugs stand uns *nicht* mehr offen. Der Gegner hatte bereits das Feuer auf uns eröffnet – weder das Warptriebwerk noch die Waffensysteme funktionierten. Selbst mit einem voll einsatzfähigen Schiff ist es sehr schwierig, einem klingonischen Verfolger zu entgehen. In dieser Hinsicht blieb der *Yorktown* überhaupt keine Chance.«

Kramer musterte ihn stumm, und nach einigen Sekunden fuhr Chekov fort: »Ich mußte damit rechnen, daß mein Schiff in die Hände des Feindes fiel, und dadurch hätten die Klingonen wichtige technische Informationen bekommen – was es zu vermeiden galt. Deshalb entschied ich mich für die Zerstörung.«

»Ich verstehe«, sagte Kramer kühl und machte keinen Hehl aus seiner ablehnenden Haltung.

Die Wangen des jungen Russen glühten noch immer, aber diesmal hieß der Grund nicht Verlegenheit. »Ich habe versucht, die Crew zu retten. Ohne die Vernichtung der Schlachtkreuzer wären die Besatzungsmitglieder in klingonische Gefangenschaft geraten.« Chekov schluckte und überlegte kurz, ob er seine Erläuterungen an dieser Stelle beenden sollte. Doch Zorn setzte sich gegenüber dem gesunden Menschenverstand durch. »Ich habe Berichte über die Foltermethoden der Klingonen gelesen, Commodore. Und daher glaube ich, daß die Angehörigen meiner Crew lieber gestorben wären.«

Jetzt lachte niemand mehr.

»Sind Sie fertig?« fragte Kramer so ruhig, daß sich seine Stimme im großen Saal zu verlieren schien.

Plötzlich wünschte sich Chekov, in den Sessel zu sinken und nicht mehr im Zentrum der allgemeinen Aufmerksamkeit zu stehen. »Ja, Sir.«

Steifbeinig kehrte der Commodore zum Pult auf dem Podest zurück. »Mr. Chekov ...« Seine Stimme klang jetzt fast monoton. »Ich werde nicht zulassen, daß der Unterricht noch einmal auf eine solche Weise gestört wird. Wenn Sie in Zukunft etwas erklären möchten, so werden Sie warten, bis ich eine entsprechende Bitte an Sie richte. Ist das klar?«

»Aye, Sir.«

Chekov hielt dem durchdringenden Blick des Ausbilders so gut wie möglich stand, obwohl sich dabei alles in ihm verkrampfte. »Darf ich mich jetzt setzen, Sir?« erkundigte er sich in einem Tonfall, der seiner Meinung nach zu sehr von Unterwürfigkeit kündete.

»Sie dürfen.« Chekov fühlte auch weiterhin Kramers Blick auf sich ruhen, als er Platz nahm. Unmittelbar darauf stellte der Commodore eine Frage, die ihn überraschte. »Spielen Sie Solitär, Mr. Chekov?«

Der Russe erahnte eine versteckte Bedeutung in diesen Worten, die ihm jedoch verborgen blieb. »Nein, Sir«, entgegnete er. »Ich kenne jedoch die Spielregeln.«

Kramer schüttelte den Kopf. »Das bezweifle ich.« Er drehte den Kopf, sah auch die übrigen Kadetten an. »Möchte jemand von Ihnen Mr. Chekovs Leistungen kommentieren?«

Eine solche Gelegenheit ließ Alan Baasch natürlich nicht ungenutzt verstreichen. »Basiert das Abschneiden der ganzen Klasse auf Mr. Chekovs Verhalten während des *Kobayashi-Maru*-Tests, Commodore?«

Kramer lächelte dünn. »Natürlich, Mr. Baasch. Ein Captain spricht und handelt für die ganze Crew. Haben Sie das vergessen?«

»Aber das ist nicht fair!« entfuhr es Alan empört. »*Ich* hätte nicht beschlossen, die klingonischen Kreuzer zu rammen!«

Der Commodore zuckte mit den Achseln. »Sie waren auch nicht der Captain. Sonst noch jemand?«

Chekov hatte einen großen Teil der Studienzeit damit verbracht, die klingonische Kampftaktik zu analysieren. Er glaubte, sich damit besser auszukennen als seine Kollegen, und deshalb hörte er kaum zu, als einige andere Kadetten Kommentare abgaben. Stumm saß er im hinteren Bereich des Saals, verschränkte die Arme, beobachtete Aldous Kramer und fragte sich, welcher Zusammenhang zwischen Solitär und dem *Kobayashi-Maru*-Test existieren mochte.

Das Heulen der Sirene riß Chekov aus dem Schlaf, wirkte wie eine eisige Hand, die direkt nach seinem Herzen tastete. Er setzte sich auf und überlegte, ob am Ende seiner letzten Dienstschicht Alarmstufe Gelb angeordnet worden war. Er versuchte noch immer, sich aus dem Durcheinander der Laken zu befreien, als Stimmen den Nebel seiner Benommenheit durchdrangen. Nein, er hatte nicht etwa Alarmsirenen gehört, sondern das Wecksignal. Und er befand sich gar nicht an Bord eines Raumschiffs. Diese Erkenntnis veranlaßte ihn zu einem erleichterten Seufzen.

»An die Kadetten im Quartierblock G: Begeben Sie sich zum Startplatz 7. An die Kadetten im Quartierblock G: Begeben Sie sich zum Startplatz 7...«

Cecil streifte sich gerade die scharlachrote und

schwarze Kadettenuniform über. Er lächelte, als Chekov die Decken beiseite warf. »Weißt du, wie spät es ist?« Der Russe rieb sich Schlaf aus den Augen und antwortete nicht. »Vier Uhr. Um vier Uhr schickt man uns zum Shuttle-Startplatz! Hier …«

Er warf ein ärmelloses Unterhemd, und Chekov fing es auf. Rasch streifte er es über, schlüpfte dann in die Uniform und stellte fest, daß seine Hände zitterten. Das vom Traum geweckte Verlangen, zur Brücke zu laufen, ließ nicht nach, als sie durch den Korridor eilten.

Sie gehörten zu den ersten Kadetten, die Block G verließen. »Ich frage mich, wohin man uns bringen wird …« Cecil strich sich mehrmals durchs blonde Haar, um es einigermaßen in Ordnung zu bringen, doch schließlich gab er es auf. Kurze Zeit später begegneten Chekov und er fünfzehn Frauen, die bereits zum Startplatz unterwegs waren. »Es kommt jeder beliebige Ort in Frage – immerhin sind wir Kadetten.«

Chekov beobachtete die Personen weiter vorn und bemerkte Sasha Charles' rotbraunes Haar, als Cecil nachdenklich hinzufügte: »Diese Sache könnte sogar wichtig sein, Pavel.«

Er meinte es als Scherz, doch allein die Vorstellung genügte, um Chekov mit Aufregung zu erfüllen. »Keine Sorge«, sagte er, um sowohl Robert als auch sich selbst zu beruhigen. »Man würde *richtige* Offiziere in den Einsatz schicken, wenn …« Er beendete den Satz nicht. Tief in ihm rangen Hoffnung und Sorge miteinander.

Sasha Charles drehte sich halb um, als sie die Stimmen der beiden jungen Männer hörte. Chekov und Cecil winkten, woraufhin sie beiseite trat, um die übrigen Kadetten passieren zu lassen. Wenige Sekunden später schloß sie sich Robert und Pavel an, schlang wie besitzergreifend den Arm um Chekovs Taille. »Nun, was liegt an?«

»Das bleibt Spekulationen überlassen.« Cecil lächelte.

»Bisher tippen wir auf explosive Dekompression in einer Mondbasis.«

Sasha winkte ab. »Im Ernst, Jungs. Was könnte dahinterstecken?«

Erstaunlicherweise verzichtete Cecil darauf, eine zweite Möglichkeit zu nennen, und Chekov antwortete schlicht: »Kramer.«

Sashas Reaktion bestand darin, daß ihr Arm kurz zudrückte. Cecil klopfte Pavel auf die Schulter. »Ihr Russen könnt einen manchmal ganz schön nerven.«

Chekov schüttelte Roberts Hand ab und widerstand nur mit Mühe der Versuchung, eine scharfe Antwort zu geben. In Cecils hellen Augen leuchtete eine Mischung aus Ärger, Freundlichkeit und Sympathie. »Wenn euch was über die Leber gelaufen ist, hat's keinen Sinn mehr, mit euch zu reden. Ebensogut könnte man an die Vernunft des Regens appellieren.«

Cecil stammte aus Ohio in Nordamerika. Vielleicht neigte er deshalb zu unverständlichen Bemerkungen. »Was soll das heißen?« fragte Chekov.

»Es soll heißen, daß Kramer kaum mehr von dir weiß, als daß du existierst«, entgegnete Robert. Er senkte dabei die Stimme, damit ihn nicht alle hörten. »Es soll heißen, daß nicht sein *gesamtes* Verhalten auf Antipathie dir gegenüber basiert.«

»Das habe ich auch nicht behauptet.« Dieses Thema behagte Chekov nicht sonderlich. Er glaubte zu spüren, wie er einmal mehr errötete, und seltsamerweise blieb ihm der Grund dafür ein Rätsel. Neuerliche Verlegenheit? Empörung? »Wie dem auch sei: Es gefällt ihm, mir meine Fehler unter die Nase zu reiben.«

»Er versucht nur, dich zu einem guten Offizier zu machen.«

Chekov schnitt eine finstere Miene. »Zu einem guten Offizier? Lieber Himmel, wer *ist* er denn? Ein Akademiker! Sein Wissen über gute Offiziere bezieht er allein aus Büchern!«

»Genau *darin* besteht dein Problem!« Cecil wich zur Wand zurück und zog Chekov mit sich. Pavel wiederum hielt Sashas Hand fest und zwang auch sie, im Korridor stehenzubleiben. »Wir verspäten uns«, warnte er Robert.

Cecil winkte ab. »Weißt du noch, daß ich zu Beginn dieses Jahres, die Personalakten der Ausbilder einsehen wollte?«

Chekov nickte. Zu jenem Zeitpunkt hatte er nicht an den Nutzen derartiger Nachforschungen geglaubt, und auch jetzt zweifelte er daran. »Ja, ich erinnere mich.«

»Nun, Kramer hat eine sehr beeindruckende berufliche Laufbahn hinter sich. *Vierzehn* Jahre lang war er Waffenoffizier der *Farragut*, und anschließend arbeitete er über sieben Jahre hinweg als Assistent des Verwaltungsdirektors von Starfleet.«

Chekov blinzelte überrascht. »Wer hätte das gedacht?«

»*Ich* zum Beispiel«, sagte Sasha. Als ihr Pavel einen fragenden Blick zuwarf, hob und senkte sie die Schultern. »Ich bin immer von der Annahme ausgegangen, daß man gar nicht Ausbilder an der Starfleet-Akademie werden kann, ohne zuvor praktische Erfahrungen gesammelt zu haben.«

»Warum?« erwiderte Chekov. »Neunzig Prozent der Kadetten werden nie an Bord eines Raumschiffs tätig sein.« Er selbst war immer überzeugt gewesen, sich nach der Ausbildung der Besatzung eines Starfleet-Kreuzers hinzugesellen zu können, wobei er vor allem an die *Enterprise* dachte. Ganz offen sprach er davon, was ihm zunächst Spott einbrachte und dann argwöhnische Blicke.

»Das ist noch nicht alles«, fuhr Cecil fort, als die letzten Kadetten an ihnen vorbeigingen. »Kramer kennt auch deinen Helden Kirk. Sie sind seit vielen Jahren miteinander befreundet. Vermutlich haben wir es Kramer zu verdanken, daß Kirk im vergangenen Monat hierherkam, um eine Ansprache zu halten.«

Vor einem Monat hatte Chekov die einzigartige Chance genutzt, Kirk in Fleisch und Blut zu sehen. Nach nur einer halben Stunde wäre er bereit gewesen, ihm in die Hölle zu folgen. Der Gedanke, daß Kirk Commodore Kramer kannte und vielleicht sogar mochte, schien das ganze Weltbild des jungen Russen zu erschüttern und präsentierte ihm den Ausbilder in einem völlig neuen Licht. »Nein, unmöglich«, murmelte er.

»Glaubst du?« erwiderte Cecil. »Als Lieutenant rettete Kirk neun Personen, die nach einer Explosion an Bord der *Farragut* in Lebensgefahr gerieten – unter ihnen auch der heutige Commodore. *Kramer* schlug vor, Kirk mit der Tapferkeitsmedaille auszuzeichnen, und er persönlich überreichte sie ihm, als Starfleet den Antrag billigte.«

Sasha stieß Chekov mit dem Ellenbogen an. »Ich bin beeindruckt – allem Anschein nach willst du mit den Besten zusammenarbeiten.«

»Ja ...« Doch die Verbindung zwischen Kramer und Kirk zwang Chekov, seinen Standpunkt in bezug auf beide Männer zu überdenken. Vielleicht erklärte das die Haltung des Commodore. Es ging dabei nicht etwa um Neid oder Groll Chekov gegenüber – die entsprechenden Empfindungen bezogen sich vielmehr auf Kirk. *In mir hat Kramer eine Art Ersatz-Kirk gefunden, an dem er seinen Unmut auslassen kann,* fuhr es Pavel durch den Sinn. Neuer Verdruß erfaßte ihn, und er fühlte die Vermutung bestätigt, ungerecht behandelt zu werden.

»Wir sollten uns beeilen.« Chekov beendete die Diskussion, indem er zum Shuttle-Startplatz deutete und sich in Bewegung setzte. »Ich möchte nicht zu spät kommen und Kramer dadurch einen Vorwand liefern, mich erneut runterzuputzen.«

Chekov beobachtete verschiedene Regungen in Cecils Zügen, aber er wandte sich ab, schenkte ihnen keine Beachtung.

Ein feuchter, böiger San Francisco-Wind wehte über den Startplatz, trug Pavel den Geruch von Salz und Winter entgegen. Ein einfaches und schon ziemlich altes interplanetares Shuttle stand auf dem Platz, und silbriger Mondschein glitt über Stahl, der längst seinen Glanz verloren hatte. Kramer wartete neben der Luke, wirkte wie eine in blaugraue Schatten gehüllte Skulptur. Der Wind zerzauste ihm das Haar, und er nickte, als sich die Kadetten vor ihm versammelten.

»Wie Sie alle wissen«, begann er, und seine kühle Stimme paßte perfekt zum winterlichen Wetter, »wird die Raumstation Aslan seit inzwischen sieben Monaten nicht mehr genutzt. Der Grund sind notwendige Strukturreparaturen.«

Sasha lachte leise, und Cecil schnappte nach Luft. »Ich *wußte* es!« ächzte er. Chekov brachte ihn mit einem gezischten ›Pscht!‹ zum Schweigen.

»Erst zu Beginn des kommenden Jahres soll die Station wieder in Betrieb genommen werden«, fuhr Kramer fort. »Bis dahin bleibt sie Starfleet als Ausbildungszentrum für den Offiziersnachwuchs überlassen.« Er lächelte dünn. »Damit sind Sie gemeint.«

Robert gab einen erstickten Laut von sich. »Gibt es dort überhaupt *Luft?*« stöhnte er leise.

Kramers Lächeln verschwand abrupt, und er warf Cecil einen frostigen Blick zu. »Ja, Mr. Cecil, es *gibt* Luft in der Raumstation.« Robert nahm unwillkürlich Haltung an und blickte verlegen ins Leere. »Ich bin nicht als Ausbilder an der Akademie tätig, um Kadetten umzubringen.«

Das beruhigt mich sehr, dachte Chekov. Er versuchte, nicht zu schmunzeln, und gleichzeitig regten sich Gewissensbisse in ihm. Er hoffte, daß seine gemischten Gefühle verborgen blieben, sich nicht in seinem Gesicht widerspiegelten.

Wenn der Commodore etwas bemerkte, so ging er nicht darauf ein. »Während der kommenden drei Tage nehmen Sie an einem Trainingsszenario teil, das Ihre individuelle Leistungsfähigkeit testen soll«, erklärte Kramer. Er versuchte nicht, Chekovs Blick einzufangen, aber der junge Russe ahnte, daß die nächsten Worte insbesondere ihm galten. »Denken Sie dabei an eine Art dreidimensionales Solitär – in gewisser Weise spielen Sie gegen sich selbst.

Beim *Kobayashi Maru* schlüpften Sie in die Rolle eines Raumschiffkommandanten. In diesem Fall sind Sie einfach nur ein Starfleet-Offizier, der sich in einer Raumstation befindet: Ein Mörder treibt sich dort herum, hat wichtige Anlagen sabotiert und es auf Sie abgesehen. Das Ziel des Szenarios ist ganz einfach: Überleben Sie.«

Eine Zeitlang herrschte Stille, und dann fragte eine vorn stehende Frau: »Wer ist der Mörder, Sir?«

Diesmal lächelte Kramer auf eine deutlich süffisante Art. »Einer von Ihnen. Ich kann Ihnen nicht sagen, wer es ist, denn eine solche Information würde den Zweck und Sinn des Tests beeinträchtigen. Nur folgenden Hinweis gestatte ich mir: Sie werden überrascht sein.« Die Strenge wich aus den Zügen des Commodore – und kehrte so schnell zurück, daß Chekov nicht sicher war, ob die sonderbare mimische Veränderung überhaupt stattgefunden hatte.

»Sie bekommen Phaser, die auf Betäubung justiert sind und deren Emissionseinstellung nicht verändert werden kann. Darüber hinaus erhalten Sie spezielle Sender, die der Überwachungszentrale mitteilen, wann Sie getötet wurden. Mit jenen Geräten können Sie auch Hilfe anfordern, wenn sich irgendwelche Probleme ergeben. Was Nahrung betrifft: Es gibt funktionierende Lebensmittelsynthetisierer in der Station. Auch Quartiere und Hygienezellen stehen zur Verfügung.« Kramer zögerte kurz und sah Pavel an. »Übrigens, Mr. Chekov: So sehr es Ihnen auch mißfallen mag – die Zerstörung der Station ist *keine* akzeptable Lösung des Szenarios. Ich bitte Sie also um Zurückhaltung.«

Die Kadetten lachten. Chekov schob das Kinn vor, starrte über den Platz hinweg ins Nichts und verfluchte sowohl Kramer als auch die Studenten.

»Noch Fragen?«

Als sich niemand meldete, wies Kramer die jungen Leute an, sich ins Shuttle zu begeben. Unmittelbar im Anschluß daran trat er durch die offene Luke und verschwand in der Raumfähre.

Die Kadetten wandten sich zackig nach links. »Ich glaube nicht, daß er etwas gegen dich hat«, sagte Cecil.

Das Feuer der Demütigung brannte irgendwo in Chekov. »Halt die Klappe!« brummte er nur und folgte Robert ins Shuttle.

»Also: Bist du mit von der Partie?«

Chekov wandte sich vom Fenster ab, als er Sasha Charles' geflüsterte Frage hörte. »Wobei soll ich ›mit von der Partie‹ sein?«

»Ich meine den Test in der Station.« Sasha saß links von Chekov, zurückgelehnt und den Kopf nach hinten geneigt. Der Waffengürtel lag auf ihrem Schoß. »Cecil, Westbeld, Cantini, Gugin und ich wollen als Gruppe zusammenarbeiten. Wir glauben, dann eine bessere Überlebenschance zu haben.«

Pavel antwortete nicht sofort und nutzte die Gelegenheit, um das offene, bernsteinfarbene Haar zu bewundern, das ein junges Gesicht mit glatten Zügen und blaugrünen Augen umrahmte. Seit seiner Ankunft in San Francisco war er Sasha manchmal recht nahe gewesen, aber die Vorstellung, sich ihr und den anderen anzuschließen, übte keinen großen Reiz auf ihn aus. Er wollte lieber allein bleiben, nur für sich selbst Verantwortung tragen. »Ich weiß nicht ...«

»Was gibt's da zu wissen?« fragte Cecil von Sashas anderer Seite her. »Entweder bilden wir eine Gruppe und schützen uns gegenseitig, oder wir müssen ständig damit rechnen, von dem Mörder erwischt zu werden.«

Er zögerte kurz, blickte auf den Phaser hinab und runzelte die Stirn. Einige Sekunden lang ließ er sich von irgendeinem Aspekt des Phasers ablenken, doch dann fuhr er fort: »Die Entscheidung fällt nicht sehr schwer. Es sei denn, man möchte unbedingt sterben.«

Chekov lächelte. »Ich sehne keineswegs den Tod herbei. Mir ist nur klar, daß uns keine Realität erwartet.«

»Wir sollen uns so verhalten, als entspräche alles der Wirklichkeit«, sagte Sasha.

Chekov ging mit einem Achselzucken darüber hinweg. »Aber vielleicht sieht der Test nicht vor, daß wir uns zusammenschließen«, entgegnete er in der Hoffnung, die Diskussion damit zu beenden.

»Baasch und seine Freunde *bilden* eine Gruppe«, meinte Sasha. »Und Kramer hat es nicht verboten.«

»Aber er hat auch nicht ausdrücklich auf eine solche Möglichkeit hingewiesen. Er sprach von einem Test, bei dem es um die individuelle Leistungsfähigkeit geht. Woraus ich schließe: Wir müssen auf uns allein gestellt überleben.«

Cecil nahm den Phaser, betrachtete ihn und hakte ihn dann wieder an den Gürtel. »Warum beweisen wir nicht unsere jeweilige Leistungsfähigkeit, indem wir individuell überleben – in einer Gruppe?«

Ärger erfaßte Chekov, und abrupt drehte er den Kopf, blickte wieder aus dem Fenster. *Ich brauche euch nicht*! dachte er. *Allein kann ich besser abschneiden als mit euch zusammen!* Diese Überlegungen weckten sofort Schuldgefühle in ihm. Das mangelnde Vertrauen zu seinen Freunden überraschte und erschreckte ihn, aber er hielt trotzdem an seiner Entschlossenheit fest. »Und wenn einer von euch der Mörder ist?«

Sasha und Cecil lachten. »Dann wäre der Mörder wohl kaum daran interessiert, sich mit den anderen zusammenschließen«, antwortete Sasha.

Chekov blickte ihr ernst in die Augen. »Und wenn *ich* der Killer bin?«

Die junge Frau hielt in seinem Gesicht nach irgendeinem Hinweis Ausschau, und nach einigen Sekunden schien sie tiefer in die Polster des Sessels zu sinken. »Das bist du doch nicht, oder?« fragte sie unsicher

Chekov schwieg und starrte aus dem Fenster.

»Du würdest uns doch nicht im Schlaf umbringen oder so?« fügte Sasha hinzu. »Immerhin bist du unser Freund ...«

Es ist ein Szenario, wollte er erwidern, während sein Blick dem blaugrünen Ball des Planeten Erde galt. »Nein«, sagte er schließlich. »Das würde ich nicht.« Es klang alles andere als überzeugend.

Kurze Zeit später erzitterte das Shuttle, als es die Raumstation erreichte und anlegte. Sasha berührte Chekov an den Wangen und gab ihm einen Kuß – damit teilte sie ihm mit, daß sie nicht böse auf ihn war, obwohl ihr seine Sturheit manchmal sehr auf die Nerven ging. »Bist du nun mit von der Partie oder nicht?«

Chekov versuchte, den Ärger aus seiner Stimme fernzuhalten. »Na schön, bilden wir eine Gruppe.« Sein Verdruß nahm zu, als Cecil und Sasha mit überraschten, fast ungläubigen Blicken reagierten.

Die junge Frau seufzte erleichtert. »Wir treffen uns im Maschinenraum der Station«, sagte sie leise, als Kramer die ersten Kadetten zum Aussteigen aufforderte. »Findest du den Weg dorthin?«

»Ja«, sagte Chekov knapp. »Wartet auf mich«, murmelte er nach einer kurzen Pause, obwohl er sich eigentlich das Gegenteil erhoffte.

Sasha lächelte und zwinkerte ihm zu. »Immer.«

Kramer sorgte dafür, daß alle anderen Kadetten vor Chekov aufbrachen.

In unregelmäßigen Abständen stiegen sie aus und verschwanden mit ihren Phasern in der Station. Allem Anschein nach wählte der Commodore die Betreffenden rein zufällig aus. Manchmal schickte er einzelne

Studenten los, manchmal auch Gruppen, die aus bis zu vier Personen bestanden. Sashas Team blieb nicht zusammen. Während der nächsten anderthalb Stunden dachte Pavel darüber nach, wer von ihnen es bis zum vereinbarten Treffpunkt schaffen würde. Immer mehr wuchs seine Unzufriedenheit darüber, daß er sich bereit erklärt hatte, bei diesem Test zu einer Gruppe zu gehören.

Kühle Stationsluft wehte durch die offene Luke der Raumfähre. Chekov blickte einmal mehr aus dem Fenster und beobachtete einige graue Stellen in den externen Segmenten der Station – dort waren Reparaturen vorgenommen worden. Die niedrige Temperatur und das Halbdunkel im Innern von Aslan sollten ganz offensichtlich das Ergebnis von fernen Lecks in der Außenhülle simulieren. Chekov suchte ganz automatisch nach Fehlern im Szenario, nach Dingen, die es von der Realität unterschieden. Es flüsterte keine ›Raumfahrerbrise‹ durch den Korridor; der ›geringere Luftdruck‹ sorgte nicht dafür, daß Feuchtigkeit an den Wänden kondensierte, dort eine glitzernde Schicht bildete; es heulten keine Sirenen, und nirgends erklangen die Schreie von Verletzten und Sterbenden. Natürlich fehlten auch Leichen. Chekov dachte daran, was *wirklich* geschah, wenn ein Leck entstand, wenn der Druck in einer Raumstation ganz plötzlich nachließ. Vor dem inneren Auge sah er Menschen, die regelrecht explodierten, vom jähen Druckabfall in Stücke gerissen wurden. Die entsetzlichen Bilder zeigten ihm Blut an den Wänden …

Er entsann sich an Berichte, die ein auseinandergebrochenes Passagierschiff betrafen: Vor einigen Jahren hatte man vergeblich versucht, die Leute an Bord zu retten. *Das* war die Wirklichkeit. *Solche* Gefahren drohten, wenn man an Bord einer Raumstation oder eines Raumschiffes arbeitete. *Darin* bestand die Wirklichkeit. Diese Erkenntnis traf Chekov wie ein elektrischer

Schlag, und ganz plötzlich wandte er sich vom Fenster ab, um nicht mehr die Station sehen zu müssen. Gleichzeitig bemühte er sich, die Erinnerungsbilder aus dem Zentrum seiner Aufmerksamkeit zu verbannen.

Kramer stand in der leeren Pilotenkanzel des Shuttles, kehrte der Navigationskonsole den Rücken zu. Die Hände ruhten auf den Rückenlehnen leerer Sessel, und er fing Chekovs Blick ein. »Fühlen Sie sich bestraft, weil Sie noch immer hier sind?«

Pavel widerstand der Versuchung, erneut zur Station zu sehen.

»Glauben Sie, mit Ihren Einstellungen dem Vorbild namens James Kirk gerecht zu werden?« fragte der Commodore. »Warum erwarten Sie von Ihrer Umwelt, daß sie sich dauernd Ihren Wünschen und Erwartungen anpaßt?«

Chekovs Hände schlossen sich um den Waffengürtel auf den Knien, und er erwiderte Kramers Blick mit grimmiger Determination. »Captain Kirk ist ein ausgezeichneter Offizier – vielleicht der beste in Starfleet.«

Kramer trat drei Schritte vor. In seinem Gebaren kam keine Drohung zum Ausdruck – offenbar wollte er nur, die Distanz zwischen ihnen verringern. »Ich habe nichts anderes behauptet. Mir geht es einzig und allein um die Wirkung, die er auf junge Leute wie Sie erzielt. Auf Kadetten, denen es an Erfahrung mangelt, um derartigen Einflüssen mit Objektivität gegenüberzustehen.«

Diese Bemerkung hatte einen größeren Effekt auf Chekov, als ihm lieb war. Er spürte, wie sich sein Ärger in Zorn zu verwandeln begann, und er wußte: In einer solchen Stimmung lief er Gefahr, Dinge zu sagen, die er später bereute.

Pavel erhob sich und sah auf den Waffengürtel hinab, um Kramers Blick zu meiden. »Sie können das nicht verstehen ...«

»Warum nicht? Weil Sie mich verabscheuen? Weil ich

zu alt bin?« Chekov starrte den Commodore verblüfft an, und Kramer schnaubte. »Jetzt hassen Sie mich vielleicht«, sagte er. »Aber ich garantiere Ihnen: Nach dem Test hassen Sie nur noch sich selbst.«

Chekov schwieg und spürte vage Unsicherheit, als er den älteren Mann musterte und nicht die erwartete Mischung aus Neid und Groll sah. Statt dessen bot sich ihm nur Enttäuschung dar. Nach einigen Sekunden senkte er den Kopf und schlang sich den Waffengürtel um die Hüften. »Soll ich das Shuttle jetzt verlassen, um an dem Szenario teilzunehmen, Commodore?«

Kramer zögerte kaum merklich, bevor er zur Luke deutete.

»Ja, gehen Sie. Wir haben beide genug Zeit vergeudet.«

Chekov schätzte die Temperatur in der Raumstation Aslan auf etwa fünfzehn Grad. Es war kühl genug, um bei körperlichen Anstrengungen nicht gleich in Schweiß auszubrechen – und um das Schlafen ohne Decken in ein Problem zu verwandeln. Ob die anderen Kadetten zu ähnlichen Schlüssen gelangten, blieb zunächst Spekulationen überlassen. Pavel mußte bis zum ›Abend‹ warten, um festzustellen, welche Studenten entschieden, in irgendeinem Versteck zu übernachten – und wer es vorzog, Betten zu benutzen.

Die Korridore der Raumstation waren keineswegs so uniform und schlicht gestaltet, wie es sich Chekov vorgestellt hatte. Hier und dort hingen Bilder an den gewölbten Wänden; mehrmals beobachtete er sich selbst, reflektiert in Monitoren und Bildschirmen. *Zum Teufel mit Kramer!* fuhr es ihm durch den Sinn. *Warum mußte er mich unbedingt als letzten losschicken?* Wenn Sasha keinen Hinterhalt für ihn vorbereitet hatte... Jemand anders war sicher auf eine solche Idee gekommen und wartete nun irgendwo im Bereich der Hauptpassage – wenn nicht auf ihn im besonderen, so zumindest auf den nächstbesten Kadetten. Chekov strich mit den Fingerkuppen über das kalte Metall der Wand und fragte sich, wo es die erste Abzweigung gab und ob er Gelegenheit bekam, rechtzeitig in Deckung zu gehen.

Nach einer Weile wurde das graue Zwielicht ein wenig heller und wies den jungen Russen darauf hin, daß sich der Gang weiter vorn teilte. Er sank zu Boden und kroch die letzten zehn Meter auf dem Bauch. Körperwärme sickerte durch die Uniform, verschwand im Stahl des Decks und erinnerte ihn daran, daß Hypothermie an diesem Wochenende eine sehr reale Gefahr darstellte. Trotzdem robbte er weiter, bis zur Abzweigung: Auf der einen Seite setzte sich der Korridor fort, und auf der anderen führte er in eine Kammer. Vorsichtig schob sich Pavel an den Zugang heran und lauschte nach Geräuschen, die von einem Gegner verursacht sein mochten.

Er hörte nur das Summen einer kinetischen Skulptur in der Mitte des Raums. Das bizarre Gebilde aus blaugrünem Metall drehte sich langsam auf einem schiefen Sockel; pastellfarbenes Licht ging davon aus und glitt über die Wände. Chekov beobachtete die Drehungen der Statue: Angesichts der Bewegungen und des veränderlichen Lichts fiel es schwer, jemanden zu erkennen, der diese Kammer mit insgesamt vier verschiedenen Zugängen als Versteck gewählt hätte. Er hielt noch aufmerksamer Ausschau – und bemerkte ein Gesicht, das sich undeutlich an einer konvexen Schwinge der Statue widerspiegelte.

Chekov hielt unwillkürlich den Atem an und wartete darauf, daß die Skulptur eine neuerliche Drehung vollendete. Die verschwommene Reflexion präsentierte sich ihm erneut, als die Statue eine senkrechte Position in bezug auf Pavels Blickwinkel erreichte. Sie zeigte sich in halber Höhe und war so verzerrt, daß Einzelheiten verborgen blieben. Chekov geduldete sich, und eine dritte langsame Rotation bestätigte: Die betreffende Person verharrte an Ort und Stelle. Offenbar mündete ein weiterer Korridor in die Kammer, denn der oder die Unbekannte hockte in der entsprechenden Öffnung, etwa zwei Meter links von Chekov.

Der Russe winkelte die Arme an, stützte das Kinn auf beide Hände und sah nachdenklich zur Skulptur. Der andere Kadett konnte ihn vermutlich nicht sehen, denn sein Blickwinkel war wesentlich ungünstiger. Hinzu kam: Man bemerkte das Spiegelbild nur dann, wenn man besondere Wachsamkeit walten ließ. Andererseits ... Wer den Zugang passierte, riskierte es, von einem Phaserstrahl getroffen zu werden. Und die Statue war im Weg, wenn es darum ging, einen der anderen Korridore zu erreichen.

Wieder beobachtete Chekov, wie die Reflexion über einen schwingenartigen Auswuchs der Skulptur kroch.

Einige Sekunden später hob er die Stiefel, um nicht das geringste Geräusch zu verursachen, drehte sich dann, bis er der Länge nach vor der breiten Tür lag. Es dauerte fast fünf Minuten, um sich soweit aufzurichten, daß er kniete, und es nahm drei weitere Minuten in Anspruch, die Hälfte der Strecke bis zur nächsten Tür zurückzulegen. Die ganze Zeit über rotierte die Statue, zeigte ihm immer wieder das Gesicht des Unbekannten. Seine eigene Miene erschien unten an der Skulptur, aber der andere Kadett sah es nicht – was ihm zum Verhängnis werden sollte.

Chekov kniete nach wie vor, preßte die linke Schulter an die Wand, hielt den Atem an und hob den Arm so hoch wie möglich. Dann schloß er die Finger fester um den Kolben des Phasers und schob die Waffe wie in Zeitlupe um die Ecke.

Ein zweiter Strahler kam zum Vorschein, etwa in gleicher Höhe, und ein Energieblitz zischte über Chekovs Kopf hinweg, traf die gegenüberliegende Wand. Mit der freien Hand griff Pavel nach dem Unterarm des anderen Kadetten und rammte ihn an die Wand, wodurch der Phaser zu Boden fiel. Unmittelbar im Anschluß daran sprang er auf und um die Ecke herum, bevor seinem Gegner Zeit blieb, sich von der Überraschung zu erholen.

Der Gegner erwies sich als eine Frau: Pamela Spurlock, eine Technikerin, die einen Posten auf der Erde anstrebte. Chekov war beeindruckt, als sie nicht um ihr ›Leben‹ flehte.

»Woher wußten Sie von mir?« fragte sie in einem Tonfall, der Verblüffung und Ärger verriet. »Oder wollten Sie nur auf Nummer Sicher gehen?«

Chekov lächelte entschuldigend und deutete zur Mitte der Kammer. »Die Statue.« Er trat beiseite, damit die junge Frau ihr Spiegelbild sehen konnte.

Spurlock seufzte. »Sehr intelligent von mir«, brummte sie. »Verdammter Mist!«

»Tut mir leid.«

Sie hob die Schultern und erlag nicht der Versuchung, ihr Versagen Chekov zuzuschreiben. »Mir auch«, sagte sie. Eine Sekunde später erhellte sich ihre Miene. »Was soll's ... Ich schätze, wir sehen uns nach dem Test.«

Pavel nickte. »Ja.« Er richtete den Phaser auf Pamela, um sie zu betäuben ...

Ein anderer Strahler entlud sich.

Chekov und die junge Frau ließen sich fallen, prallten Seite an Seite auf den Boden, als Strahlblitze aus den übrigen Zugängen der Kammer zuckten. Pavel wagte nicht einmal aufzublicken, um zu versuchen, die Angreifer zu identifizieren. »Freunde von Ihnen?« wandte er sich an Spurlock.

Sie lachte humorlos. »Wohl kaum! Ich bin allein aufgebrochen. Die Gruppe dort muß sich vor mir auf den Weg gemacht haben – wer nach mir diesen Raum erreichte, wurde von mir ›erschossen‹. Sie sind die einzige Ausnahme.«

Wieder zischten Phaserstrahlen, und dann erklang Baaschs schrille Stimme. »Ich weiß, daß Sie bei ihr sind, Chekov!«

Pavel stöhnte. »Oh, wundervoll ...«

»Zeigen Sie sich, damit ich Sie ins Jenseits schicken kann!« fuhr Baasch fort. »Ich will nicht noch einmal schlecht abschneiden, nur weil Sie irgendwelchen Unsinn anstellen!«

»Er scheint Ihnen die Sache mit dem *Kobayashi-Maru*-Test nachzutragen«, meinte Pamela, ohne besonders besorgt zu wirken. »Möchten Sie ihm eine Lektion erteilen?«

Chekov überlegte, ob Sasha erwähnt hatte, aus wie vielen Personen Baaschs Gruppe bestand. *Mit wem hat er das Shuttle verlassen?* »Ich glaube, der Gegner ist uns zahlenmäßig überlegen«, sagte er. »Es sind mindestens drei.«

»Ich habe vier Phaser gezählt«, erwiderte Spurlock. Sie lächelte und stieß Chekov mit dem Ellenbogen an. »Aber wir sind clever! Sie haben die Statue genutzt, um *mich* zu überlisten, und *mir* ist es gelungen, hier einigen anderen Leuten aufzulauern. Gemeinsam sollte es uns gelingen, Baasch und seine Begleiter davon zu überzeugen, daß wir uns ihnen von beiden Seiten der Skulptur her nähern – obgleich wir uns in Wirklichkeit für eine entscheiden. Bestimmt gelingt es uns, mindestens einen Gegner außer Gefecht zu setzen.«

Chekov kaute auf der Unterlippe, während erneut Phaserstrahlen über sie hinwegrasten und an den Wänden zerstoben. »Wir rücken auf der rechten Seite vor«, sagte er. Baaschs Stimme war links erklungen. »Sie feuern dorthin, und ich nehme mir diesen Bereich vor.« Er grinste und fügte hinzu: »Sie bleiben vorerst am Leben.«

»Herzlichen Dank.«

Sie hoben ihre Waffen und feuerten zu beiden Seiten an der Statue vorbei, um Baasch und seine Leute zu zwingen, in Deckung zu gehen. Dadurch gewannen sie Zeit genug, hinter die Skulptur zu gelangen, bevor die anderen Kadetten erneut von ihren Strahlern Gebrauch machten.

Jemand spähte aus dem nächsten Zugang, und Spurlock erledigte den Mann mit einem gut gezielten Schuß. »Los!« rief sie und sah nicht zurück, um festzustellen, ob sich Chekov ebenfalls in Bewegung setzte.

Er betätigte mehrmals den Auslöser des Phasers und versuchte, dicht hinter Pamela zu bleiben. Zuerst gewann er den Eindruck, daß sie es tatsächlich schafften, daß Baasch auf eine neue Gelegenheit warten mußte, um sich bei Chekov für die Zerstörung der simulierten *Yorktown* zu rächen. Doch dann taumelte die junge Frau vor ihm plötzlich, und ihr Strahler fiel aufs Deck, rutschte dem Mann entgegen, den sie eben betäubt hatte.

Pavel stieß gegen Spurlock und spürte, wie sie erschlaffte. Rasch schlang er den Arm um sie, damit sie nicht fiel. Die Bewußtlose fungierte als sein Schild, als er den Korridor erreichte und über die ›Leiche‹ hinwegstieg.

Behutsam ließ er Pamela zu Boden sinken und schoß auf eine Frau, die ebenfalls zu Baaschs Gruppe gehörte – sie war so dumm, sich aus dem Zugang eines anderen Ganges zu beugen, um nach Chekov Ausschau zu halten.

Ein Fluch, und ihm folgte das Geräusch von Schritten: Jemand lief fort.

Pavel nahm den Phaser des Betäubten und durchsuchte ihn. Er wußte nicht recht, was er zu finden hoffte, aber als er den ›Toten‹ am Bauch berührte …

Etwas klackte.

Chekov klopfte noch einmal, um sicher zu sein, sich nicht getäuscht zu haben. Dann zog er Uniformpulli und Unterhemd des Mannes hoch, entdeckte darunter eine dünne, etwa zehn Zentimeter durchmessende Platte, die mit vier Medo-Klebestreifen an der Haut befestigt war. Vorsichtig löste er sie, strich den Pulli wieder nach unten und begann anschließend mit einer Untersuchung seiner Trophäe.

Er fand schnell heraus, daß man sie auseinanderklappen konnte, woraufhin sie sich in einen aus vier Flächen bestehenden Datenschirm verwandelte. Der Aktivierungsmechanismus befand sich im rechten Rand, und ein kurzer Druck genügte, um das Gerät einzuschalten. Ein Diagramm erschien, zeigte ein Menüfeld zur Auswahl der einzelnen Funktionen. Chekov schmunzelte erst – und dann lachte er leise.

Eine Karte! Eine schematische Darstellung der ganzen Raumstation, mit detaillierten Informationen in Hinsicht auf die technischen Systeme. Er berührte die einzelnen Auswahlflächen, um herauszufinden, was ihm der Datenschirm sonst noch anbot. Mehrere Subkategorien betrafen Computersysteme, Verwaltungseinrichtungen und Wartungsschächte. Aufregung prickelte in Chekov, als er an die Möglichkeiten dachte, die sich ihm durch eine solche Übersicht boten – ganz zu schweigen davon, daß Baasch dadurch einen wichtigen Vorteil verlor. Kein Wunder, daß er einen weiteren ›Soldaten‹ riskiert hatte, um das Gerät zurückzubekommen. Aber der Datenschirm nützte nicht nur Baasch etwas – Chekov beabsichtigte, ihn in ein Instrument seines Sieges zu verwandeln. Er warf noch einen letzten Blick auf die Karte mit den Verwaltungs-Infos, faltete den Schirm dann zusammen und verstaute ihn unter dem eigenen Uniformpulli. Nach kurzem Zögern nahm er die von Spurlock und Baaschs ›gefallenen‹ Kameraden zurückgelassenen Phaser, verabschiedete sich mit einem stummen Wink von Pamela und eilte zur nächsten Treppe.

Der Verwaltungstrakt befand sich einige Etagen weiter oben. Chekov folgte dem Verlauf der normalen Route lange genug, um sechs weitere Strahler einzusammeln, fand dann einen Wartungsschacht, der ihn in unmittelbare Nähe der Büros brachte. Er verharrte an der langen Leiter und atmete mehrmals tief durch, bevor er in den leeren Korridor zurückkehrte.

Die Tür des Verwaltungstrakts war geschlossen, doch das Display der Verriegelung zeigte noch immer OFFEN an. Chekov entschied, auch diesmal Vorsicht walten zu lassen und kein Risiko einzugehen. Auf den Knien näherte er sich dem Schott und wartete bis zum letzten Augenblick, bevor er den Öffner betätigte. Die Tür glitt mit einem leisen Zischen beiseite, und nur einen Sekundenbruchteil später ertönte ein lauteres Fauchen, als ein Phaserstrahl in den Gang zuckte. Dem jungen Asiaten am Schreibtisch blieb gerade noch Zeit genug, enttäuscht zu fluchen – der von Chekov abgefeuerte Strahl traf ihn mitten auf der Brust.

Auf allen vieren schob sich Pavel ins Büro und schloß die Tür hinter sich. Die Verriegelungskomponente des elektronischen Schlosses funktionierte nicht mehr, und deshalb blockierte Chekov das Schott mit der manuellen Option – er wollte sich in diesem Raum von niemandem überraschen lassen.

Der bewußtlose Asiate lag halb auf dem Schreibtisch, und das Glühen eines aktivierten Computerschirms spiegelte sich in seinem Gesicht wider. Pavel nahm den Phaser des Mannes und machte Anstalten, den Kadetten aus dem Sessel zu ziehen, warf dabei einen Blick auf den Monitor.

```
>TERTIÄRER ZUGRIFF GESTATTET
>DATENSCHUTZ OFF
>CODIERUNG OFF
>
>
>WILLKOMMEN, ANWENDER 293724443A
```

Chekov hätte den Betäubten fast losgelassen. Dem Burschen war es gelungen, in den Hauptcomputer der Raumstation Aslan einzudringen! Langsam sank Pavel in den Sessel, las die Worte auf dem Schirm mehrmals und bewunderte das Geschick des Bewußtlosen.

```
>WILLKOMMEN, ANWENDER 293724443A
```

»Computer ...«, sagte er schließlich. Hier bot sich ihm eine im wahrsten Sinne des Wortes einzigartige Gelegenheit – ihm selbst wäre es nie gelungen, die Sicherheitsbarrieren des zentralen Elaborations- und Kontrollsystems zu durchdringen. »Antworte mir, Computer.«

Stille.

Chekov duckte sich unter den Schreibtisch und griff nach der zu Boden gefallenen Tastatur. Er legte sie sich auf die Knie und dachte kurz nach, bevor er schrieb:

```
>STIMME ON
```

Eine neue Zeile erschien auf dem Schirm.

```
>INPUT: AUDIO ODER MANUELL (A/M)?
```

Chekov lächelte. Die Benutzeroberfläche dieses Computers schien so programmiert zu sein, daß der Rechner auch von Personen benutzt werden konnte, die über keine speziellen technischen Kenntnisse verfügten. Er wählte die Audio-Funktion.

»Guten Tag, Anwender 293724443A«, erklang eine Sprachprozessorstimme, die einem ruhigen Alt nachempfunden war. »Wie möchten Sie angesprochen werden?«

Chekov suchte in den Uniformtaschen des Betäubten und fand eine Techno-Klassifizierungskarte, die das bemerkenswert hohe Niveau IX angab. »Gregory L. Jao«, sagte er und fragte sich, ob er den Namen richtig aussprach.

»Bitte geben Sie den Namen mit Hilfe der Tastatur ein«, erwiderte der Computer.

Tasten klickten unter Chekovs Fingern, als er Jaos Namen schrieb.

»Vielen Dank, Gregory L. Jao. Wie kann ich Ihnen zu Diensten sein?«

Meine Güte, ist so viel Glück zu fassen? »Ich benötige Zugang zu deinem Hauptbetriebssystem.«

»Das Hauptbetriebssystem ist jetzt für Modifikationen bereit. Zeit: 18.27 Uhr.«

Gut. Es bedeutete, daß Jao *alle* Schutzcodes geknackt hatte, nicht nur die Anwender-IDs.

»Möchten Sie meine Programmierung ändern?«

Chekov zögerte. Wer mochte zur Rechenschaft gezogen werden, wenn die Steuerungs- und Verwaltungsprogramme der Station plötzlich nicht mehr funktionierten, wenn das ganze Computersystem ›abstürzte‹? Er war bereit, die Verantwortung dafür selbst zu übernehmen, doch vermutlich hätte es Jao nicht begeistert zu erfahren, daß man seinen Namen und seine Techno-Klassifizierung benutzt hatte. Und der Commodore... Viel zu deutlich erinnerte sich Pavel an Kramers Gesichtsausdruck nach dem recht unkonventionellen Ende des *Kobayashi-Maru*-Tests. Doch die Stimme des Abenteurers in Chekov flüsterte, daß derartige Risiken zum Szenario gehörten. Er gab sich einen inneren Ruck und entschied, den bereits eingeschlagenen Weg fortzusetzen – obgleich ihm das Gewissen die zornige Miene des Ausbilders Kramer zeigte. »Ja«, antwortete er. »Ja, ich möchte deine Programmierung ändern.«

»Dafür ist eine Techno-Klassifizierung von IV-B oder höher erforderlich. Bitte erbringen Sie einen Beweis für Ihre Kompetenz.«

Pavel schob Jaos Karte in den Scanner. Eine grüne Diode leuchtete kurz, und der Computer sagte schlicht: »Danke.«

Eine genaue Karte der Raumstation und Zugang zum Hauptcomputer boten viele Möglichkeiten, und zunächst wußte Chekov gar nicht, wo er anfangen sollte. Konnte er beide Vorteile irgendwie miteinander verbinden? Warum nicht? Er holte den Datenschirm hervor und entfaltete ihn auf dem Schreibtisch. »Computer, hast du graphische Informationen in bezug auf die technische Struktur der Station Aslan?«

»Ja, Gregory L. Jao.«

»Zeig sie mir.«

Das Bild im Projektionsfeld des Monitors wechselte, und Pavel betrachtete Diagramme, die den entsprechenden Darstellungen des Datenschirms ähnelten. Selbst die Einteilungen glichen sich. Eine Zeitlang betrachtete er das Koordinatensystem und wählte dann eine beliebige Stelle. »Nenn mir die Anzahl der Lebensformen bei 273-185-55.«

»Leider steht mir kein Sondierungspotential zur Verfügung.«

»Pech...«, murmelte Chekov. Er ›blätterte‹ durch die Diagramme des Datenschirms und erhoffte sich eine Inspiration. Ihm fielen keine Gemeinsamkeiten bei den einzelnen Schemata auf, abgesehen von roten Markierungen, die hier und dort bei den Beschreibungen der technischen Systeme leuchteten. »Was hat es mit dem Indikator bei 45-633-33 auf sich?«

»Die roten Kennzeichnungen weisen auf installierte Kommunikationskomponenten hin.«

Pavel runzelte die Stirn. »Interkoms?«

»Ja.«

Das klang vielversprechend. »Kannst du alle Kom-Kanäle der Raumstation überwachen?«

»Alle Kommunikationseinrichtungen der Station Aslan unterliegen meiner Kontrolle.«

Chekov klatschte triumphierend in die Hände – und dann fiel ihm ein, daß sich vielleicht jemand im Korridor aufhielt und ihn hörte. »Kontrolliere alle Interkoms«, sagte er leiser. »Und melde mir die Koordinaten der benutzten Geräte.«

Einige stille Sekunden folgten, und schließlich erschien auf dem Bildschirm eine lange Koordinaten-

Liste. Chekov erwog, mit Hilfe des Computers Türen zu blockieren und ganze Sektionen abzuriegeln, Gruppen von Kadetten in bestimmten Bereichen festzuhalten, um sie später zu eliminieren. Auf diese Weise brauchte er keine langen Strecken zurückzulegen und konnte sich seine Aufgabe wesentlich vereinfachen.

Aber solche Pläne ließen sich kaum realisieren, wenn sich jemand anders mit hoher Techno-Klassifizierung (zum Beispiel Cecil) Zugang zum Hauptcomputer verschaffte und von ihm ebenfalls als berechtigter Anwender anerkannt wurde. Der Gedanke an Cecil weckte Erinnerungen: Eigentlich hätte er sich sofort auf den Weg zum Maschinenraum machen sollen – dort erwarteten ihn Sasha und die anderen. Gewissensbisse verdrängten einen Teil seiner freudigen Zuversicht. *Es dauert nicht mehr lange,* dachte er. *Ich nehme mir nur noch etwas mehr Zeit, um sicherzustellen, daß der Computer allein mir gehorcht.*

Chekov wandte seine Aufmerksamkeit wieder dem Schirm zu. »Sprichst du Russisch, Computer?«

»Ich beherrsche moskowitisches, georgisches und modernes Russisch.«

»Was ist mit der modernen Subform?«

»Ich spreche sie mit der Flüssigkeitsklassifikation fünfzehn.«

Pavel faltete den Datenschirm zusammen und lächelte zufrieden. »Ich weise dich hiermit an, deine Konfiguration zu modifizieren und bei allen Kommunikationen modernes Russisch zu verwenden. Relevant sind allein Befehle in dieser Sprache.«

»Wie Sie wünschen, Gregory L. Jao. Bitte warten Sie.«

Die komplexe schematische Darstellung verschwand vom Bildschirm, und es kehrten jene Zeilen ins Projektionsfeld zurück, die Chekov ganz zu Anfang gesehen hatte. Doch jetzt präsentierten sie kyrillische Zeichen.

Chekov lächelte erneut und desaktivierte das Terminal. »Ausgezeichnet«, murmelte er leise. »Jetzt habe ich beste Chancen, dem Sinn des Szenarios gerecht zu werden und bis zum Schluß zu überleben ...«

Das Generatorensystem der Raumstation verursachte ein allgegenwärtiges, rhythmisches Summen, das man schon nach kurzer Zeit nicht mehr hörte. Abgesehen davon herrschte eine seltsame, gespenstisch anmutende Stille. Das Brummen wirkte beruhigend, erschien wie ein Pulsschlag. Es kündete von Vitalität, vermittelte das Gefühl einer *lebendigen* Station, die sich um ihre Besatzung kümmerte, sie beschützte.

Chekov blieb stehen, streckte die Hand nach der Tür des Maschinenraums aus und spürte eine deutliche Vibration. *Hier draußen ist es ruhig,* dachte er. *Was in erster Linie an der guten Isolierung vor mir liegt.* Wenn ihm sofort klar gewesen wäre, welcher Lärm hinter diesen Schotten herrschte, hätte er den Computer sicher nicht angewiesen, alle Ausgänge zu blockieren. Auf dem Weg hierher fiel ihm ein, daß Sasha und Cecil die Verspätung vielleicht auf seinen ›Tod‹ zurückführten. Er befahl dem Computer, in dieser Sektion zu lauschen, doch der Rechner meldete: Keine Anzeichen von menschlicher Aktivität festzustellen. Chekov dachte zunächst nicht an die Möglichkeit, daß die Generatoren alle anderen Geräusche übertönten.

Er hatte die Türen blockiert, um zu verhindern, daß seine Gefährten ohne ihn weiterzogen. *Nein, das stimmt nicht,* flüsterte es in Pavel. *Der Grund ist: Sie sollen nicht glauben, daß du versagt hast.* Dieses Eingeständnis bescherte ihm Verlegenheit, aber er sah keinen Sinn darin, sich selbst etwas vorzumachen. Wenn Sasha und Cecil glaubten, von ihm im Stich gelassen worden zu sein ... Das war ihm immer noch lieber, als für jemanden gehalten zu werden, der schon kurze Zeit nach Beginn des Szenarios zu seinen Opfern zählte.

Er aktivierte das Interkom neben der Tür und sagte auf russisch: »Computer.«

»*Da*, Gregory L. Jao?«

Pavel lächelte unwillkürlich, als ihm der Rechner in seiner Muttersprache antwortete. »Öffne das Schott bei meinen Koordinaten«, sagte er in der gleichen Sprache.

Der Computer kam der Aufforderung sofort nach.

Geräusche wogten ihm einer akustischen Flutwelle gleich entgegen. Vorsichtig trat Chekov durch den Zugang und näherte sich den donnernden Aggregaten. Ein Durcheinander aus Maschinen und Apparaten herrschte hier, und das Zischen des wieder zugleitenden Schotts verlor sich im Lärm. Den einzigen Hinweis darauf, daß sich die Tür wieder geschlossen hatte, bot das trüber werdende Licht. Von Sasha und den anderen fehlte jede Spur.

An einem surrenden Geräteblock blieb Pavel stehen, zog eine für Phaser bestimmte Erg-Patrone hinter dem Gürtel hervor und warf sie in die Mitte des Raums.

Sie fiel auf den grauen Boden, rutschte etwa einen Meter weit und rührte sich nicht mehr von der Stelle.

»Du bist spät dran!«

Chekov wirbelte um die eigene Achse. Sasha bedachte die Waffe in seiner Hand mit einem finsteren Blick, als sie hinter dem lauten Generator hervortrat. Cantini und Gugin spähten um die Ecke, zögerten jedoch, die Deckung zu verlassen. Alle drei trugen Kopfhörer aus Kunststoff. »Wo hast du so lange gesteckt?« rief Sasha aus vollem Hals und stieß Chekovs Phaser mit der einen Hand beiseite. Pavel hakte die Waffe wieder an den Gürtel.

»Ich habe versucht, keine Aufmerksamkeit zu erregen.«

Sasha runzelte verärgert die Stirn und klopfte kurz auf den Kopfhörer. Chekov vollführte eine hilflose Geste, die folgende Botschaft vermittelte: *Ich weiß auch nicht, wie wir uns unter diesen Bedingungen verständigen sollen*. Er drehte sich halb um, zeigte Sasha die erbeuteten Phaser.

Sie blieb ernst. »Besser als Skalpe, schätze ich«, lautete ihr Kommentar.

Chekov ignorierte die Bemerkung.

Die junge Frau führte ihn an den Aggregaten vorbei, bedeutete Gugin und Cantini, ihnen zu folgen. Sie erschreckten Cecil und Westbeld am rückwärtigen Ausgang, und dafür wurden sie fast ›erschossen‹. Als sich alle beruhigt hatten, schob Sasha den Russen in die Stille des Korridors.

Dort nahm sie den Kopfhörer ab, und Chekov sagte: »Ich habe gehofft, daß ihr hier auf mich wartet. Ich, äh, bin aufgehalten worden.«

»Uns blieb gar nichts anderes übrig, als auf dich zu warten«, erwiderte Cecil. In der einen Hand hielt er den eigenen Kopfhörer, und mit der anderen strich er sich übers Haar. »Jemand hat die Türen blockiert. Schon vor einer Stunde haben wir versucht, diesen Ort zu verlassen.«

Chekov überlegte, ob er die Hintergründe erklären sollte, entschied sich aber dagegen. »Nun, jetzt bin ich hier. Wir sollten uns sofort auf den Weg machen – bevor jemand auf den Gedanken kommt, uns hier zu ›besuchen‹.«

Westbeld lachte. »Und welches Ziel schlagen Sie vor?« fragte sie. »Warum bleiben wir nicht hier?«

»Dieser Ort bietet nicht genug Sicherheit«, erwiderte Chekov. »Außerdem ist es hier zu laut. Wir fänden keine Ruhe.«

»Aber wir wären in der Lage, uns gut zu verteidigen«, wandte Sasha ein. »Die beiden Zugänge lassen sich problemlos überwachen. Und wir haben das hier.« Sie hob ihren Kopfhörer, der eigentlich gar kein Kopf*hörer* war, sondern dazu diente, die Trommelfelle vor dem Lärm zu schützen.

»Und wenn schon«, sagte Chekov. »Es gibt andere Kammern in der Raumstation, die ebenso gut verteidigt werden können – und in denen es viel leiser ist.«

Diese Worte weckten nur Cecils Interesse. »Zum Beispiel?«

»Der Verwaltungstrakt.«

Chekov war noch immer halb taub vom Generatorenlärm, aber trotzdem hörte er Sashas leises Lachen. »Oh, natürlich! Und dort sind wir zweifellos ungestört.« Sie rollte mit den Augen. »Lieber Himmel, Pavel – *alle* werden versuchen, sich in den Verwaltungsbüros einzuquartieren.«

Der Russe lächelte selbstgefällig. »Ja. Aber *ich* bin bereits dortgewesen und habe die Türen so präpariert, daß außer *mir* niemand hinein kann.«

Die fünf Kadetten starrten ihn groß an. In Westbelds Augen leuchtete Freude, doch ihre Kameraden wirkten eher verlegen, betasteten stumm Waffen und Gürtel.

»Ist das zulässig?« fragte Gugin schließlich.

Chekov versuchte, seinen Ärger nicht zu deutlich zu zeigen. »Ob es *zulässig* ist?« wiederholte er. »Wir können jedes Mittel nutzen, wenn es dem Überleben dient. Ich habe drei Gegner ausgeschaltet und ihre Phaser für eine Falle verwendet.« Jetzt wußte er, daß es eine kluge Entscheidung gewesen war, nichts von seinen besonderen Beziehungen zum Computer zu erzählen. »Es erschien mir vernünftig, den Zugang zum Verwaltungstrakt abzusichern.«

»Ja.« Cantini seufzte. »Das stimmt vermutlich ...«

Gugin zuckte mit den Schultern und legte ihren Kopfhörer in den Ausrüstungsschrank neben der Tür. »Wenn niemand sonst die Büros erreichen kann, so sollten wir uns ruhig in ihnen niederlassen. Es wäre dumm, eine solche Möglichkeit *nicht* zu nutzen. Oder ist jemand anderer Ansicht?«

Niemand erhob Einwände. Chekov griff nach Gugins Kopfhörer und hinderte Cecil daran, seinen ebenfalls in den Schrank zu legen. »Behalt ihn«, sagte er. Und zu den anderen: »Das gilt für euch alle. Wer auch immer nach uns hierherkommt – soll er ohne diese Dinger mit dem Lärm fertig werden müssen.«

Cecil seufzte. »Warum?«

»Das Gedröhn da drin lenkt ab«, erklärte Cantini. »Dadurch lassen sich die Betreffenden leichter überwältigen.« Er sah Chekov an und lächelte. »Guter Plan.«

Pavel bedankte sich mit einem Schmunzeln für das Lob.

Sasha schien Bedenken zu haben. »Warum sollte uns etwas daran gelegen sein, andere Leute in Schwierigkeiten zu bringen? Ich meine, welchen Sinn hat das?«

Chekov zuckte mit den Achseln. »Wenn sich die übrigen Kadetten gegenseitig außer Gefecht setzen, so haben wir dadurch bessere Chancen.«

Sie behielten die Kopfhörer – Sasha bildete die einzige Ausnahme. Pavel zögerte kurz und nahm dann auch ihren Lärmschutz mit.

Simuliertes Zwielicht zerfaserte die Schatten, bewirkte hier und dort seltsame Reflexe an Wänden und auf dem Boden. Das ferne Fauchen von Phasern ließ Chekov mehrmals zusammenzucken. Zum erstenmal seit Beginn des Szenarios dachte er daran, wie es sein mochte, ein Gejagter zu sein, zu fliehen. Die Unruhe in ihm nahm immer mehr zu, und ständig befürchtete er, daß hinter der nächsten Ecke ein Gegner lauerte. Er atmete erleichtert auf, als sie schließlich den Verwaltungstrakt erreichten.

Jaos ›Leiche‹ war verschwunden, doch dafür lag ein Tseyluri-Student im Korridor, fast in der gleichen Haltung, in der Chekov Jao zurückgelassen hatte. Über die Schulter hinweg sah er zu Sasha und lächelte, als er sich dem Schott näherte. Sie blickte auf den Tseyluri hinab und erwiderte das Lächeln nicht.

Pavel zog eine Teleskopsonde aus der Tasche und neigte sie dem Boden entgegen. »Was hast du vor?« flüsterte ihm Cecil ins Ohr.

Chekov warf ihm einen kurzen Blick zu und konzentrierte sich dann wieder auf sein Werkzeug. »Ich möchte dafür sorgen, daß wir nicht in meine eigene Falle tappen«, erklärte er und bemühte sich, keinen Gedanken daran zu vergeuden, daß Sasha von seiner Taktik offenbar nicht viel hielt. »Alle sollen sich von der Tür fernhalten.«

In voll gedehntem Zustand maß die Teleskopsonde einen knappen Meter in der Länge. Chekov drückte sich an die Wand und schob die Füße dicht nebeneinander. Dann streckte er die Sonde und bewegte sie am Öffnungssensor vorbei.

Das Schott glitt beiseite, und drei Phaserblitze rasten in den Korridor. Pavel schob den einen Fuß zwischen Tür und Rahmen, verhinderte auf diese Weise, daß sich der Zugang wieder schloß.

»Es wäre einfacher, den Schließmechanismus zu blockieren«, meinte Cecil, als Chekov vortrat, auf der Schwelle verharrte und seinen Gefährten zuwinkte.

Pavel zuckte mit den Schultern und gab sich gelassen. »Ich bin kein Techniker«, sagte er. »Wahrscheinlich wäre ich anschließend nicht mehr imstande, die Tür zu öffnen.« Die Wirklichkeit sah etwas anders aus: Er hatte diese Falle vor allem in der Hoffnung vorbereitet, Baasch auszuschalten.

Cantini ließ sich aufs Sofa an der Wand sinken. »Eins steht fest: Hier haben wir es bequemer als im Maschinenraum!« Er faltete die Hände hinterm Kopf und seufzte zufrieden.

»Als wenn es im Leben nur um Komfort ginge.« Sasha legte ihren Phaser auf einen Schreibtisch und winkte ab, als Gugin den Mund öffnete. Chekov sah, wie sie zum anderen Ende des Raumes ging und dort an die Wand starrte.

»He, Pavel ...«

Der Russe drehte sich um und stellte fest, daß sich Cecil zum Computerterminal vorgebeugt hatte. Er neigte den Kopf ein wenig zur Seite, schien etwas zu lesen und fragte schließlich: »Kann man sich von hier aus mit dem zentralen Computersystem in Verbindung setzen?«

»Es ist desaktiviert.« Chekov sah, wie Cecil die Stirn runzelte, und er hoffte, nicht zu schnell geantwortet zu haben. »Ich habe während meines ersten Besuchs im Verwaltungstrakt versucht, Informationen vom Computer zu bekommen«, fügte er wie beiläufig hinzu. »Doch auf dem Schirm erschien nicht einmal das Bereitschaftszeichen. Ich nehme an, man hat das ganze System stillgelegt.«

Cecil blickte auf den Monitor hinab, und sein Gesichtsausdruck veränderte sich auf eine Weise, die Pavel kaum zu deuten vermochte. »Vielleicht hast du recht...«

»Ich habe Hunger«, sagte Cantini plötzlich. »Möchte sonst noch jemand was zu essen?«

Westbeld saß einige Meter entfernt in einem Sessel und hob die Hand. »Ja, ich. Seit dem Frühstück habe ich nichts mehr zwischen die Zähne bekommen.«

»Versucht es in einem Aufenthaltsraum«, riet Sasha, ohne sich umzudrehen. »Dort gibt es Synthetisierer.«

»Und achtet auf Fallen«, warf Cecil ein.

Chekov bedachte den Computertechniker mit einem erstaunten Blick, verzichtete jedoch auf einen Kommentar. »Bestimmt bist nicht nur du auf eine solche Idee gekommen«, meinte Robert Cecil und nahm ebenfalls Platz. »Wir *alle* sollten vorsichtig sein.«

Wir sollten noch viel vorsichtiger sein, als du ahnst, dachte Chekov und trat näher. Es spielte keine Rolle für ihn, ob außer ihm noch jemand anders beschlossen hatte, Fallen vorzubereiten. Er wußte nur eins: Die meisten Synthetisierer und Hygienezellen zwischen Verwaltungstrakt und Maschinenraum waren von ihm präpariert worden – früher oder später mußte jeder von ihnen solche Orte aufsuchen. »Dort drüben gibt es einen Lebensmittelverteiler.« Pavel streckte die Hand aus. »Er ist etwa vierhundert Meter entfernt und der nächste, soweit ich weiß.« Es handelte sich auch um den einzigen weit und breit, den er nicht sabotiert hatte – immerhin brauchte er selbst Nahrung.

Beide Kadetten nickten und verließen das Büro.

Chekov nutzte Westbelds und Cantinis Aufbruch, um Cecil und Gugin zu zeigen, wie man die Tür-Falle desaktivierte. Sasha saß inzwischen, sah stumm zu und versuchte nicht, ihr Mißfallen zu verbergen. Von einem Augenblick zum anderen verabscheute Pavel das Szenario. Er bedauerte plötzlich, daß er die Sache mit dem Computer für sich behalten hatte; er bereute auch die Fallen. Es tat ihm leid, daß diese Dinge für Sasha sehr wichtig zu sein schienen, während er darin kaum mehr sah als nur Bestandteile eines komplizierten Spiels. Ihr Groll erfüllte ihn seinerseits mit Ärger, aber er trachtete danach, sich nichts anmerken zu lassen – die Distanz zwischen ihnen erschien ihm auch so schon groß genug.

Er überließ es Cecil, die Falle an der Tür zu modifizieren, kehrte zum Schreibtisch zurück und nahm auf der Kante Platz, in der Nähe von Sasha. Als sie auch weiterhin schwieg, eine ganze Minute lang, fragte Chekov schließlich: »Bist du böse auf mich?«

»Hier will ich nicht darüber reden.« Doch das Blitzen in ihren Augen teilte etwas anderes mit.

Pavel zog sie aus dem Sessel und nickte in Richtung einer anderen Tür. »Laß uns im Nebenzimmer darüber sprechen.«

Cecil sah neugierig auf, als sie vorbeikamen. Chekov hob und senkte nur die Schultern, folgte Sasha dann in den anderen Raum.

Die junge Frau schritt zum lackierten Schreibtisch an der gegenüberliegenden Wand, griff nach einem Ziergegenstand und warf ihn mit der rechten Hand hoch, um ihn mit der Linken aufzufangen. Fasziniert beobachtete Chekov ihre geschmeidigen Bewegungen.

Sasha beherrschte mehr Nahkampfmethoden, als er überhaupt kannte. Wahrscheinlich wäre sie imstande gewesen, einen barbarbaarischen Assassinen auf hundert verschiedene Arten zu töten, bevor er auch nur gemerkt hätte, daß jemand vom Starfleet-Sicherheitsdienst in der Nähe weilte. Nun, vielleicht war sie nicht *ganz* so schnell. Aber sie stammte aus einer Familie mit langer Kampfkunsttradition, und daher mangelte es ihr nicht an natürlichen Talenten. Chekov kannte sie als eine Frau, die nicht an Schüchternheit litt und nie um ein Wort verlegen war. Das galt für die beruflichen Beziehungen ebenso wie für die privaten.

Sie enttäuschte seine Erwartungen nicht. »Offenbar bist du entschlossen, niemandem eine Chance zu lassen.«

Chekov verschränkte die Arme und lehnte sich an die Wand. »Wie meinst du das?«

»Ich habe eben dein Gesicht gesehen! Und daher weiß ich: Du hast auch in den Aufenthaltsräumen mit den Synthetisierern Fallen vorbereitet, vermutlich selbst in den Aufzügen und Unterkünften.« Sasha knallte den Briefbeschwerer auf den Schreibtisch, und das laute Pochen ließ Chekov zusammenzucken.

»Erinnerst du dich an Bedingungen und Ziel des Tests?« erwiderte er. »Hier findet eine Art Krieg statt.«

»Und deshalb verwandelst du dich in einen Guerillakämpfer, wie?«

Der Vorwurf verursachte einen erstaunlich starken seelischen Schmerz. »Ich denke praktisch. Wir wissen nicht, wer der Mörder ist, und wir haben keine Ahnung, über welche Möglichkeiten die betreffende Person verfügt. Wenn wir es mit einer realen Situation zu tun hätten, würdest du ebenso handeln wie ich.«

Sasha schüttelte langsam den Kopf. »Sei dir da nicht so sicher ...«

Pavel sah in ihre hellen Augen, suchte dort vergeblich nach Anzeichen für Unsicherheit und Schwäche.

Schließlich seufzte er frustriert und wandte sich ab. »Du verstehst das nicht...«

»Komm mir bloß nicht auf die herablassende Art! Ich bin kein Kind!«

»Dann sollte dir eigentlich klar sein, daß auch die Guten manchmal hart durchgreifen müssen!« entfuhr es Chekov.

»Aber wo willst du die Grenze ziehen? Wann hören wir auf, Feuer mit Feuer zu bekämpfen und den leichten Weg zu beschreiten, in dem wir einfach alle anderen eliminieren? So etwas entspricht nicht den Prinzipien von Starfleet.«

»Dies ist ein *Szenario*, Sasha!« betonte Pavel und ahnte, daß er den verbalen Kampf verlor, ganz gleich, welche Worte er wählte. »Unsere gegenwärtige Situation hat ebenso wenige *reale* Aspekte wie der *Kobayashi Maru*. Man testet unsere Reaktionen, unseren Einfallsreichtum – nicht unsere Moral. Ob wir uns dessen bewußt sein sollen oder nicht: *Niemand von uns stirbt*. Das wissen wir beide. Und es bedeutet, daß wir uns anders verhalten als angesichts einer echten Gefahr!« In Pavels Wangen zuckte es, als Sasha den Ziergegenstand betastete. Sie sah nicht zu ihm auf, mied seinen Blick, und deshalb wölbte er die rechte Hand um ihr Kinn, drehte ihren Kopf ins Licht. »In *Wirklichkeit* käme es mir nie in den Sinn, mein eigenes Raumschiff zu vernichten, nur um den Klingonen ein Schnippchen zu schlagen!«

Sasha zog den Kopf zurück und senkte erneut den Blick. »Bist du sicher, Pavel?« fragte sie leise. »Bist du *ganz* sicher?«

»Sasha ...«

»Wenn ich doch nur genau wüßte, worum es bei diesem Test geht!« Ihre Stimme verriet Gefühle, die irgendwo zwischen Verdruß und Ärger angesiedelt waren. Doch sie rückte nicht fort, als Pavel den Arm um ihre Taille schlang. »Es ist wie beim *Kobayashi Maru*. Bei jenem Test geht es nicht um die Feststellung, wie lange es dauert, bis man von den Klingonen besiegt wird. Nein, die Ausbilder wollen dabei herausfinden, wer aufgibt, wer ›bis zum letzten Atemzug‹ kämpft und wer gar nicht merkt, daß der Kampf schon vorbei ist. Man will *alles* über uns wissen...« In Sashas Seufzen vibrierte eine Ungewißheit, die Chekov nicht teilte. »Wenn ich endlich eine Antwort auf die Frage fände, was es mit diesem Szenario auf sich hat... Dann fiele mir ein Stein vom Herzen.«

»Die Ausbilder möchten, daß wir stark sind«, entgegnete Pavel und versuchte, diese Überzeugung auf die junge Frau zu übertragen. »Ganz gleich, wie die Umstände beschaffen sind: Wir sollen alle Probleme lösen können, mit denen uns Starfleet konfrontiert. Anders ausgedrückt: Wir müssen *mit allen Mitteln* versuchen zu gewinnen, selbst wenn wir dadurch grausam erscheinen.«

Sasha lachte kurz und sah zu Chekov auf. »Du bist so sicher, was es bedeutet zu gewinnen«, sagte sie. »Und auf dieser Grundlage glaubst du offenbar, es sei ganz einfach, den Sieg zu erringen. Aber ich nehme an, Starfleet hält noch einige Überraschungen für dich parat.«

Chekov erwachte am nächsten Morgen, als Phaserstrahlen zischten und Schreie erklangen. Sasha lag auf dem einzigen Sofa des Nebenzimmers, rollte sich zur Seite und war mit einem Satz auf den Beinen. Mit katzenhafter Eleganz bewegte sie sich und blickte zur Tür. Pavel erkannte die Stimmen und hielt die junge Frau an der Schulter fest. »Es ist Baasch! Wir müssen die Tür verriegeln!«

Sasha huschte durch den Raum und betätigte den manuellen Mechanismus, bis das Indikatorlicht am Schott nicht mehr grün leuchtete, sondern rot. Im Hauptbüro dahinter forderte Cecil Cantini auf, den Eingang zu verbarrikadieren. Es fiel Chekov schwer, die einzelnen Worte zu verstehen, aber auf Details kam es auch gar nicht an. Er fluchte leise, zog Sasha von der Tür fort und schob sie zum Schreibtisch an der gegenüberliegenden Wand.

»Wir sollten den anderen helfen!« flüsterte sie heiser. »Ohne uns haben sie keine Chance!«

Chekov dachte noch immer daran, wie es jemandem gelungen sein mochte, lange genug zu überlegen, um an der Tür-Falle vorbeizugelangen. »Wir können ihnen nicht helfen.«

»Wir sollten es wenigstens versuchen – selbst wenn es uns das Leben kostet!«

Pavel lachte bitter. »Um was zu beweisen? Daß wir dieses Szenario überhaupt nicht ernst nehmen?« Seine Gedanken glitten einmal mehr zu Baasch: Er wollte ihm auf keinen Fall die Freude gönnen, sich einfach so ›erschießen‹ zu lassen.

Ein Energiestrahl traf die geschlossene Tür – Stahl und Kunststoff sirrten leise. Chekov drückte Sasha hinter und unter den Schreibtisch, sah sich im Raum um und suchte nach einem Ausweg.

Die Studentin hielt sich an der Tischkante fest. »Da draußen setzen sich unsere *Freunde* zur Wehr!« beharrte sie. »Wir können sie nicht einfach im Stich lassen!«

»Wir können und müssen.« Die Öffnung eines Belüftungsschachtes über dem Sofa bot die einzige Möglichkeit, den Raum zu verlassen – sah man von der verriegelten Tür ab, hinter der ein erbitterter Kampf stattfand. Die Diagramme des erbeuteten Datenschirms hatten Chekov deutlich darauf hingewiesen, daß es recht gefährlich sein konnte, durch jene Schächte zu kriechen. Und dabei handelte es sich um *echte* Gefahren, keine simulierten Risiken.

»Du hast mehrmals betont, dies sei nur ein Test, der nichts mit der Wirklichkeit zu tun hat.« Auch Sashas Blick schweifte durch den Raum. »Ich gebe dir den guten Rat, folgendes nicht zu vergessen: Nach dem Szenario erwachen die ›Toten‹ wieder zum Leben, und sie werden ziemlich sauer auf uns sein!« Sie griff nach dem Briefbeschwerer. »Nimm das hier«, fügte sie hinzu und reichte den Gegenstand Chekov. »Um das Gitter an der Schachtöffnung zu lösen. Anschließend verbergen wir uns hier. Die Angreifer glauben sicher, daß wir durch den Belüftungsschacht geflohen sind. Vielleicht bekommen wir dadurch Gelegenheit, den Raum durch die Tür zu verlassen.«

Chekov lächelte, als er das Objekt entgegennahm. »Du bist bei dieser Sache besser, als du dir selbst eingestehst.«

»Ich glaube nicht an halbe Sachen.«

Die Verankerungsspangen des Gitters gaben praktisch sofort nach. Chekov zerschmetterte drei und ließ die Abdeckplatte schief hängen. Baasch sollte glauben, daß sie in den Schacht geklettert waren und dann versucht hatten, das Gitter wieder zurechtzurücken. Den Briefbeschwerer legte er aufs Sofa.

Der offene Bereich unter dem Schreibtisch war nicht dazu bestimmt, zwei Starfleet-Kadetten genug Platz zu bieten. Sie paßten erst hinein, nachdem sie drei Minuten lang hin und her rückten. Hüfte an Hüfte hockten sie, die Beine so krumm, daß die Knie an ihre Ohren stießen. Sasha hatte gerade den Sessel herangezogen, als sich die Tür zwischen den beiden Büros öffnete. Chekov hielt den Atem an und hörte leise Schritte – jemand schlich am Schreibtisch vorbei. Die Muskeln in seinen Beinen schienen sich plötzlich zu verkrampfen, als er lauschte. Die Geräusche deuteten darauf hin, daß der Eindringling aufs Sofa stieg und die Abdeckplatte beiseite zerrte. Sasha hob die Hand und preßte sie sich auf den Mund, kniff gleichzeitig die Augen zusammen. *Ihr ergeht es wie mir,* dachte Pavel. *Auch sie möchte am liebsten laut schreien.*

»Verdammt!« ertönte eine leise, dumpfe Stimme, die sich im Belüftungsschacht zu verlieren schien. Kurz darauf hörte Chekov erneut das Geräusch von Schritten, und diesmal kehrten sie in Richtung Tür zurück.

Stille folgte.

Sasha holte tief Luft und ließ den Atem langsam entweichen. »Kann ich mich jetzt bewegen?« hauchte sie.

Chekov schüttelte den Kopf. »Warte noch etwas«, erwiderte er ebenso leise. »Bis wir ganz sicher sind, daß sich niemand mehr in der Nähe aufhält.«

Fast eine Stunde lang blieben sie in ihrem Versteck und wagten es nicht, sich von der Stelle zu rühren. Nach einer Weile bildete sich Chekov die Krämpfe in den Beinmuskeln nicht mehr nur ein. Benommenheit hüllte sein Selbst in mentalen Dunst. Trotzdem verharrte er unter dem Schreibtisch – bis er Aufräumer im Hauptbüro hörte.

Sasha verzog das Gesicht zu einer schmerzerfüllten Grimasse, sank zur Seite und stieß den Sessel mit solcher Wucht fort, daß er an die Wand prallte. »Den Rest meines Lebens muß ich als Krüppel verbringen! Bestimmt kann ich nie wieder gehen!«

Chekov kroch hinter ihr ins Freie und freute sich, Sasha nach ihrem Ärger lachen zu hören. Er nickte in Richtung Tür. »Sind die Aufräumer noch immer bei der Arbeit?«

Die junge Frau stand auf und hinkte zum Schott. Dicht daneben blieb sie stehen, betätigte den Öffner und spähte vorsichtig ins Hauptbüro. »Niemand zu sehen.«

»Gut.« Pavel streckte sich und spürte ein Stechen in der Schulter. »Vielleicht erhole ich mich nie.«

»*Ich* will mich gar nicht erholen, wenn ich keine Gelegenheit erhalte, ein heißes Bad zu nehmen.« Sasha wandte sich erneut der Tür zu. »Aber vorher... Ich muß dringend zur Toilette. Auf dem Weg hierher habe ich eine Hygienezelle gesehen. Bin gleich wieder da.«

Chekov nickte und massierte sich die Schulter. »Laß dir nicht zuviel Zeit. Mir knurrt der Magen, und ich verhungere, wenn du mich zu lange warten läßt.«

»Ich beeile mich«, versprach Sasha, eilte ins Hauptbüro und verschwand im Korridor.

Chekov zögerte, bis er sicher sein konnte, daß sich die junge Frau weit genug entfernt hatte. Dann trat er ebenfalls durch die Tür. Im anderen Zimmer gab es keine Spuren des Kampfes: Das Aufräumer-Team hatte sogar jene drei Phaser mitgenommen, die von Pavel für die Falle verwendet worden waren. Er versuchte, ihren Verlust mit Gleichmut hinzunehmen, dachte daran, daß er sich jederzeit neue beschaffen konnte.

Der Computerschirm war noch immer dunkel. Chekov stand dicht neben dem Schreibtisch und in unmittelbarer Nähe der Tür, durch die man in den Korridor gelangte – er wollte sich nicht von Sashas Rückkehr überraschen lassen.

Pavel drückte die Aktivierungstaste. »Computer«, sagte er leise auf Russisch.

»Guten Morgen, Gregory L. Jao«, ertönte die Sprachprozessorstimme.

»Kontrolliere alle Kommunikationskomponenten und nenn mir die Koordinaten jener Anschlüsse, wo du Aktivität feststellst.«

»Ja, Gregory L. Jao.«

Chekov warf einen kurzen Blick in den Gang – von Sasha war weit und breit nichts zu sehen. Rasch kehrte er ins Büro zurück und rechnete damit, daß er noch auf eine Antwort des Computers warten mußte. Statt dessen zeigte der Schirm bereits Daten. »Zwei Individuen befinden sich bei 456-779-340, vier weitere bei 55-56-47.«

Pavel schwieg. Als der Computer keine weiteren Angaben hinzufügte, fragte er: »Und sonst?«

»Nur Sie bei den Koordinaten 147-90-423. Möchten Sie, daß ich eine neuerliche Kontrolle vornehme?«

»Nein. Nein, die Auskunft genügt mir.« Er holte den Datenschirm hervor und entfaltete ihn auf dem Schreibtisch. Die vom Computer gemeldeten Koordinaten betrafen Orte, zwischen denen sich mehrere Decks erstreckten und die außerdem ein ganzes Stück vom Verwaltungstrakt entfernt waren. *Wenn es außer Sasha und mir nur noch sechs weitere Überlebende gibt ...*, dachte Chekov. *Dann handelt es sich bei den vier Personen vermutlich um Baasch' Gruppe.* Er strich mit dem Zeigefinger über ein Diagramm, das die Struktur mehrerer Stationsetagen veranschaulichte, prägte sich die kürzeste Route von den Büros zu den beiden Gruppen ein. Nicht eine Sekunde lang vergaß er, daß Sasha jederzeit hereinkommen konnte. Er wußte nicht genau, wie sie auf seine besonderen Beziehungen zum Computer reagieren mochte, aber er hatte entschieden, ihr gegenüber das Geheimnis nicht länger zu wahren. Das zentrale Rechnersystem bot zu viele Vorteile, um jetzt, gegen Ende des Szenarios, darauf zu verzichten. Etwas anderes kam hinzu: Die Vorstellung, zusammen mit Sasha zu gewinnen, erschien nicht mehr wie ein Kompromiß.

»Computer, isoliere Deck eins bis sieben sowie die Decks zwanzig, zweiundzwanzig ...«

Dumpfes Grollen in der Ferne deutete darauf hin, daß sich Schotten schlossen. Chekov räumte beiden Gruppen einen Bewegungsspielraum ein, der zwei Etagen umfaßte – damit gab er ihnen die Illusion von Freiheit, wenn sie beschlossen, ihren Aufenthaltsort zu wechseln. Später, wenn er sich ihnen zusammen mit Sasha näherte, konnte er weitere Sektionen abriegeln.

»Ist das alles, Gregory L. Jao?«

Chekov faltete den Datenschirm wieder zusammen und nickte, begriff dann, daß der Computer mit einer solchen Geste nichts anzufangen wußte. »Ja. Danke.«

»Gern geschehen.«

Pavel lächelte, als er daran dachte, wie absurd solche Höflichkeitsfloskeln zwischen Mensch und Maschine waren. Er desaktivierte das Terminal und trat in den Korridor, der sich still und leer vor ihm erstreckte.

Er ließ den Phaser am Gürtel, als er im Dauerlauf

durch den Gang eilte. Sorgen brauchte er sich nicht zu machen: Immerhin wußte er, wo sich die anderen ›Überlebenden‹ aufhielten – in dieser Etage gab es niemanden, der eine Gefahr für ihn darstellte.

Aus diesem Gedanken reifte eine jähe Erkenntnis. Chekov lief langsamer, blieb schließlich stehen.

Ich bin allein hier! fuhr es ihm durch den Sinn. Der Computer hatte keine Aktivität auf diesem Deck gemeldet, abgesehen von ihm im Verwaltungstrakt. Daraus folgte: Entweder hatte Sasha die Etage mit den Büros verlassen – oder sie war nicht länger aktiv. Düstere Ahnungen regten sich in Chekov.

Er sank auf die Knie, holte einmal mehr den Datenschirm hervor und klappte ihn auseinander. Ein Diagramm leuchtete, zeigte ihm die Verwaltungssektion. Blaue Indikatoren markierten die von Pavel konstruierten Fallen. Fünfzig Meter entfernt gab es eine Kammer mit mehreren Hygienezellen – und auch dort blinkte eine blaue Anzeige.

Chekov stöhnte, ließ Kopf und Schulter hängen. Er fühlte sich bereits so gut wie tot. Selbst wenn Robert Cecil und die anderen nie erfuhren, daß er überall in der Raumstation Aslan Fallen vorbereitet hatte: Sasha wußte darüber Bescheid. Für sie konnte kein Zweifel daran bestehen, wem sie ihren ›Tod‹ auf der Toilette verdankte.

Der Russe stand auf und legte die letzten Meter zurück, die ihn noch von den Hygienezellen trennten. Das Schott glitt sofort beiseite, als er den Sensorpunkt des Öffners berührte, und dahinter herrschte Stille. »Sasha?« Im Gegensatz zum Hauptbüro hatte Pavel hier keine Möglichkeit vorgesehen, an der Falle vorbeizugelangen: Die Phaser feuerten, sobald jemand um die erste Ecke trat.

Chekov blieb im Korridor und wiederholte den Namen der Studentin.

Als er sicher war, daß Sasha nicht schwieg, um ihn

zu verspotten, begab er sich zum nächsten Interkom. Dort betätigte er den Audio-Schalter und seufzte,

»Computer, kontrolliere alle Kommunikationskomponenten und nenn mir die Koordinaten jener Anschlüsse, wo du Aktivität feststellst.«

Auf dem kleinen Sichtschirm erschienen die beiden Gruppen wie vorher. Es gab nur einen Unterschied: Das Zweier-Team befand sich jetzt auf einem anderen Deck.

»Schließe die Schotten der neunzehnten Etage«, sagte Chekov. »Wenn die beiden Personen bei 425-457-77 den Raum verlassen, in dem sie sich derzeit aufhalten, so verriegele auch dort den Zugang.«

»Wie Sie wünschen, Gregory L. Jao.«

Pavel eilte zum Lift, ohne dem Computer zu danken. Das Szenario hatte vor knapp achtzehn Stunden begonnen, und er wollte es beenden, bevor es vierundzwanzig Stunden alt wurde. Jetzt ging es darum, Deck neunzehn zu erreichen, bevor seine Opfer eine Möglichkeit fanden, trotz der blockierten Schotten eine andere Sektion aufzusuchen. Doch zuerst mußte er zum Lager des Maschinendecks, wo ein Vorrat an Timern, Zündern und anderen nützlichen Instrumenten auf ihn wartete. Er besaß noch sieben Phaser, um seine eigene Sicherheit zu gewährleisten.

Die beiden Kadetten auf dem neunzehnten Deck waren lächerlich einfach zu erledigen. Chekov fand sie im Korridor vor den nun unzugänglichen Zimmern – sie warfen sich gegenseitig vor, die Türen verriegelt zu haben. Chekov betäubte sie, bevor sie wußten, wie ihnen geschah.

Als die Aufräumer kamen, um die ›Toten‹ fortzuschaffen, saß Pavel auf dem Boden, verband die Phaser miteinander und befestigte sie am Gürtel. Einer der Männer warf ihm einen neugierigen Blick zu, während er seiner Kollegin half, die Bewußtlosen auf Tragbahren zu legen. »Was basteln Sie da?«

Chekov sah nicht von seiner Arbeit auf. »Eine Bombe.«

»Oh.« Der Aufräumer nickte seiner Begleiterin zu. »Starfleets Zukunft«, sagte er, und sie lachten beide.

Chekov ignorierte sie. Sasha gegenüber hatte er behauptet, daß er nicht sein eigenes Schiff zerstören würde, nur um den Klingonen ein Schnippchen zu schlagen – an dieser Überzeugung hielt er fest. Darüber hinaus glaubte er an seine Pflicht als Offizier, dafür zu sorgen, daß der Feind einen hohen Preis für seinen Tod oder seine Gefangennahme zahlen mußte. In der Realität lief das nicht unbedingt auf die Vernichtung eines Raumschiffs der *Constitution*-Klasse hinaus, aber es bedeutete vielleicht, angesichts einer unvermeidlichen Niederlage ganz bewußt in den Tod zu gehen – und dabei möglichst viele Gegner mitzunehmen. Zweifellos würde Baasch nicht die spezielle Ironie in einer derartigen Situation erkennen. Wie dem auch sei: Diese Maßnahme diente Chekov keineswegs dazu, Rache an ihm zu nehmen. Nun, zumindest nicht nur ...

Er fügte den letzten Phaser der Vorrichtung hinzu und schob anschließend die bunten Drähte hinter den Gürtel, so daß sie nicht sofort auffielen. Wenn man nicht *sehr* genau hinsah, wirkte die ganze Apparatur wie ein normaler Waffengürtel, an dem nur besonders viele Strahler hingen. Allein Chekov wußte von dem Draht, der durch den linken Ärmel reichte und am kleinen Finger einen Ring formte: Wenn man daran zog, so wurde ein Auslöser betätigt, der nicht nur den ersten Phaser aktivierte, sondern auch die anderen.

Pavel schob den Ärmel ein wenig zurück, betrachtete den Draht und murmelte: »*Bumm ...*«

Echte Gegner verfügten zweifellos über Schaltkreis-Detektoren und ausgebildetes Personal, das gründliche Durchsuchungen vornahm. Aber dies war eben nicht die Wirklichkeit. Niemand starb. Es handelte sich nur um einen Test, dessen Spielregeln jemand anders bestimmt hatte, doch Chekov wollte nicht verlieren. Und wenn er verlor, dann wollte er zumindest dafür sorgen, daß auch kein anderer gewann.

Die Tür der Bibliothek war verschlossen.

Chekov starrte aufs Schott, runzelte die Stirn und spielte mit dem Drahtring, den er am Handgelenk spürte. Er fragte sich, warum ein geschlossenes Schott genügte, um seine Anspannung zu verdoppeln, um Gefühle in ihm zu wecken, die ihn an den Kampf gegen die Klingonen während des *Kobayashi-Maru*-Tests erinnerten. Er hatte den Computer nicht angewiesen, auch diese Tür zu blockieren, so wie die übrigen Schotten dieser Etage. Noch immer hoffte er, daß die hiesige Gruppe etwas mehr Initiative und Einfallsreichtum zeigte als jene andere. Aber sie befand sich noch immer in der Bibliothek, ohne einen Wächter am Zugang zu postieren. Wußte Baasch vielleicht, daß er und seine Gefährten nur noch mit Chekov fertig werden mußten? Wartete er jetzt darauf, daß Pavel den Öffnungsmechanismus auslöste – um auf ihn zu schießen, sobald er eintrat?

Bei diesen Überlegungen fühlte der Russe, wie sich etwas in ihm versteifte. So dicht vor dem Ziel zu versagen …

Er brummte leise und wich von der Tür zurück. Gab es eine Möglichkeit, den Gegner aus seinem Versteck zu locken beziehungsweise herauszufinden, was er anstellte? Pavel erinnerte sich an ein Interkom, das er einige Meter weiter hinten bemerkt hatte. Er kehrte dorthin zurück und dachte unterwegs über den Plan nach. »Computer.«

Es folgte eine längere Pause als erwartet. Und dann: »Ja, Gregory L. Jao?«

»Stellst du nach wie vor Lebensformen in der Bibliothek fest?«

Wieder schloß sich Stille an, und sie dauerte noch etwas länger als beim erstenmal. »Ja, Gregory L. Jao.«

»Kannst du die einzelnen Personen im Innern der Bibliothek lokalisieren?«

»Tut mir leid, Gregory L. Jao, aber dafür sind meine Audio-Sensoren nicht geeignet.«

Chekov trommelte mit den Fingern an die Wand, während er versuchte, eine klare Vorstellung von der Situation zu gewinnen. Wenn er wußte, wo genau sich Baasch und seine Leute aufhielten, womit sie beschäftigt waren... *Wenn, wenn.* »Computer...« Er konzentrierte sich und begriff die Notwendigkeit, eine rasche Entscheidung zu treffen. »Kannst du die manuelle Verriegelung der Tür rückgängig machen?«

»Natürlich, Gregory L. Jao. Mein System...« Die Sprachprozessorstimme schien sich kurz zu unterbrechen. Pavel wußte nicht, ob er sich das nur einbildete, aber sein Unbehagen wuchs. »...bietet befugten Personen Prioritätsrechte an. Wünschen Sie eine Neutralisierung der manuellen Verriegelung?«

»Ja.«

Diesmal fiel die kurze Verzögerung in den Bereich des Tolerierbaren. Chekov sah zum Schott und beobachtete, wie aus dem roten Indikatorlicht ein grünes Glühen wurde. »Verriegelung aufgehoben«, meldete der Computer. Chekov schob den Drahtring tiefer in den Ärmel, um sich nicht zu verraten, schritt dann zur Tür.

Er hielt sich dicht an der Wand, löste den Öffnungsmechanismus erst im letzten Augenblick aus. Mit einem viel zu lauten Zischen glitt das Schott beiseite.

Hinter dem Zugang erstreckte sich dunkel die große Bibliothek. Bis zur hohen Decke emporreichende Trennwände unterteilten den großen Raum in einzelne Nischen, die jeweils ausgestattet waren mit Tischen und Terminals. Dicht hinter der Tür begann ein langes Regal, das sich im Zickzack durch die Kammer erstreckte und in dem alte, nach staubigem Holz riechende Bücher aus Papier ruhten. Chekov duckte sich hinters erste Regalsegment und hielt den Phaser bereit.

Vertraut klingende Stimmen tönten über die desaktivierten Terminals hinweg. »... sah der Hof viel größer aus, als wir die Büsche entfernten.«

»Und womit habt ihr sie ersetzt?« fragte Laurel Gugin. Sie schien diesem Thema mehr Interesse entgegenzubringen, als Chekov für möglich gehalten hätte.

»Anne wollte andere Sträucher pflanzen, aber ich konnte sie zu Blumen und so überreden«, erwiderte Westbeld. »Sie wünschte sich insbesondere Azaleen.«

Chekov zögerte, und tiefe Furchen bildeten sich in seiner Stirn. Westbeld und Gugin? Hier? Hatte Baasch die beiden Frauen gefangengenommen, oder gehörten sie nun zu seiner Gruppe? Wo befanden sich Cantini und Cecil? Pavel lauschte und hörte auch andere Geräusche: Schritte – ein rhythmisches Pochen, das sich ständig wiederholte; es weckte Vorstellungen von einem Löwen, der aus reiner Langeweile in seinem Käfig hin und her lief. Und sein eigener Atem, der unnatürlich laut von den Bücherregalen weiter rechts widerhallte; das Klicken der Tasten eines Terminals; gelegentlich ein gemurmelter Fluch.

Robert. Chekov preßte die Lippen zusammen, um nicht selbst zu fluchen. Von einem Augenblick zum anderen rasten seine Gedanken. Robert Cecil, der Computerspezialist. Zweifellos stand er dicht davor herauszufinden, warum es dem Computer an Kooperationsbereitschaft mangelte. Robert, dem es offenbar gelungen war, Baaschs Gruppe zu besiegen, der Chekov und Sasha sich selbst überlassen hatte.

Robert Cecil, meine Achillesferse, dachte Pavel.

Er beschloß, ihn zuerst zu erschießen.

»Wo haben Sie gesteckt, zum Teufel?« Der Phaser im Rücken und nicht etwa Cantinis Stimme veranlaßte Chekov, reglos zu verharren.

»Schießen Sie nicht«, erwiderte er. Tief in ihm brodelte Ärger. *Ich habe mich einfach überrumpeln lassen …* »Ich bin auf Ihrer Seite.«

Cantini blieb skeptisch. »Beantworten Sie meine Frage«, knurrte er, als sich Chekov umdrehte. »Wo sind Sie gewesen?« Westbeld und Gugin schwiegen plötzlich, als sie Cantini hörten.

»Ich bin praktisch an jedem Ort gewesen, den ich erreichen konnte«, antwortete Pavel. »Und das sind nicht viele. Es gibt kaum mehr offene Routen durch die Station – jemand hat die Schotten blockiert.«

»Das haben wir ebenfalls bemerkt«, sagte Gugin und trat zusammen mit Westbeld näher. Sie hatten ihre Phaser nicht gezogen – doch Cantini weigerte sich noch immer, die Waffe sinken zu lassen. »Vor einer Stunde hat Al versucht, diese Etage zu verlassen, aber alle Türen waren verriegelt.«

»Wo sind Sie gewesen?«

Chekov wandte sich wieder Cantini zu. Die dunklen Augen des kleineren Mannes glitzerten in einem runden, flachen Gesicht. Irgendwie gelang es ihnen, einen stummen Vorwurf zum Ausdruck zu bringen, und Chekov fragte sich, wieviel Cantini ahnte.

»Was wollen Sie von mir hören?« hielt er ihm entgegen. »Ich sitze in dieser verdammten Station ebenso fest wie Sie. Und ebenso wie Sie versuche ich, mich nicht von jemandem betäuben zu lassen.«

Ein Teil des Argwohns wich aus Cantinis Zügen. »Sie leisteten Sasha im Verwaltungsbüro Gesellschaft. Und Sie flohen, als wir angegriffen wurden – Sie haben nicht einmal *versucht*, uns zu helfen!«

»Weil wir davon überzeugt waren, daß Ihnen niemand mehr helfen konnte«, sagte Chekov. »Als wir begriffen, was geschah … Wir dachten, es hätte Sie bereits erwischt.«

Cantini schnaubte. »Und so flohen Sie.«

Chekov hielt es für besser, eine bereits akzeptierte Lüge zu wiederholen. Wenn er jetzt die Wahrheit präsentierte, wurde nur alles unnötig kompliziert. »Ja«, bestätigte er. »Deshalb flohen wir.«

Cantini wollte noch etwas fragen, aber Westbeld kam ihm zuvor. »Wo ist Sasha?«

»Es hat sie erwischt«, erwiderte Pavel. Seine Wangen glühten, als er ihren Namen hörte und daran dachte, ihr nach dem Szenario zu begegnen. *Bestimmt ist sie sehr sauer auf mich.* »In der neunzehnten Etage sind wir von zwei anderen Kadetten überrascht worden.« Das Lügen fiel ihm jetzt immer leichter.

Das Klicken von Tasten weckte erneut Chekovs Aufmerksamkeit. Vergeblich versuchte er, an dem Regalsegment zwischen Westbeld und sich selbst vorbeizusehen. »Wo ist Robert?« fragte er so beiläufig wie möglich.

Gugin blickte so über die Schulter, als rechnete sie damit, daß Cecil hinter ihr stand. Als sie niemanden sah, zuckte sie mit den Achseln. »Sitzt am Computer. Und stellt irgend etwas an.«

Chekov tastete nach dem kleinen Drahtring im Ärmel. »*Was* stellt er an?«

»Spielt das eine Rolle?« fragte Cantini scharf. Chekov warf ihm einen kurzen Blick zu und wußte Bescheid.

»Er versucht, ins zentrale Computersystem einzudringen«, erklärte Gugin. Sie schien das Interesse zu verlieren, weil sich der Besucher als Freund erwies und nicht als Gegner. »Er glaubt, daß die Türen vielleicht mit Hilfe des Computers blockiert worden sind.«

Pavel setzte sich ebenfalls in Bewegung, als Gugin an den Regalen vorbeischritt. Dabei entging ihm nicht, daß Cantini ihn noch immer wachsam im Auge behielt. »Seit wann arbeitet er schon daran?«

Westbeld nahm auf einem der hochlehnigen und nicht gepolsterten Stühle Platz. »Er hat vor drei Stunden begonnen. Ein- oder zweimal hätte er es fast geschafft, aber der Computer lehnt sein Kommunikationsprotokoll selbst in binärer Form ab.«

Chekov nickte geistesabwesend und spürte erneut den Drahtring.

Cantini stieß ihm den Phaser in die Rippen, und der plötzliche Schmerz überraschte ihn so sehr, daß sich ein Fluch seiner Kehle entrang. »Was ist los mit Ihnen?« fragte der Kadett mißtrauisch. »Paßt es Ihnen nicht, daß Cecil den Computer unter Kontrolle zu bringen versucht?«

»Nun ...« Chekov mußte sich zwingen, nicht dauernd den Draht zu betasten. »Was passiert, wenn er etwas verändert, vielleicht irgendwelche Codes löscht? Dies ist eine zivile Station. Ihren Eigentümern dürfte es kaum gefallen, wenn Daten verlorengehen.«

»Er kennt sich mit solchen Dingen aus.« Gugin wirkte unbesorgt, und mit der linken Hand schaltete sie ein Lesegerät ein. »Außerdem: Jemand anders hat sich bereits Zugang zum Elaborationssystem verschafft. Möglicherweise ist der Schaden bereits angerichtet.«

Wenn sie herausfinden, wer *die Schotten blockiert hat, bin ich erledigt,* dachte Pavel.

»*Verdammt!*«

Cecils Fluch ließ nur Chekov zusammenzucken – die anderen schienen bereits daran gewöhnt zu sein. Er wandte sich vom Tisch ab und ging in die Richtung, aus der er die Stimme seines Freunds gehört hatte.

»Bleiben Sie stehen, Chekov!« fauchte Cantini drohend, aber der Russe achtete nicht darauf.

Cecil saß an einem aktivierten Terminal, und das bernsteinfarbene Licht des Projektionsfelds ließ seine Augen wie Kupfer erscheinen. Er hob nicht den Kopf, als sich Chekov näherte, blieb auch weiterhin auf den Bildschirm konzentriert. Pavel blieb auf der anderen Seite des Tisches stehen, hinter dem Monitor.

»Robert ...?«

»Stör mich jetzt nicht«, brummte Cecil. »Ich habe zu tun.«

Das sehe ich. »Womit befaßt du dich?« fragte Pavel. »Das ist nicht deine Ausrüstung.«

Cecil knurrte etwas Unverständliches und betätigte mehrere Tasten. »Sag das dem Techniker, der vor mir ins System eingedrungen ist. Der Bursche hat eine Klassifikation der Stufe IX.« Verärgert schlug er mit den flachen Händen auf die Oberschenkel.

Cantini erschien direkt neben Chekov. »Lassen Sie ihn in Ruhe!« befahl er und zerrte am Arm des Russen. »Ich glaube noch immer, daß Sie Kramers Mörder sein könnten ...«

Chekov riß sich los, und im gleichen Augenblick rief Cecil: »Pavel!«

Auch Westbeld und Gugin eilten herbei.

»Was ist los?«

»Hast du's geschafft?«

»Willkommen, Anwender 128641937F ...«

Chekov griff nach dem Terminal und schwang es herum, bevor Cecil antworten konnte. »Computer!« stieß er hervor und fügte die russische Anweisung für »System desaktivieren!« hinzu.

Der Bildschirm wurde dunkel.

Einige Sekunden lang gab niemand einen Ton von sich. Dann packte Cantini Chekov an der Schulter und drehte ihn grob um. »Sie dreimal verfluchter ...«

Chekov schüttelte die Hand ab und duckte sich, als Cantini ausholte. »Erinnern Sie sich an den Beginn des Szenarios?« fragte er in einem zur Besonnenheit gemahnenden Tonfall. »*Alles* ist zulässig, um den Test zu bestehen und zu überleben!« Westbeld löste ihren Phaser vom Gürtel, schien jedoch nicht zu wissen, was sie damit anfangen sollte.

»Du hast keine Techno-Klassifizierung IX!« wandte Cecil ein. Er schien nicht verärgert zu sein, nur überrascht. »Ich habe gesehen, wie du mit Computern umgehst – du wärst sicher nicht imstande gewesen, in dieses System einzudringen!«

Chekov war dankbar für die Ablenkung und drehte sich halb zu Robert um. »Das bin ich auch gar nicht«, gestand er. »Die eigentliche Arbeit hat ein Spezialist geleistet.«

Cecil schüttelte den Kopf. »Wie ist so etwas möglich?«

»Wen kümmert's?« entfuhr es Cantini. »Er hat uns reingelegt, Bob! Zuerst erklärte er sich zur Zusammenarbeit bereit – um uns dann reinzulegen!« Er durchbohrte den Russen mit einem zornigen Blick. »Die beiden Kadetten, die Sasha und Sie auf dem neunzehnten Deck ›überrascht‹ haben... Stecken Sie dahinter? Sie wollten Sasha außer Gefecht setzen, nicht wahr?«

»Nein!« erwiderte Chekov hitzig. Dieser Vorwurf gefiel ihm ganz und gar nicht. »Wir dachten wirklich, daß es euch erwischt hätte. Andernfalls wären wir euch zu Hilfe geeilt!«

»Ich traue ihm nicht.« Westbeld schürzte die Lippen und strich sich eine Haarsträhne aus der Stirn. »Ich schlage vor, wie erschießen ihn.«

Cecil starrte zum dunklen Bildschirm und betätigte zaghaft einige Tasten, schien jedoch kaum mit einer Reaktion des Computers zu rechnen. »Ich fasse es einfach nicht...«

»Wir bringen ihn um, Bob«, sagte Cantini etwas lauter als nötig. »Wir drei sind uns bereits einig...«

»Laurel hat sich noch nicht geäußert«, wandte Chekov ein.

Er hatte diese Worte gerade erst ausgesprochen, als Gugin sagte: »Ich bin einverstanden.«

Pavel vollführte eine hilflose Geste. »Ihr versteht nicht...«

Cecils Stimme klang ruhig, als er entgegnete: »Ich verstehe nur eins: Wir haben uns darauf geeinigt, eine Gruppe zu bilden.« Er sah von der Tastatur auf, und seine blauen Augen blickten kühl. »Warum hast du dich nicht an die Vereinbarung gehalten? Warum hast du uns nicht auf die Sache mit dem Computer und die Fallen hingewiesen? Was für ein Spiel findet hier statt?«

Chekov seufzte. »In diesem Zusammenhang kann man nicht von einem ›Spiel‹ sprechen.«

»Es ist nur eine Redewendung«, begann Cecil, aber Pavel unterbrach ihn sofort.

»Nein, dabei geht es um weitaus mehr. Von Anfang an habt ihr euch so verhalten, als sei dies hier die Wirklichkeit, als befänden wir uns tatsächlich in einer Situation, in der uns der Tod droht. Aber es handelt sich um ein *Szenario*, und ganz gleich, wie wir dabei abschneiden: Das Ergebnis steht für den Rest unseres Lebens in der jeweiligen Personalakte.« Chekov musterte Cecil und Cantini, sah im ersten Gesicht Ärger und im zweiten heißen Zorn. »Ich habe nichts gegen euch«, fuhr er fort. »Ihr seid meine Freunde. Aber meine *berufliche Laufbahn* steht auf dem Spiel. Wenn es am Ende dieses Szenarios nur einen Überlebenden geben kann, so möchte ich den Sieg niemand anders überlassen.«

»Warum können wir nicht *alle* überleben?« fragte Cecil. »Als Gruppe ... Fünf Kadetten, die den Test *gemeinsam* bestehen. Das ist doch ein positives Ergebnis, oder?«

»Finde ich auch«, pflichtete ihm Westbeld bei. »Den Ausbildern ist es bestimmt lieber, wenn nicht nur ein Kadett überlebt, sondern gleich fünf.«

»Ich glaube nicht, daß wir damit dem Zweck des Szenarios gerecht werden«, sagte Chekov. »Wenn nicht *einer* von uns gewinnt, so verlieren *alle*.«

»Darauf hat niemand hingewiesen«, meinte Cecil.

Pavel zuckte mit den Schultern. »Ebensowenig erhielten wir den Hinweis, daß gemeinsames Überleben mit einem positiven Abschneiden beim Test gleichzusetzen ist.«

Robert strich mit den Fingerkuppen übers Terminal, und dadurch drehte sich der grauweiße Monitor langsam. »Woraus folgt ...?«

»So wie *ich* die Sache sehe ...« Cantini holte tief Luft und deutete mit dem Daumen auf Chekov. »Unser Freund, der Berserker, hält es für seine Pflicht, uns umzubringen oder zu sterben. Wir anderen hingegen sind bereit, als Gruppe zu überleben. Ich schlage vor, wir lösen das Problem, indem wir ihn erledigen.«

Cecil sah Chekov an.

»Ich habe keine Lust, mich mit euch zu streiten«, sagte Pavel. »Aber ich will bei diesem Test auch nicht verlieren.«

»Du hast die Regeln selbst bestimmt«, erwiderte Robert.

»Mag sein.«

Cecil drehte das Terminal noch einmal, wandte sich dann um und kehrte ihnen den Rücken zu. In gewisser Weise schien er seine Hände in Unschuld zu waschen. »Also gut«, murmelte er. »Erschießt ihn. Ich versuche erneut, ins Computersystem einzudringen.«

»Robert ...« Chekov schob den kleinen Finger durch den Drahtring des Auslösers, als Cecil ihn ansah. »Ich verstehe deine Entscheidung. Es ist nichts Persönliches.« Er hoffte, daß sich Cecil später an diese Worte erinnerte.

Roberts Lippen deuteten ein Lächeln an. »Nein, es ist nichts Persönliches«, bestätigte er.

Chekov gab Cecil keine Gelegenheit, am Tisch Platz zu nehmen. Er streckte den Finger, und dem zornigen Cantini blieb nicht einmal genug Zeit, verblüfft die Augen aufzureißen. Die fächerförmigen Energiestrahlen von sechs Phasern ›töteten‹ sie alle.

Pavel erwachte mit Kopfschmerzen und so steifen Muskeln, daß er kaum die Lider heben und sich umsehen konnte. Er fand sich in einem schlichten Lagerraum wieder, ruhte auf einer von vielen zusammenklappbaren Liegen – die anderen waren leer. Vorsichtig stemmte er sich hoch, und nach einigen vergeblichen

Versuchen gelang es ihm, sich aufzusetzen. In dieser Haltung verharrte er zunächst und trachtete danach, dem heftigen Hämmern hinter der Stirn keine Beachtung zu schenken.

Allmählich kehrten die Erinnerungen zurück. Vermutlich hatte die Bewußtlosigkeit bei ihm länger gedauert als bei den anderen – immerhin waren die Phaserstrahlen von seinem Gürtel ausgegangen. Das mochte die intensiven Kopfschmerzen erklären. Bisher hatte er nicht aus eigener Erfahrung gewußt, was es bedeutete, auf diese Weise betäubt zu werden. Ein Kusin fiel ihm ein, der praktisch keine Gelegenheit ungenutzt ließ, entsprechende Geschichten zu erzählen und seine Zuhörer mit gräßlichen Details zu erschrecken. Chekov lächelte, als er daran dachte. Beim nächsten Familientreffen konnte er einige Diskussionsbeiträge leisten – wenn das dröhnende Pochen zwischen den Schläfen bis dahin nachließ.

Stimmen erklangen im Nebenzimmer und weckten genug Interesse in ihm, um ihn zu veranlassen, sich wieder zu bewegen. Mit der einen Hand schirmte er sich die Augen vor dem Licht ab, stand langsam auf und taumelte zur Tür.

Der Nebenraum erwies sich als dunkel. Das einzige Licht stammte von einem Wandschirm, und dort hatten auch die Stimmen ihren Ursprung. In Abständen von sechzig bis neunzig Sekunden änderten sich die Darstellungen im Projektionsfeld und zeigten verschiedene Bereiche der Raumstation Aslan. Chekov trat näher und richtete den Blick auf das Datensegment am unteren Rand des großen Bildschirms. Es zeigte Stunden, Minuten, Sekunden und auch das Datum an. *Der ganze Test ist aufgezeichnet worden.*

»Entschuldigung ...«

Er drehte sich um und bemerkte einen Aufräumer in der Tür.

»Das Shuttle wartet, Sir.« Der Techniker tastete am

Schott vorbei nach dem Lichtschalter. Eine Sekunde später wurde es hell im Zimmer, und Chekov glaubte, in den Zügen des Mannes so etwas wie Erheiterung zu erkennen. »Oh, Sie sind's.«

Zum erstenmal an diesem Wochenende regte sich Besorgnis in Chekov. »Wie bitte?«

Der Techniker faßte sich wieder, und sein Gesicht brachte nur mehr neutrale Höflichkeit zum Ausdruck, als er näher kam. »Ich habe Sie aufgrund der Aufzeichnungen wiedererkannt«, sagte er. »Nun, ich gehöre zu der Gruppe, die sich hier um die ›Getöteten‹ kümmerte – durch Sie bekamen wir ziemlich viel Arbeit.«

Chekov blickte durch den Raum, stellte sich vor, wie Sasha und die anderen in den Sesseln saßen und das Geschehen auf dem Schirm beobachteten. Der Bildschirm ... »Was hat es damit auf sich?« fragte er und deutete zum Projektionsfeld.

Der Techniker überraschte ihn, indem er lachte. »Wir haben das hiesige Videosystem mit den Sicherheitssensoren verbunden«, erklärte er. »Dadurch konnten wir alle Sektionen der Raumstation überwachen. Wer beim Test ›ums Leben kam‹ ... Die Betreffenden nahmen hier Platz, um zu sehen, was nach ihrem ›Tod‹ passierte. Oder sie befaßten sich mit aufgezeichneten Ereignissequenzen.«

Chekovs Kopfschmerzen ließen nach, pochten jetzt irgendwo hinter den Augen. Der Techniker beugte sich zu ihm vor. »Viele Leute zeigten großes Interesse daran, *Sie* zu beobachten.«

Kann ich mir denken, fuhr es Pavel durch den Sinn.

»Es handelte sich um ein Szenario«, sagte er vorsichtig. Verblüfft lauschte er dem Klang dieser Worte – ihnen schien plötzlich Bedeutung zu fehlen. »Ich habe mich nur an die Spielregeln gehalten, das ist alles.«

Der Techniker zuckte mit den Schultern. »Wie Sie meinen.« Er streckte die Hand aus und desaktivierte den Wandschirm. Anschließend wandte er sich erneut an Chekov und schmunzelte. »Wollen Sie das auch den anderen sagen?«

Pavel öffnete den Mund – und schloß ihn wieder, als ihm keine passende Antwort einfiel. Erneut dachte er an Sasha, Cantini und Cecil, spürte dabei, wie Panik in ihm zu prickeln begann. »Ich ... Sie mußten mit allem rechnen. Ihnen war bekannt, worum es ging.«

Der Aufräumer legte Chekov den Arm um die Schultern und führte ihn zur Tür. »Wenn Ihnen keine bessere Rechtfertigung einfällt, sollten Sie besser mit einem *zivilen* Shuttle zur Erde zurückkehren ...«

So muß es sich anfühlen, in flüssigem Stickstoff zu ertrinken, dachte Chekov, als er durch die offene Luke ins Shuttle trat. Niemand sprach ein Wort, als er den wie endlosen Weg zum einzigen noch freien Platz zurücklegte. Eigentlich konnte Pavel den anderen Kadetten gar keinen Vorwurf machen. Er setzte sich und starrte aus dem Fenster, um niemanden ansehen zu müssen.

Die Stille erwies sich immer mehr als Belastung. Er fühlte vierundsechzig Blicke auf sich ruhen, spürte die Gedanken der übrigen Passagiere wie Dolche, die sich ihm langsam in den Leib bohrten. Irgend etwas in ihm verspürte den Wunsch, ihnen alles zu erklären und zu sagen, daß es ihm leid tat. Aber eigentlich bedauerte er gar nichts. Oder zumindest nicht *alles*. Er bedauerte nur, daß seine Freunde und Kollegen sauer auf ihn waren und *er* den Preis für ihr mangelndes Verständnis zahlen mußte. Wie dem auch sei: Solche Empfindungen blieben ohne Einfluß auf die gegenwärtige Situation.

Vielleicht erlebte er jetzt den Unterschied zwischen Offizieren, die an Einsätzen teilnahmen, und jenen Starfleet-Angehörigen, die von morgens bis abends in irgendwelchen Büros saßen. Wer immer wieder mit Gefahren konfrontiert wurde, brauchte die Fähigkeit, sofort die notwendigen Entscheidungen zu treffen – ohne Reue. Die übrigen Kadetten verurteilten Chekov, weil er rasch und energisch gehandelt hatte, aber niemand von ihnen war bereit, Alternativen anzubieten. Sie alle dachten auf die gleiche Weise: *Bloß nichts Phantasievolles anstellen! Jene wenigen Dinge schützen, die man besaß! Keine Risiken eingehen, um nicht plötzlich mit leeren Händen dazustehen!* Pavel hatte bewiesen, daß man nicht nur mit passiver Verteidigung auf eine bedrohliche Lage reagieren konnte. Die anderen jungen Leute haßten ihn nun, weil sein Verhalten auf mehr Kompetenz hindeutete. Pech für sie. Vielleicht beklagten sie noch immer die *Ungerechtigkeit* des Tests, wenn er längst zur Besatzung eines Raumschiffs gehörte und aus ihrer naiven Welt verschwunden war.

Trotzig verschränkte Chekov die Arme und lehnte sich zurück, als das Shuttle von der Raumstation ablegte.

Nach vierzig Minuten verflüchtigte sich ein Teil seiner Arroganz. Die bedrückende Stille schien sich zu verdichten, lastete wie ein schweres Gewicht auf Pavels Seele. Kramer stand nun am Ende des Mittelgangs, aber auch er schwieg. Der Russe starrte erneut aus dem Fenster, aber er erwog noch einmal die Möglichkeit, sich zu entschuldigen.

»Ich nehme an, Sie sind nicht besonders zufrieden mit dem Ausgang des Szenarios«, sagte der Commodore so, als sei er gerade erst im Passagierabteil erschienen.

Zustimmendes Murmeln erklang. Kramer lächelte. »Wo liegt Ihrer Ansicht nach das Problem?« fragte er.

Cantini antwortete sofort. »Es heißt Chekov.«

Das beipflichtende Murmeln wiederholte sich. Pavel biß die Zähne zusammen und gab vor, alles zu ignorieren.

»Möchten Sie einen Kommentar dazu abgeben, Fähnrich Chekov?«

Nie zuvor hatte Pavel jemanden mit der gleichen Intensität gehaßt wie Kramer. Er blickte noch immer aus dem Fenster, beherrschte sich mühsam und dachte: *Es sind Kinder, nichts weiter als dumme Kinder.* »Nein, Sir«, sagte er. »Ich möchte keinen Kommentar dazu abgeben.«

»Ach?« Kramer runzelte andeutungsweise die Stirn, während er den jungen Russen musterte. »Ich bin enttäuscht, Kadett Chekov.« Erstaunlicherweise klangen die Worte nicht scharf, sondern fast sanft. »Verspürt sonst jemand den Wunsch, seine Meinung zu äußern?«

Bestimmt brannten die Studenten darauf, Beschwerden und Klagen vorzubringen, aber seltsamerweise blieben sie still. Niemand meldete sich. Chekov nahm diesen Umstand mit Gleichgültigkeit zur Kenntnis. Das heißt: Er versuchte es. Er trachtete danach, in eine Art Apathie zu fliehen, um nicht dauernd die vorwurfsvolle Stimme des Gewissens zu hören.

»Na schön«, brummte Kramer. »Dann lassen Sie mich Ihnen jetzt mitteilen, wie ich den Test bewerte.«

Chekov bemühte sich, desinteressiert zu wirken, als er den Kopf drehte.

Der Commodore wartete, bis er sicher sein konnte, im Zentrum der allgemeinen Aufmerksamkeit zu stehen, verkündete dann: »Sie alle haben versagt.«

»Was?« platzte es aus Chekov heraus. Vermutlich war er nicht der einzige, der diese Frage stellte, denn niemand drehte sich zu ihm um.

»Was soll das heißen?« fragte Baasch. »Wir haben uns nicht alle auf die gleiche Art und Weise verhalten.«

»Einige von uns haben sogar darauf verzichtet, andere Leute zu erschießen«, sagte jemand.

Kramer stand so unerschütterlich wie ein Fels und hob nicht einmal die Hand, um Ruhe zu verlangen. »*Außerdem* hat niemand von Ihnen richtig auf die Situation reagiert«, fügte er hinzu, woraufhin es sofort wieder still wurde. »Kadett Nabuda, bitte erklären Sie den Zweck des Aslan-Szenarios.«

Verwirrungsfalten entstanden auf Nabudas Stirn. Sie

sah nach links und rechts, schien sich Hilfe von den anderen Studenten zu erhoffen. »Wir sollten überleben«, erwiderte sie schließlich. »Wir sollten es vermeiden, getötet zu werden.«

»Ich verstehe.« Kramers Blick wanderte über verwunderte Mienen und verharrte etwas länger in Chekovs Gesicht. »Nun, ich brauche nicht jeden einzelnen von Ihnen zu befragen, um zu wissen, daß Sie alle diese Einschätzung teilen. Während des vergangenen Wochenendes hatte ich oft Gelegenheit, Sie zu beobachten, Ihnen bei Hinterhalten und der Vorbereitung von Fallen zuzusehen. Daher weiß ich, wie Sie denken.«

»Nur *Chekov* hat Fallen gebaut.«

Pavel drehte sich halb um und blickte zur jungen Frau, von der diese Worte stammten. Die Bitterkeit in der Stimme beunruhigte ihn. Sasha hielt den Blick auf Kramer gerichtet und beachtete Chekov überhaupt nicht. Es zerriß ihm das Herz.

»Er war nur der geschickteste Killer unter Ihnen. Und er begriff ebensowenig wie Sie, worum es bei dem Test *wirklich* ging.« Kramer verschränkte die Arme und lehnte sich an die Wand. »Vor vielen Jahren fand dieses Szenario in einer Mondbasis statt. Die damaligen Kadetten bekamen die gleichen Informationen wie Sie: Man wies sie darauf hin, daß es ein Mörder auf sie abgesehen hatte, daß sie überleben sollten. Aber zu jener Gruppe gehörte jemand, der Ihnen fehlte: ein einfallsreicher Offizier, der die Situation unter Kontrolle brachte und sich nicht damit begnügte, nur die eigene Sicherheit zu gewährleisten.

Der betreffende Offizier gelangte zu dem richtigen Schluß, daß es keine Rolle spielte, ob einer oder hundert Kadetten das Szenario überlebten. Es ging einzig und allein darum, sich nicht vom Mörder erwischen zu lassen. Er verwandelte einen Speisesaal in ein Gemeinschaftsquartier und sorgte dafür, daß immer jemand an den Zugängen Wache hielt. Wer eintreten und sich der

Gruppe hinzugesellen wollte, mußte seine Waffe abgeben. Anschließend wurden die Neuankömmlinge von anderen Kadetten überwacht, die ihre Zuverlässigkeit bereits bewiesen hatten. Die Maßnahmen führten dazu, daß der Test ohne ein einziges Opfer endete. Jener Kadett, der damals in die Rolle des kommandierenden Offiziers schlüpfte, schnitt besonders gut ab.«

Kramers Blick kehrte zu Chekov zurück. »Mr. Chekov, haben Sie eine Ahnung, von wem ich spreche?«

Pavel schüttelte den Kopf. Es fiel ihm schwer, einen klaren Gedanken zu fassen, und Verlegenheit brannte in ihm. Cecil sprach den Namen des erfolgreichen Kadetten laut aus: »James Kirk.«

Kramer nickte. »Wer Kommandopflichten wahrnehmen will, muß sich vom Schwarzweißdenken befreien. Es ist kein Spiel, das man aufgrund der eigenen Entscheidungen gewinnen oder verlieren kann. Einem kommandierenden Offizier geht es nicht um den Sieg – er versucht in erster Linie, zu schützen und zu bewahren. In der Wirklichkeit gibt es niemanden, der mit Punkten bewertet. Mr. Chekov dürfte Ihnen erklären können, daß es einen Unterschied gibt zwischen ›gewinnen‹ und ›nicht verlieren‹.«

Als das Shuttle einige Stunden später landete, zeigten sich am östlichen Horizont die ersten korallenroten Streifen des nahen Sonnenaufgangs. Chekov blieb sitzen und sah nach draußen auf den Platz, als die übrigen Kadetten stumm an ihm vorbei zur Luke schritten. Nur einmal hob er den Kopf – Sasha ging durch den Mittelgang und ignorierte ihn so gründlich, als sei er ohne jede Bedeutung für sie. Einige Sekunden lang glaubte Pavel zu spüren, wie ihm Tränen in die Augen quollen.

»Was hältst du von einem ordentlichen Frühstück?«

Chekov schloß die Augen. Er wollte allein sein – und gerade Cecil erinnerte ihn viel zu sehr ans ganz persönliche Fiasko. »Ich habe keinen Appetit.«

Robert nahm neben ihm Platz. »Ich schon. Möchtest du mir Gesellschaft leisten?«

»Nein.«

Der letzte Kadett stieg aus, und das Geräusch seiner Schritte auf der Rampe verklang nach wenigen Sekunden. Chekov hörte, wie Cecil im Sitz hin und her rutschte. »Willst du jetzt ganz auf stur schalten?«

»Meine berufliche Zukunft ist an diesem Wochenende ruiniert worden«, erwiderte Pavel leise. »Erwartest du von mir, daß ich mich darüber *freue*?«

»Ganz so schlimm wird's bestimmt nicht«, meinte Cecil. »Niemand wirft dich aus Starfleet, nur weil du bei einem Szenario Fallen gebaut hast, anstatt das Kommando zu übernehmen.«

»Du verstehst nicht...«

»Und ob ich verstehe.« Cecil packte Chekov an den Schultern und drehte ihn zu sich um. »Wir *alle* haben versagt«, betonte er. »Ich schätze, darin liegt der eigentliche Sinn solcher Szenarios: Sie geben uns Gelegenheit, hier und jetzt etwas zu verpatzen – damit uns später, wenn wir an Bord von Raumschiffen tätig sind, keine derartigen Fehler unterlaufen. Hinzu kommt: Kramer hat deutlich darauf hingewiesen, daß nur dein Idol Kirk den Test bestand.«

Als Chekov Kirks Namen hörte, fraß sich Verzweiflung in den Kern seines Wesens. »Ich hätte es besser wissen sollen«, stöhnte er. »Ich bin davon überzeugt gewesen, mir das Recht zu erwerben, mich nach der Ausbildung seiner Crew anzuschließen, aber jetzt... Himmel, jetzt weiß ich überhaupt nichts mehr!« Er griff nach Cecils Schulter. »Es tut mir leid, Robert. Ich wollte nur... Verdammt, ich weiß gar nicht mehr, was ich wollte. Plötzlich ist alles sinnlos geworden...« Er wandte sich dem Fenster zu. »Ich fühle mich wie ein Narr...«

»Es geschähe nicht zum erstenmal, daß man einem Narren den Befehl über ein Raumschiff gibt«, tröstete

Cecil den Russen. »Auch vor Kirk sind Offiziere zum Captain ernannt worden – und diese Tradition wird fortgesetzt.«

Chekov lächelte schief und lehnte sich zurück. »Wenn ich jemals ein eigenes Kommando bekomme … Dann möchte ich, daß *du* mein Erster Offizier wirst. Damit du mich daran hinderst, Unsinn anzustellen.«

Cecils Gesicht brachte eine gewisse Zufriedenheit zum Ausdruck. »Ich schätze, nach diesem Wochenende paßt du besser auf. Und nun …« Er stand auf und reichte Pavel die Hand. »Ich schlage vor, wir besprechen meine übrigen Pflichten als dein Erster Offizier beim Frühstück.«

Chekov erhob sich ebenfalls. Die Aussicht, den anderen Kadetten so kurz nach seiner Demütigung zu begegnen, gefiel ihm überhaupt nicht. »Nein, unmöglich! Wenn mich die übrigen Studenten nicht umbringen, muß ich mir selbst das Leben nehmen!«

Cecil lachte und schritt zur Luke. »Na schön«, lenkte er ein. »Dann essen wir eben nicht in der Akademie, sondern in der Stadt. Bürgerliches Essen. Das Essen von Zivilisten. Kohlehydrate – die bringen Energie!« Er sprang nach draußen, und jede einzelne Bewegung kündete von Begeisterung. »Wir *brauchen* Energie!« versicherte er Chekov mit Nachdruck. »Weil wir *Helden* werden!«

Pavel trat mit ruhigen Schritten über die Plattform. Cecils Züge zeigten Zuversicht und Vertrauen – ein Vertrauen, von dem Chekov befürchtete, daß es früher oder später in neuerlichen Enttäuschungen endete.

»Tatsächlich?« erwiderte der Russe. »Das hatte ich ganz vergessen.«

Cecil legte ihm den Arm um die Schultern. »*Ich* weiß, was du bist«, sagte er fröhlich. »Ich hab's immer gewußt. Und ich vergesse *nie* etwas …«

5 HALLEY

»Ich kann einfach nicht glauben, daß Starfleet euch beide jemals zum aktiven Dienst zuließ!«

Chekov nahm diesen Kommentar zum Anlaß, McCoy einen bösen Blick zuzuwerfen. Sulu hingegen lachte leise.

»So schlimm ist es gar nicht, Pille«, ließ sich Kirk vernehmen. Die Verärgerung in Pavels dunklen Augen war ihm ebensowenig entgangen wie seine Verlegenheit. »Bei einem Kommando-Szenario stellt man Dinge an, die in der Realität überhaupt nicht in Frage kämen.«

McCoy nickte, wirkte jedoch skeptisch. »Meinst du Manipulationen von Computerprogrammen – um sich anschließend mit einigen schönen Worten herauszureden?«

Kirk spürte, wie seine Wangen glühten. »Das ist etwas anderes ...«

»Oh, natürlich.« Der Arzt wandte sich an Sulu und fügte mit strenger Stimme hinzu: »Hören Sie auf zu lachen! Dadurch wird Ihre Schulter nicht besser!« Und an Chekovs Adresse gerichtet: »Wenn Sie während der nächsten Stunde oder so den Wunsch verspüren, Aktivitäten der eben geschilderten Art zu entwickeln, so bitte ich Sie, diesen Raum vorher zu verlassen.«

Chekov starrte aus dem Fenster und gab keine Antwort. Kirk seufzte müde, lehnte sich zurück und hoffte, daß Leonard darauf verzichtete, den Sicherheitsoffizier in zusätzliche Verlegenheit zu bringen – er litt auch so schon genug.

Eine Stunde später heulten Sirenen, und Kirk schreckte aus sorgenvollen Träumen. Er wollte sich aufsetzen, stellte dann fest, daß er bereits saß und mit den Schultern an der Wand lehnte. Die Oberschenkelmuskeln zerrten am verletzten Knie, und er fluchte leise, als er mit einer Hand nach der Rückenlehne des nächsten Sessels griff.

»Scotty?« Von der Pilotenkanzel her drang Licht ins Passagierabteil des Shuttles. Die Sirenen heulten noch immer, aber trotzdem hörte Jim den Bariton des Chefingenieurs sowie Chekovs Tenor. »Scotty! Chekov!« Er fluchte erneut, als er begriff, daß sie ihn gar nicht hören konnten.

McCoy erhob sich, als Kirk Anstalten machte, seinen Platz zu verlassen. »Immer mit der Ruhe, Captain – du bleibst brav sitzen!«

»Geh mir aus dem Weg, Pille ...« Kirk biß die Zähne zusammen und verlagerte sein Gewicht aufs linke Bein. »Ich muß feststellen, was los ist.«

McCoy hielt ihn am Arm fest – und verhinderte gleichzeitig, daß Jim fiel. »Sei doch vernünftig ...«

»Scotty!« Kirk riß sich los. Und bedauerte es fast sofort, weil er plötzlich schwankte und Gefahr lief, das Gleichgewicht zu verlieren. Er taumelte nach vorn, stieß kurze Zeit später gegen die Trennwand zwischen der bugwärtigen und mittleren Sektion des Shuttles. McCoy warf ihm einen mißbilligenden Blick zu, als er sich in den Zugang schob und Scott fragte: »Was ist passiert?«

Der Chefingenieur sah kurz über die Schulter. »Raumschutt«, sagte er nur und drehte sich wieder zu Chekov um, der vom Platz des Navigators aus versuchte, unter die beschädigte Konsole zu gelangen.

Kirk versuchte, das verletzte Knie zu schonen, aber er glaubte zu spüren, wie sich das Gelenk mit Flüssigkeit füllte. Durch den höheren Druck fühlte es sich an, als könnten die Knochen jeden Augenblick nachgeben.

Er humpelte mühsam an Scott vorbei, ließ sich in den Pilotensessel sinken und streckte das Bein.

»Geschafft!« Chekov löste etwas im Innern des Pults, und das Heulen verstummte. Scott betätigte bereits die Navigationskontrollen, als sich neben ihm der Sicherheitsoffizier aufrichtete.

»Ich habe den Kommunikator so modifiziert, daß er zu einer akustischen Komponente des Warnsystems wird«, erklärte der Chefingenieur und blickte dabei auch weiterhin auf die Displays. »Leider hat sich diese Maßnahme gerade als sinnvoll erwiesen.«

»Vor was sind wir gewarnt worden?« erkundigte sich Kirk.

Scott deutete auf eine Anzeige und wich zurück, als Chekov nickte und mit der Arbeit begann. »Asteroiden, Meteoriten und dergleichen«, beantwortete er die Frage des Captains. »Dort draußen gibt's Brocken, die größer sind als unsere gute alte *Enterprise*. Die kleineren Exemplare kommen an die Masse der *Halley* heran. Ich habe die Sensoren so programmiert, daß sie einen Hinweis geben, wenn die Entfernung zwischen uns und dem Raumschutt zu gering wird.« Er spähte aus dem Fenster, schien in der Schwärze des Alls nach etwas Ausschau zu halten, das Kirk verborgen blieb. »Etwas nähert sich, etwas *Großes*, und wir sind ihm im Weg. Normalerweise würden wir einfach den Kurs ändern, damit jenes Objekt an uns vorbeifliegt, ohne Schaden anzurichten. Aber ohne einsatzfähigen Antrieb ...« Scotty sprach nicht weiter.

Kirk sah ebenfalls nach draußen. »Wie groß ist die Entfernung?«

»Zehntausend Kilometer«, erwiderte Chekov. »Steuerbord und achtern.« Der Russe behielt die Anzeigen im Auge und interpretierte die Daten, sobald sie in den kleinen Datenfeldern erschienen. »Das Ding nähert sich schnell. In etwa zwei Stunden erreicht es uns.«

»Und dann?«

McCoys Stimme erklang in der Tür und überraschte sie. Kirk sah zu Leonard, und anschließend glitt sein Blick wieder zu Chekov. »Sei unbesorgt, Pille«, sagte er leise. »Irgendwie werden wir damit fertig.« *Glaubst du?* flüsterte es skeptisch in ihm. *Glaubst du das wirklich? Oder handelt es sich dabei nur um Zweckoptimismus?* Jim verdrängte diese Gedanken.

»Sir?«

Sulu flüsterte nur, und unter anderen Umständen hätte Kirk ihn vielleicht gar nicht gehört. McCoy verschwand aus dem Zugang zur Pilotenkanzel und kehrte ins Passagierabteil zurück.

»Was halten Sie von der Sache, Mr. Sulu?« rief der Captain.

»Wir sind nicht imstande, unseren eigenen Kurs zu ändern«, antwortete der Steuermann heiser. Er hatte die Augen geschlossen; sein Gesicht wirkte eingefallen und farblos. »Aber wir könnten die Flugbahn des Asteroiden beeinflussen. Die Triebwerksgondel auf der Steuerbordseite ist schwer beschädigt worden, nicht wahr?«

Scott nickte und starrte ins Leere, als er nachdachte. »Ja, das stimmt.«

»Läßt sich das energetische Potential jener Gondel nutzen, um zu verhindern, daß uns der Brocken trifft?«

»Aye!« Die Miene des Chefingenieurs erhellte sich. »Es sollte zumindest möglich sein, den Asteroiden in kleine Stücke zu reißen, mit denen unsere Schilde fertig werden können.«

Chekov lachte humorlos und errötete, als ihm Scott einen finsteren Blick zuwarf. »Wir trennen also die Gondel vom Shuttle«, sagte der Sicherheitsoffizier. »Sie bewegt sich mit der gleichen Geschwindigkeit wie die *Halley* ...« Er preßte die Hand auf ein Display, schien es nicht mehr zu ertragen, die dort projizierten Daten zu sehen. »Das bedeutet, wir bleiben zusammen und erreichen den Asteroiden *gemeinsam*.«

»Können wir denn *überhaupt nichts* unternehmen?«

brummte McCoy. »Wie wär's, wenn wir nach draußen gehen und der Gondel einen Tritt geben?«

Chekovs Züge offenbarten eine an Ärger grenzende Enttäuschung. Scott lachte. »Dazu sind wir tatsächlich imstande.«

»Womit denn?« fragte der Russe.

Der Chefingenieur klopfte ihm auf die Schulter. »Mit *Treibsätzen!*«

Kirk verstand von einem Augenblick zum anderen. »Die Schutzanzüge! Natürlich!«

Scott schob sich an McCoy vorbei, als der Arzt fragte: »Was haben die Schutzanzüge damit zu tun?«

»Sie sind mit kleinen Rückstoßaggregaten ausgestattet«, erklärte Kirk und spürte Erleichterung. »Wenn sie auf kontinuierlichen Schub geschaltet werden, sollte es möglich sein, die Gondel weit genug vom Shuttle zu entfernen.«

»Wir müssen damit rechnen, ordentlich durchgeschüttelt zu werden!« ertönte Scotts Stimme aus der anderen Kammer des Shuttles. »Aber das ist immer noch besser als eine direkte Kollision.«

»Die Gondel dürfte ein ziemliches Feuerwerk verursachen«, sagte McCoy und schien neue Hoffnung zu schöpfen. »Eine derartige Explosion kann Spock bestimmt nicht übersehen!«

Kirk nickte – Leonards Zuversicht wirkte ansteckend. »Vielleicht hast du recht, Pille.« *Allerdings muß Spock zum richtigen Zeitpunkt in die richtige Richtung sehen,* fügte er in Gedanken hinzu. *Und im All gibt es* viele *Richtungen.*

Ein lautes Knacken veranlaßte den Captain, wieder zur Navigationskonsole zu blicken. Chekov hatte dort die Verkleidungsplatte gelöst und hielt sie in einem Winkel von siebzig Grad, als er sich vorbeugte und die Schaltkreise betrachtete.

Kirk wollte sich dem Sicherheitsoffizier hinzugesellen – doch dann fiel ihm plötzlich das verletzte

Knie ein. Auf halbem Wege zur Konsole verharrte er. »Stimmt was nicht?«

»Kommt darauf an, Sir.« Chekov drehte sich halb um und rief: »Ich muß dem Pult ein Speichermodul entnehmen, Mr. Scott!«

Der Chefingenieur erschien im Zugang. »Aus welchem Grund?« fragte er und runzelte die Stirn.

Chekov deutete zur Konsole. »Ich habe unsere Flugbahn mit der des Asteroiden verglichen. Wenn die abgetrennte Gondel das Ding treffen soll, so benötigt sie etwas, das sich an den Kurs erinnern kann.«

Scott lächelte und kam herein. »Gute Idee, Junge!«

McCoy beugte sich über Scottys Schulter, als er eine andere Abdeckplatte löste. »Brauchen wir das Modul nicht selbst?«

Der Chefingenieur schüttelte den Kopf. »Unser Antrieb funktioniert nicht mehr«, erinnerte er den Arzt. »Also können wir auf ein voll einsatzfähiges Navigationssystem verzichten.« Mit diesen Worten löste er zwei Chip-Karten aus der Konsole und ließ sich von Chekov eine weitere technische Komponente reichen. »Das hätten wir«, murmelte er und befestigte die Verkleidungsplatte wieder an ihrem Platz.

McCoy wandte sich um und folgte dem Chefingenieur dorthin, wo die Schutzanzüge hingen. »Hoffentlich brauchen wir sie später nicht«, sagte er.

Kirk seufzte. »Du wirst allmählich zum Schwarzmaler, Pille.«

Das schiefe Lächeln des Arztes wich von den Lippen. »Ich bin besorgt.«

Jim wollte zuerst darauf hinweisen, daß sie sich in Hinsicht auf die Raumanzüge keine Sorgen machen mußten, wenn der Asteroid das Shuttle traf. Und selbst wenn es gelang, dem Felsbrocken einen anderen Kurs zu geben ... Es war zweifellos besser, gemeinsam in der *Halley* zu sterben, in der Gesellschaft von Freunden. Die Vorstellung, in einem Raumanzug durchs Nichts zu treiben, allein, nur begleitet von dem Wissen, daß die Atemluft für höchstens sechs Stunden reichte ... Kirk schauderte innerlich. »Scott versteht sein Handwerk. Wenn *er* sieben Treibsätze nicht dazu bringen kann, die gewünschte Wirkung zu entfalten, so ist niemand dazu imstande.«

»Sechs«, warf Chekov ein. Als der Captain die Stirn runzelte, betonte er noch einmal: »Sechs.« Kummervoll blickte er aus dem Fenster in die Schwärze. »Jemand muß einen Raumanzug überstreifen und das Shuttle verlassen, um die Triebwerksgondel zu lösen.«

»Es ist nur logisch«, beharrte Chekov. »Ich bin entbehrlicher als alle anderen.«

Kirk fühlte eine Mischung aus Ärger und Bewunderung. Der Sicherheitsoffizier wirkte deprimiert und in sich gekehrt, seit er dem Drängen der Gefährten nachgegeben und von seinem *Kobayashi-Maru*-Test erzählt hatte. Pavels Niedergeschlagenheit mochte einer der Gründe dafür sein, warum er sich für diese gefährliche Mission anbot.

»Mr. Chekov ...«, begann der Captain. »Mr. Scott weiß Ihre Bereitschaft, die Gondel vom Rumpf der *Halley* zu lösen, sicher zu schätzen. Aber ich halte es für verfrüht, darüber zu reden, wer von uns entbehrlicher ist als die anderen.«

Chekov wandte sich vom Chefingenieur ab, der die einzelnen Treibsätze miteinander verband. Kirk bemerkte erst jetzt, daß der Russe noch immer seine Uniformjacke trug, obgleich die Heizung inzwischen wieder funktionierte. An den Schultern glänzten goldgelbe und silbergraue Abzeichen, als Pavel aufstand. »Ich meine es ernst, Captain.«

»Sie bleiben hier drin«, sagte Scott schlicht. Die Hartnäckigkeit des Schotten erstaunte Kirk noch mehr als Chekovs stures Gebaren.

Der Sicherheitsoffizier blickte auf Scotty hinab. »Sie

sind der Chefingenieur«, stellte er fest. »Außer Ihnen ist niemand imstande, notwendige Reparaturen vorzunehmen.«

Der Schotte sah nicht einmal auf. »Reparaturen sind ohnehin sinnlos geworden.«

»Ich bin als Navigator an Bord. Das Shuttle ist manövrierunfähig, was bedeutet: Es macht überhaupt keinen Unterschied, ob ich sterbe oder nicht.«

»Hören Sie ...« Scott lehnte sich zurück und hob den Kopf. »Wer auch immer die *Halley* verläßt: Er wird draußen mit einem Laserschneider arbeiten. Verschiedene Verbindungen müssen unmittelbar nach dem Durchtrennen abgedichtet werden, wenn wir keine Kontaminierung des Shuttles riskieren wollen. Es geht darum, die Treibsätze an der richtigen Stelle anzubringen und ein Speichermodul zu installieren. Für solche Aufgaben bin ich besser qualifiziert als Sie.«

»Zeigen Sie mir, worauf es zu achten gilt«, erwiderte Pavel. »Ich habe oft mit Ihnen zusammengearbeitet, und daher wissen Sie, wie schnell ich lerne.«

»Chekov ...« Scott unterbrach sich und schwieg einige Sekunden lang. Kirk beobachtete, wie er ein kleines Werkzeug hin und her drehte. »Seit damals ist viel Zeit vergangen«, fuhr es schließlich fort und sprach mit besonderer Sorgfalt. »Ich muß auch und vor allem an die Sicherheit der Personen an Bord denken. Sicher, ich könnte Sie einweisen, Ihnen alles genau erklären. Aber nur ich bin imstande, unvorhergesehene Probleme zu lösen und zu *gewährleisten*, daß kein Fehler passiert! Wenn bei der Separation von Rumpf und Gondel wichtige Komponenten der Triebwerkseinheit beschädigt werden ...«

»Ich passe auf.«

»Verdammt!« platzte es zornig aus Scott heraus. »Nehmen Sie endlich Vernunft an! Sie bleiben *hier*!«

»Warum wollen Sie nicht einmal in *Erwägung* ziehen, daß ich mich darum kümmere?« entgegnete Chekov.

»Weil es Ihnen an den notwendigen Qualifikationen mangelt!« antwortete der Chefingenieur unverblümt. Chekov riß verblüfft die Augen auf, wirkte gekränkt. »Seit fünf Jahren haben Sie nicht mehr mit komplexem Gerät gearbeitet!« fuhr der Chefingenieur fort. »Ich kann mich unmöglich darauf verlassen, daß Sie alles richtig machen – selbst wenn ich Ihnen die Details genau erläutere.«

Chekov starrte Scott an und schien wie erstarrt zu sein. Er erinnerte Kirk an die alten Zinnsoldaten seines Großvaters: kleine Gestalten mit unveränderlichen, ernsten Gesichtern und scharlachroten Uniformen. Fast sofort bedauerte Jim diesen Vergleich, den sein früherer Navigator und jetziger Sicherheitsoffizier bestimmt nicht verdiente.

»Entschuldigen Sie«, sagte Scott sanfter. »Aber es stimmt, und das wissen Sie auch. Ein derartiges Risiko *darf* ich nicht eingehen. Immerhin steht dabei das Leben von Menschen auf dem Spiel.«

Eine Zeitlang herrschte Stille.

»Scotty ...«, sagte Kirk schließlich. »Treffen Sie hier alle Vorbereitungen und begeben Sie sich anschließend nach draußen, um die Triebwerksgondel zu lösen. Chekov, suchen Sie die Pilotenkanzel auf und kontrollieren Sie von dort aus die Position des Asteroiden. Die Hauptkonsole sollte es uns ermöglichen, Kom-Kontakt mit Scotty zu halten.«

Chekov zögerte nur kurz, bevor er sich umdrehte und zur bugwärtigen Kammer des Shuttles stapfte, ohne Kirks Anweisung zu bestätigen. Jim überlegte, ob er sich über Pavel ärgern oder ihn bemitleiden sollte. Sein Blick glitt zu Scott – der Chefingenieur sah dem Russen ebenfalls nach.

»An die Arbeit«, sagte der Captain leise. Scott blinzelte verlegen, nickte und beugte sich wieder über die Treibsätze.

Kirk lehnte sich im Sessel zurück und lauschte: Sulu

atmete flach; Scott bastelte; und Chekov schwieg auf eine vorwurfsvolle Weise. McCoy hatte ihm das verletzte Knie hochgelegt, und es brannten auch weiterhin heftige Schmerzen darin. Eine zweite chemische Kältepackung umhüllte das Gelenk, verschaffte jedoch ebensowenig Linderung wie die erste. Alles in ihm verlangte danach, die Augen zu schließen, der Erschöpfung nachzugeben... Doch ein rein geistiger Aspekt seines Selbst weigerte sich hartnäckig, die vier Gefährten im Stich zu lassen – sie brauchten die Kraft des Captains, obgleich er ihnen nicht direkt helfen konnte. Kirk zwang die Lider wieder nach oben und stellte fest, daß McCoy in der Reihe hinter ihm Platz genommen hatte. »Es ist soweit alles in Ordnung mit mir«, sagte er aus reiner Angewohnheit.

Leonard sah zuerst in Richtung Pilotenkanzel, rückte dann Kirk ins Zentrum seiner Aufmerksamkeit. »Wir hocken schon zu lange hier drin«, sagte er leise und nicht ohne eine gewisse Besorgnis. »Es kommt zu den ersten Reibereien.«

Auch Kirk richtete den Blick nach vorn. »Ja...« Scott stand an der Luftschleuse, kehrte ihnen den Rücken zu und streifte einen Schutzanzug über. Chekov gab noch immer keinen Ton von sich. Jim dachte an den ernsten jungen Fähnrich, der vier Jahre lang sein Navigator gewesen war, verglich ihn mit jenem Mann, der heute die Sicherheitsabteilung der *Enterprise* leitete. Der Beginn seiner eigenen beruflichen Laufbahn fiel ihm ein: Als Lieutenant hätte er sich von solchen Worten sehr verletzt gefühlt. Sicher empfand Chekov ähnlich, insbesondere nach den jüngsten Schilderungen im Zusammenhang mit dem *Kobayashi-Maru*-Test.

Kirk stemmte sich hoch, aber McCoy reagierte sofort und legte ihm die Hand auf die Schulter. »He, wohin willst du?«

Doch Jim wollte sich nicht aufhalten lassen. »Nach

vorn«, sagte er und fügte als Erklärung hinzu: »Um mit Chekov zu reden.«

»Du bist sein Captain«, erwiderte Leonard so leise, daß nur Kirk ihn hörte. »Nicht sein Vater.«

»Stimmt«, bestätigte Jim und verlagerte sein Gewicht ganz auf das gesunde Bein. »Ich bin sein Captain, auch jetzt.« *Obwohl ich derzeit zu kaum etwas tauge.* »Laß mich mit ihm sprechen.«

McCoys Hand blieb noch zwei oder drei Sekunden lang an Jims Ellenbogen und wich dann fort. Die blauen Augen des Arztes brachten ein Vertrauen zum Ausdruck, das dem Captain mehr half als irgendeine Medizin.

Die Navigationskonsole stellte ein Durcheinander aus halb demontierten elektronischen Bauteilen dar – das Ergebnis von Scotts Vorbereitungen. Chekov saß mit dem Rücken zur Tür und beobachtete nachdenklich die Sterne. Er drehte sich nicht um, als Kirk in den Sessel des Steuermanns sank.

»Wissen Sie, warum ich Sie nicht nach draußen lasse?« fragte der Captain ohne Einleitung. Er entschied sich dagegen, Zeit mit Höflichkeitsfloskeln zu vergeuden.

Pavel sah den Mann an seiner Seite kurz an, und seine Züge verhärteten sich, als er wieder in den Weltraum starrte. »Ja, Sir. Ich glaube schon.«

Der Tonfall bewies Kirk, daß Chekov *nicht* verstand. »Es hat ebensowenig etwas mit Ihrem Bericht zu tun wie mit Scottys Hinweisen.« Ein Hauch von Überraschung huschte über das Gesicht des Russen, doch er sah auch weiterhin ins All. »Es ist mir völlig gleich, wie Sie beim *Kobayashi Maru* und anderen Szenarios abgeschnitten haben. Ich weiß, wie schwierig es ist, Ihre damaligen Vorstellungen mit dem zu vereinbaren, was Sie heute für richtig und erstrebenswert halten. Die Realität hat kaum etwas mit den Tests an der Starfleet-Akademie zu tun, und für einen erfahrenen Offizier sind

Dinge offensichtlich, von denen ein Kadett gar keine Ahnung haben kann. Bei einem jener Tests zu versagen – das bedeutet nicht, auch in der Wirklichkeit zu scheitern.«

»Tatsächlich nicht?« Chekov wandte sich dem Captain zu, und Trotz haftete seinen Zügen an. Irgend etwas in den Augen wies darauf hin, daß er sich noch immer beleidigt fühlte. »Was Mr. Scott vorhin sagte... Glauben auch Sie, daß ich nicht qualifiziert bin?«

Kirk hielt dem durchdringenden Blick des Russen stand. »Sie sind ein guter Navigator«, erwiderte er. »Und auch ein guter Sicherheitsoffizier.« Alle darüber hinausgehenden Bewertungen mußten zwangsläufig subjektiver Natur bleiben. »Scotty legt großen Wert auf technische Erfahrung – und *ich* auf gute Offiziere. Sie erfüllen Ihre Pflicht so, wie Sie es für richtig halten, und deshalb kann Ihnen niemand einen Vorwurf machen.« Die Worte klangen irgendwie hohl, fand Kirk; er hätte Chekov gern mehr angeboten.

Verschlossenheit kehrte in Pavels Miene zurück, als er sich vorbeugte und die Justierung der Sensoren veränderte. »Es tut mir leid, wenn ich Sie enttäuscht habe«, sagte er leise.

Kirk hätte am liebsten die Hand ausgestreckt, um Chekov zu berühren und dessen Unsicherheit durch einen physischen Kontakt zu verscheuchen. Doch aus irgendeinem Grund erschien ihm eine solche Geste unangemessen. Einmal mehr fühlte er die gewachsene Distanz zwischen sich und dem früheren Navigator. »Ich bin immer stolz auf Sie gewesen.«

Chekov schwieg, und Jim fügte seinen letzten Worten nichts hinzu. Er spürte Müdigkeit und eine Kühle, die bis in sein Innerstes reichte, als er ins Passagierabteil zurückhinkte, wo McCoy auf ihn wartete. »Bald ist wieder alles in Ordnung mit ihm«, teilte er dem Arzt leise mit. »Ich bin ganz sicher.«

Leonard wirkte skeptisch. »Und was ist mit uns?«

Kirk setzte sich und mied McCoys Blick. »Ich vertraue Spock.«

»Oh, ich vertraue ihm ebenfalls«, entgegnete Leonard und lehnte sich zurück. »Mein Argwohn gilt in erster Linie dem Schicksal.« Er sah nach Steuerbord. »Bei Scottys Plan gibt es zu viele Dinge, die schiefgehen können. Es muß ihm gelingen, die Triebwerksgondel rechtzeitig vom Shuttle zu lösen. Anschließend kommt es darauf an, ob die Treibsätze genug Schubkraft zur Verfügung stellen. *Und* wir können nur hoffen, daß der verdammte Asteroid nicht aus Titan oder einem anderen zu widerstandsfähigen Material besteht.« Das Gesicht des Arztes verfinsterte sich bei diesen Ausführungen, und er rang sich ein schiefes Lächeln ab. »Wenn wir nicht gerettet werden... Ich möchte lieber bei der Kollision mit einem kosmischen Felsbrocken sterben als hier langsam zu verdursten.«

»Ich bin soweit«, sagte Scott. Kirk nahm diesen Hinweis dankbar zur Kenntnis, denn er bewahrte ihn vor der Notwendigkeit, McCoy eine Antwort zu geben.

Er nickte knapp. »Überprüfen Sie mit Chekov den Kurs, bevor Sie das Shuttle verlassen.« Damit ging's los.

Kirk humpelte zum vorderen Zugang, während Chekov an der Luftschleuse verharrte. McCoy stand hinter Jim, in der Ecke zwischen Pilotensessel und Wand – er wollte niemandem im Weg sein. Die Kom-Lautsprecher ruhten schief auf dem Pult neben der Navigationskonsole; Scott hatte sie während der Modifikation des Alarmsystems vom Kommunikator getrennt. Jim lauschte gespannt und rechnete jeden Augenblick damit, die Stimme des Chefingenieurs zu hören. Schon jetzt verfluchte er den Umstand, daß kein visueller Kontakt möglich war.

»Gleich bin ich draußen«, ließ sich Scott vernehmen, als Chekov zurückkehrte und stumm im Sessel des Navigators Platz nahm. *»Jetzt öffnet sich das Außenschott...*

Ich weiß, daß Sie nicht bestätigen können, mich zu hören, und deshalb bleibt mir nichts anderes übrig, als das Beste zu hoffen. Ich folge zunächst dem Verlauf der Außenhülle, bis zu den Verbindungsstutzen der Gondel. Reine Routine. Melde mich wieder, sobald ich den Einsatzort erreicht habe. Scott Ende.«

McCoy schnaubte leise. »Großartig! Wenn er vom Sonnenwind oder was weiß ich fortgeweht wird ... Wir erfahren erst davon, wenn wir überhaupt nichts mehr von ihm hören.«

»Bitte sei still, Pille.« Leonards sarkastische Bemerkungen gingen Kirk allmählich auf die Nerven.

»Wie lange braucht er bis zur Triebwerksgondel?« fragte McCoy, der die letzten Worte des Captains einfach ignorierte. Wenigstens war er taktvoll genug, das Thema zu wechseln.

»Fünf bis zehn Minuten«, antwortete Chekov, dessen Aufmerksamkeit den Anzeigen der Navigationskontrollen galt. »Vielleicht auch weniger.«

»Und wieviel Zeit bleibt uns bis zur Kollision?« erkundigte sich Kirk.

Chekov drückte eine Taste. »Eine Stunde und fünfzehn Minuten.«

Wenn sie durch irgendeinen Grund zuviel Zeit verloren ...

Fast dreizehn Minuten verstrichen, bevor erneut Scottys Stimme aus den Lautsprechern drang. Kirk strich mit den Fingerkuppen über die Schaltkomponenten der nächsten Konsole, während er mit wachsender Ungeduld wartete. Die Sekunden schienen sich wie Gummibänder zu dehnen und immer länger zu dauern. Jim wünschte sich schließlich, daß jemand eine Frage stellte – ein Gespräch hätte ihn sicher abgelenkt.

Als es eine halbe Ewigkeit später in den Lautsprechern knackte, zuckte Kirk so heftig zusammen, daß Schmerz im verletzten Knie explodierte.

»Ich bin jetzt bei der Triebwerksgondel ... Meine Güte, das

Ding sieht schlimm aus! Wir können von Glück sagen, daß es uns nicht schon längst um die Ohren flog!«

McCoy beugte sich über Kirks Schulter vor. »Lassen Sie die Sprüche, Scotty! Lösen Sie die Gondel vom Rumpf und schicken Sie sie dem Asteroiden entgegen!«

»Er kann Sie nicht hören«, schnaufte Chekov.

»Zuerst bringe ich die Treibsätze an«, fuhr der Chefingenieur fort. *»Anschließend durchtrenne ich die Verbindungsstutzen. Während der Arbeit gibt's eigentlich nicht viel zu berichten, und ich möchte vermeiden, Sie mit leeren Gerede zu langweilen. Deshalb schweige ich besser.«*

»Wundervoll«, kommentierte Kirk.

»Ich gebe Ihnen Bescheid, sobald die Treibsätze installiert sind. Scott Ende.« Neuerliche Stille folgte.

Kirk versuchte, nicht mit den Fingern auf die Konsole zu trommeln. »Wie groß ist der zeitliche Spielraum?« fragte McCoy und sah dabei zu Chekov. »Ich meine, wann ist es zu spät für den Start der Gondel?«

Pavel zuckte mit den Achseln und schürzte die Lippen. »Kommt darauf an.«

»Worauf?«

»Auf unsere Position nach dem Abschluß der Vorbereitungen. Auf die von den Rückstoßaggregaten entwickelte Schubkraft.« Der Russe stand auf und trat ins Passagierabteil. »Es hängt von vielen Dingen ab.«

Kirk legte McCoy die Hand auf den Arm und hinderte ihn daran, Chekov zu folgen. »Laß ihn, Pille.«

»Ja, schon gut.« Dünne Falten bildeten sich auf der Stirn des Arztes, und seine Züge brachten eine gewisse Hilflosigkeit zum Ausdruck. Jim wußte genau, wie sich Leonard jetzt fühlte. »Ich sehe nach meinem Patienten.«

Kirk nahm die von McCoy dargebotene Hand und stand auf. »Wen meinst du?« fragte er. »Denjenigen, der sich noch bewegen kann, oder ...«

»Ich meine den Einsichtigen und Gehorsamen«, unterbrach der Arzt den Captain. »Ich habe zwei Patienten, und eigentlich dürfte sich *keiner* von ihnen bewegen!«

Kirk lachte leise und widersprach nicht.

Sulu beobachtete, wie McCoy den hinkenden Kirk ins Passagierabteil führte. Der Steuermann schmunzelte. »Und ich habe *mich* für einen lausigen Patienten gehalten!«

»*Sie* sind ein Heiliger«, versicherte ihm Leonard. »*Ihr* Verhalten gibt wenigstens zu erkennen, daß Sie die Bedeutung gesprochener Worte verstehen.«

»Jetzt bist du unfair, Pille.«

McCoy reagierte nicht darauf. »Nun, was ist mit Ihnen, Sulu?« fragte er und spähte unter Kirks Kältepackung, bevor er den Stützbügel am Bein zurechtrückte. »Sie haben den *Kobayashi-Maru*-Test ebenfalls hinter sich gebracht, nicht wahr?«

»Mir blieb keine Wahl«, erwiderte der Steuermann.

»Ich schlage vor, wir vertreiben uns die Zeit, indem wir Ihrer Beichte zuhören.«

Eine Mischung aus Verlegenheit und Unbehagen zeichnete sich in Sulus Miene ab. »Da gibt es gar nichts Interessantes zu erzählen«, behauptete er. »Und eigentlich paßt es auch nicht hierher.« Als Chekov etwas Unverständliches brummte, fügte er hinzu: »Im Ernst.«

»Der Captain hat gemogelt, und Chekov brachte alle anderen Kadetten um.« McCoy kehrte zu seinem Platz vor Sulu zurück. »Bei Ihnen kann's wohl kaum schlimmer gewesen sein.«

Sulu lächelte nicht. »Sie wären überrascht ...«

Kirk glaubte, Anspannung in der Stimme seines Steuermanns zu hören. »Laß es gut sein, Pille«, sagte er. »Wir sind alle müde. Wir können uns Sulus Geschichte bei einer anderen Gelegenheit anhören.«

»Wenn es eine andere gibt.«

Leonards Offenheit verblüffte Jim. »Das genügt jetzt ...«

»Ich meine folgendes ...« McCoy versuchte, humorvoll zu klingen. »Derzeit sind wir in der richtigen Stimmung, um peinliche Anekdoten preiszugeben. Wenn uns Sulu jetzt nichts von seinem *Kobayashi-Maru*-Test verrät, so erfahren wir vielleicht nie, wie er sich dabei verhielt. Außerdem hat er mit großem Nachdruck darauf bestanden, daß Chekov auspackt. Es ist also nur fair, jetzt auch von ihm zu verlangen, alles zu erzählen.«

»Das stimmt«, pflichtete Chekov dem Arzt bei.

Kirk sah zum Steuermann. »Nun?«

Sulu seufzte und schloß die Augen. »Es ist weder komisch noch clever«, gab er zu bedenken.

Kirk hob kurz die Schultern. »Und wenn schon.«

»Ich kann mir kaum vorstellen, daß Sie beim *Kobayashi Maru* eine langweilige Lösung gefunden haben«, ließ sich McCoy vernehmen.

»Sie ist nicht langweilig«, erwiderte Sulu. »Aber ihr fehlen komische Aspekte. Außerdem muß ich vorher bestimmte Dinge erklären, damit Sie die Hintergründe verstehen. Es geht dabei um mehr als nur die von mir getroffenen Entscheidungen...«

McCoy nickte. »Nur zu. Ich schätze, uns bleibt genug Zeit.«

6 TANZ DER KRANICHE

Sulu duckte sich am Baum des hellblauen Segelboots, das wie eine Libelle über den flaschengrünen Ozean sauste. Wasser spritzte wie Schaumwein am Heck, und Sulu schrie begeistert, wenn der Segler ein oder zwei Sekunden lang *flog*, um dann zurückzufallen und wieder durchs Meer zu pflügen. Salz klebte als feiner Staub in seinem Gesicht, brannte in den Augen. *Wenn Glück und Aufregung eines ganzen Lebens in einem einzigen atemlosen Augenblick zusammengefaßt werden könnten, so müßte es sich anfühlen wie jetzt!* fuhr es ihm durch den Sinn.

»Was hältst du davon, Poppy?« Sulu lachte, als sich seine Stimme im herrlichen Rauschen und Tosen verlor. Er beugte sich vor, als der Alte nicht antwortete – wodurch sich das Boot neigte –, rief aus vollem Hals: »He, Poppy? Hörst du mich?«

Tetsuo Inomata drehte sich so weit um, wie es seine hundertdrei Jahre alten Muskeln erlaubten, ließ den Hauptmast dabei nicht los. »Wir kentern, wenn du so weitermachst!« Das goldbraune, zerfurchte Gesicht über der orangefarbenen Schwimmweste sah aus wie ein glücklich lächelnder, getrockneter Apfel.

Sulu stemmte sich an den Baum und steuerte den Segler durch die schwere See. Das Deck unter ihm hob und senkte sich, kippte von einer Seite zur anderen. »Ich liebe dieses Boot! Und ich liebe den *Wind*! Wie kann man einem solchen Wind mißtrauen?«

»Dem Wind darf man *nie* vertrauen!« Tetsuo duckte

sich mit dem Geschick langer Erfahrung, als Sulu den Baum an ihm vorbeischwang, um das Boot zu wenden. »Der Wind war vor dem Menschen hier und hat sich noch immer nicht an ihn gewöhnt.«

Eine Bö schien die Worte des Alten beweisen zu wollen, indem sie den Segler zur Seite drückte. Sulu drehte das Segel, und der seltsame Zufall ließ einen Hauch von Unbehagen in ihm entstehen. Doch der Enthusiasmus angesichts des bisherigen Erfolgs verdrängte alle anderen Empfindungen. Das Boot richtete sich wieder auf, als Tetsuo warnte: »Wenn das noch einmal geschieht, landen wir beide im Meer.«

Sulu öffnete den Mund, um zu versichern, daß er die Situation völlig unter Kontrolle hatte. Doch dazu kam er nicht mehr, denn ein neuerlicher und noch heftigerer Windstoß hob jäh den Bug des Bootes an.

Sulu fiel in den Ozean, und kühles Wasser umschloß den von der Sonne gewärmten Leib. Aus einem Reflex heraus schloß er die Augen, damit das Salz nicht in den Augen brannte, trat mit den Beinen und kehrte an die Oberfläche zurück. Wie eine schwimmende Möwe tanzte er zwischen den Wellen und sah den blauweißen Segler nicht weit entfernt. Hinter dem gekenterten Boot bemerkte er für einige Sekunden Tetsuos kahlen Kopf und die orangefarbene Schwimmweste.

Kurze Zeit später erreichte Sulu den Segler, holte das Segel ein und half seinem Urgroßvater zum Mast. »Ich brauche keine Hilfe«, beschwerte sich der Alte, aber es fehlte seinen Worten an Nachdruck.

»Du brauchst nie Hilfe.« Sulu berührte den Alten am Arm und spürte viel zu kalte Haut. Mit einem Lächeln versuchte er, über seine Besorgnis hinwegzutäuschen. »Wir sollten jetzt zurückkehren«, sagte er und zog ein Seil durch den Schleppring. »Es wird bald dunkel, und ich muß noch für morgen packen.«

»Soviel gibt's gar nicht mehr zu packen.« Tetsuo rutschte ein wenig zur Seite, und Sulu schwamm mit kräftigen Zügen. »Du hast dir bereits die meisten Erbstücke der Familie unter den Nagel gerissen.«

Sulu schmunzelte. »Aber nicht alle. Einige lasse ich zurück.«

Tetsuo schnitt eine Grimasse, doch fast sofort wurde ein Lächeln daraus. »Du weißt, was ich meine.«

»Ja.«

Eine Zeitlang schwiegen sie. Das Meer rauschte mit einer Stimme, die ihnen Geheimnisse zuzuflüstern schien, und einige hundert Meter entfernt rollten die Wellen an einen grauweißen Strand. Sulu hielt auch weiterhin aufs Ufer zu und beobachtete, wie der Glanz des Tages vom Himmel wich und am westlichen Horizont das rote Glühen der untergegangenen Sonne verblaßte. *Morgen,* raunte es in ihm. *Alle denken an morgen. Aber ich möchte für immer und ewig im Hier und Heute verweilen.*

Der Grund dafür: Morgen mußte er aufbrechen.

Es schien noch gar nicht so lange her zu sein, seit Poppy und er zur alten U-Bahn-Station und zurück gelaufen waren – manchmal hatte sein Urgroßvater sogar gewonnen. *Damals sind wir ein ganzes Stück jünger gewesen,* überlegte Sulu. *Ich war neun oder zehn, und Poppy um die Neunzig. Vierzehn Jahre sind seitdem vergangen – vierzehn Jahre, die wie im Flug vergingen.* Irgendwann widmete Sulu zwei sorglose Halbjahre seines jungen Lebens Starfleet, und Poppy begann mit einem langen bitteren Kampf gegen etwas, das die Neurochirurgen ›Glioblastom der vierten Stufe‹ nannten. Jener Mann, der ihm auf dem Segler Gesellschaft leistete, war *viel* älter als der Urgroßvater seiner Kindheit.

Die meisten medizinischen Fachausdrücke blieben ohne Bedeutung für Sulu. Doch er verstand genug, um folgendes zu wissen: Die Wucherung in Poppys Gehirn ließ sich mit Hilfe von Strahlen- und Chemotherapie im Zaum halten, aber sie verschwand dadurch nicht. Sie schickte Ausläufer durch gesundes Gewebe, verband sich mit gesunden Nerven. Dadurch kam eine operative Entfernung nicht in Frage: Sie hätte nicht nur den Tumor eliminiert, sondern auch einen großen Teil von Poppys Persönlichkeit. Die Ärzte wußten nicht, wie lange die anstrengende Behandlung mit Radiochemie fortgesetzt werden konnte. Vielleicht dauerte es Jahre, bis der Körper die Belastungen nicht mehr ertrug, bis alte Blutgefäße den ätzenden Chemikalien, die einmal pro Woche durch sie strömten, nicht mehr standhalten konnten. Und dann ...

Sulu griff nach der Hand seines Urgroßvaters, als der Himmel über ihnen allmählich dunkler wurde. Er versuchte, nicht daran zu denken, wie diese einst so starken Hände ihre Kraft verloren und Hilflosigkeit zum Opfer fielen. Instinktiv drückte er etwas fester zu.

»Bist du wegen morgen beunruhigt?«

Sulu hob den Kopf aus dem Wasser und stellte fest, daß ihn der Alte aufmerksam musterte. Erst jetzt wurde er sich bewußt, die Hand seines Urgroßvaters zu halten – er ließ sie nicht los. »Vielleicht ein wenig«, gestand er. Zum Glück ahnte Tetsuo nicht, woran er wirklich gedacht hatte. »Die Kommandoausbildung ist kaum mit dem Rest der Starfleet-Akademie zu vergleichen. Ich muß dabei nicht nur gute Leistungen in meinen eigenen Fachgebieten bringen, sondern auch in denen der anderen Studenten. Ich schätze, ein Captain sollte sich mit *allem* auskennen ...« Sulu seufzte. »Ich hoffe bloß, daß mir keine Fehler unterlaufen.«

Tetsuo gab ein Geräusch von sich, das Mißfallen zum Ausdruck brachte. »Was für ein Unsinn!«

»Es ist kein Unsinn!« In Sulus Wangen glühte verletzter Stolz. »Ganz im Gegenteil: Es handelt sich um eine sehr ernste Angelegenheit! An der Kommandoausbildung nehmen nie mehr als jeweils etwa tausend Personen teil, und jeder einzelne Kandidat wird sorgfältig ausgewählt.«

»Fürchtest du, den Ansprüchen der Ausbilder nicht zu genügen?«

Sulu schwamm etwas langsamer. »Ich weiß es nicht. Vielleicht.«

Tetsuo schob sich am Mast nach vorn. »Habe ich dir jemals von Kranichen erzählt?« fragte er.

»Es geht um die Starfleet-Akademie und eine *Kommando*ausbildung«, erwiderte Sulu in einem jammernden Tonfall und lächelte gleichzeitig. »Nicht um Zoos und dergleichen.«

Tetsuo lachte und spritzte seinem Urenkel Wasser ins Gesicht. »Da du gerade Zoos erwähnst ... An was erinnerst du dich in diesem Zusammenhang?«

»Du hast mir dort Kraniche gezeigt.« Sulu schwamm wieder entschlossener, paßte den Rhythmus seiner Bewegungen dem des Meeres an. »Sie standen auf einem Bein und starrten uns an. Ich habe mit Erdnüssen nach ihnen geworfen – woraufhin uns der Aufseher fortschickte.«

»Du warst ein schreckliches Kind«, sagte Tetsuo.

»An meinem siebzehnten Geburtstag hast du aus Servietten Hunderte von Kranichen gefaltet.« Sulu schmunzelte, als er sich daran entsann. »Du hast sie zumindest als Kraniche bezeichnet. Meiner Ansicht nach sahen sie eher wie Enten aus.«

»Es *waren* Enten«, entgegnete Tetsuo trocken. »Wer auch immer das Origami* erfand: Er dachte vermutlich, daß ›Kraniche‹ vornehmer klingt. Nun, weißt du, warum ich damals so viele Kraniche gefaltet habe?«

»Weil du glaubtest, daß mir Vögel gefallen?«

»Nein. Der Grund ist eine japanische Legende.«

Sulu rollte mit den Augen und gab sich fassungslos. »O nein, nicht schon wieder japanische Philosophie!« Dieser scherzhafte Hinweis hatte eine ganz besondere Bedeutung für Urgroßvater und Urenkel. Tetsuo war ebenso wie Sulu der Sohn von Einwanderern und in

* Origami: die in Japan beliebte Kunst des Papierfaltens (kleine Puppen, Vögel, Blumen usw.) – *Anm. d. Übers.*

Kalifornien aufgewachsen, ohne enge Kontakte mit der japanischen Kultur.

»Hör mir zu«, sagte der Alte mit gespielter Strenge. »Die alten Japaner glaubten: Wenn man tausend Origami-Kraniche faltet – vorzugsweise während der Meditation –, so kann man ein Wunder geschehen lassen.«

»Ist dir das gelungen?«

Tetsuo zuckte mit den Schultern. »Du hast einen Platz an der Starfleet-Akademie bekommen, nicht wahr?«

Sulu verzog das Gesicht und begriff, geradewegs in die verbale Falle getappt zu sein. »Was hat das alles mit mir und der Kommandoausbildung zu tun? Hast du noch mehr Kraniche gefaltet, um sicherzustellen, daß ich nicht bei der ersten Prüfung durchfalle?«

»Nein. Wie dem auch sei: Eigentlich wollte ich mit dir über *richtige* Kraniche reden, nicht über welche aus Papier.«

»Na schön«, sagte Sulu. »Ich bin ganz Ohr.«

»Weißt du, warum Kraniche immer auf einem Bein stehen?« fragte Tetsuo.

Sulu schüttelte den Kopf. Unmittelbar darauf fiel ihm ein, daß sein Urgroßvater diese Bewegung gar nicht sehen konnte, und er antwortete: »Nein, Poppy. Warum?«

»Weil sie unbeholfen sind«, meinte der Alte. »Als es darum ging, den Kranichen Ästhetik zu geben, beschränkte sich die Natur aufs äußere Erscheinungsbild. Wenn die Vögel beide Beine benutzen, stolpern sie über ihre eigenen Füße.«

Sulu lachte. »Ich dachte, du wolltest mir etwas über *Biologie* erzählen!«

»Ich bin gerade dabei. Glaubst du vielleicht, daß die Natur nicht Teil der Biologie ist?«

»Bist du ganz sicher, daß du nie etwas mit japanischer Philosophie zu tun hattest?« fragte Sulu und versuchte, nicht zu breit zu grinsen.

Tetsuo schnaufte. »Ich weiß nichts von japanischer

Philosophie. Was hältst du davon, jetzt still zu sein und zuzuhören?«

»Willst du mir vielleicht erklären, warum Origami-Kraniche wie Enten aussehen?« erkundigte sich Sulu.

»Du sollst still sein!«

Sulu versuchte, einen möglichst geduldigen Eindruck zu erwecken. »Wie du willst.«

Tetsuo hielt sich mit beiden Händen am Mast fest, der sich wie ein hölzerner Finger durchs Wasser bewegte. »Die Natur bemühte sich, den angerichteten Schaden in Grenzen zu halten, und zu diesem Zweck stattete sie einige Kraniche mit jener Eleganz aus, die den anderen vorenthalten blieb. Die einzelnen Vögel wissen nicht, ob sie zu den besonders befähigten Exemplaren gehören – bis sie es *ausprobieren*.« Purpurne Schatten glitten über das Gesicht des Alten, als er den Kopf drehte und zu seinem Urenkel sah. »Jeder Kranich muß den Mut aufbringen, beide Füße auf den Boden zu setzen«, fuhr er ernst fort. »Um einige Schritte zu gehen. Um herauszufinden, ob er tanzen kann. Ein tanzender Kranich bietet einen wundervollen Anblick. Aber jene Vögel, die über ihre eigenen Füße stolpern und fallen ... Für sie ist es doppelt schlimm, die tanzenden Artgenossen zu sehen – weil sie dadurch wissen, was sie niemals sein können.«

Sulu schwieg. Möwen krächzten über ihnen, und irgendwo in nicht allzu weiter Ferne schrie ein einsamer weißer Kranich.

»Wir sind wie Kraniche, du und ich«, sagte Tetsuo sanft. »Alle anderen versuchen, auf einem Bein zu balancieren, aber wir beide wollen feststellen, wie weit sich das andere strecken läßt. Wenn du das Gleichgewicht verlierst und fällst, so darfst du nicht vergessen: Du *hast* zwei Beine. Selbst wenn du stolperst – du kannst wieder aufstehen.«

Sulu lauschte in der Hoffnung, noch einmal den Kranich zu hören. Aber er vernahm nur das Krächzen der

Möwen, untermalt vom Rauschen des Ozeans. »Willst du damit sagen, deiner Meinung nach sollte ich mir keine Sorgen wegen der Kommandoausbildung machen?«

Tetsuo lächelte. »Ich will damit sagen, daß du meiner Meinung nach gut zurechtkommen wirst.«

Sulu erwiderte das Lächeln, spritzte Wasser über den Bug des Bootes. »Und *du* hast behauptet, nichts von Philosophie zu wissen.«

Tetsuo hob und senkte die Schultern. »Das stimmt auch. Was die Kraniche betrifft: Darüber habe ich vor langer Zeit in einem Buch gelesen ...«

Die Rückkehr mit dem gemieteten Segler nahm mehr Zeit in Anspruch als der Flug mit dem Shuttle – als sie Oakland erreichten, waren Sulus und Tetsuos Sachen noch immer feucht. Sulu ließ seinen Urgroßvater in der Diele zurück, streifte die Schuhe ab, ging zur Küche und schaltete dort das Licht ein.

Ein klägliches Heulen ertönte, als es hell wurde. Sulu fluchte leise und sah zur Pflanze an der gegenüberliegenden Wand. »Sei still, Filbert!«

Lange grüne Ranken glitten über die Arbeitsplatte, krochen zum Topf und gaben sich den Anschein, ihn nie verlassen zu haben. Filbert jammerte erneut, was Sulu zum Anlaß nahm, die Küche mit einigen energischen Schritten zu durchqueren und mit der flachen Hand an den zentralen Stamm der Pflanze zu schlagen. Filbert wimmerte und schwieg.

»Hat dich heute niemand gefüttert?« fragte Sulu und bedauerte seinen scharfen Tonfall, als ihm eine Ranke sanft über die Hand strich.

Tetsuo kam herein, schnaufte leise und setzte sich. »Das Geschöpf kann dir nicht antworten«, sagte er klugerweise. »Und es wird deine Hand fressen, wenn du noch länger reglos dastehst.«

Sulu zog die Hand fast mühelos zurück. »Du hast

auch angekündigt, daß mein Leguan früher oder später Mutters Papagei verspeisen würde.«

»Hat er das nicht?«

»Nein. Es verhielt sich genau umgekehrt, Poppy: Der Papagei fraß den Leguan.« Sulu suchte in der Speisekammer nach einer Maus für Filbert, fand jedoch nur einige getrocknete Regenwürmer – sie erinnerten ihn an den Versuch, fleischfressenden rosserianischen Efeu zu halten. »Die tellurianische Grünkatze ließ sich anschließend den Papagei schmecken«, fügte er hinzu, als er wieder in die Küche trat. »Deshalb habe ich sie George Temmu geschenkt. Erinnerst du dich?«

Tetsuo winkte ab – solche Details hielt er offenbar für unwichtig. »Hat die Katze auch den Papagei von Georges Mutter gefressen?«

Sulu ließ einige Regenwürmer in Filberts offenen Schlund fallen. »Georges Mutter hatte gar keinen Papagei.«

»Klug von ihr.«

Sulu griff in den Behälter, um weitere Würmer hervorzuholen. Fast wäre ihm das Gefäß aus der Hand gefallen, als plötzlich der Kommunikator summte. Überrascht hob er den Kopf. »Ja?« kam es ganz automatisch von seinen Lippen – bevor er entscheiden konnte, ob er mit dem Anrufer sprechen wollte oder nicht.

Welchen Gruß auch immer er murmeln wollte – er vergaß die betreffenden Worte, als sich der Bildschirm erhellte und ihm Arthur Kobrines strenge Miene zeigte. »Wo sind Sie beide gewesen, verdammt?« klang es aus dem Lautsprecher.

Kobrines Schroffheit verblüffte Sulu. Er sah zu Poppy, der ihm natürlich nicht helfen konnte, begnügte sich schließlich mit einem Achselzucken. »Wir sind gesegelt«, antwortete er und gönnte Filbert einige zusätzliche Würmer. »Warum?«

»Wie geht's, Doktor Kobrine?« ließ sich Poppy vom Küchentisch her vernehmen.

Der Arzt blickte in die entsprechende Richtung, aber Sulu wußte, daß jener Bereich nicht vom Übertragungssensor erfaßt wurde. Er schob Filbert zum Ende der Arbeitsplatte. »Seit heute morgen wartet man in der radiochemischen Abteilung auf Sie«, sagte der Neurochirurg. Seine eisigen Worte galten ganz offensichtlich Tetsuo. »Man hat bereits von mir verlangt, Sie abholen zu lassen.«

»Ich bin kein Kind«, erwiderte der Alte mit mehr Nachdruck, als Sulu für erforderlich hielt. Er griff nach einer Papierserviette, die auf dem Tisch lag, riß sie gedankenverloren in kleine Fetzen. »Es dauert nicht mehr lange, bis mein Urenkel Raumschiffpilot wird – Sie brauchen uns also nicht wie zwei kleine Kinder zu behandeln.«

»Dann verhalten Sie sich endlich wie ein Erwachsener!« ereiferte sich Kobrine. »Beweisen Sie Verantwortungsbewußtsein. Und glauben Sie nur nicht, vor Problemen geschützt zu sein, wenn Sie sich dauernd von Ihrem Urenkel begleiten lassen!«

Sulu spürte, wie kalte Furcht sein Herz umklammerte, und mit einem raschen Schritt trat er vor das Kommunikationsgerät. »Wir sind nur gesegelt, Doktor Kobrine«, begann er, doch der Arzt unterbrach ihn sofort.

»Fragen Sie Ihren Urgroßvater, warum er heute nicht ins Krankenhaus gekommen ist.«

Sulu blinzelte verwirrt, sah zu Tetsuo und stellte fest, daß er seinen Blick mied. »Wie bitte?« brachte er hervor.

»Er hat die heutige Therapie versäumt«, sagte Kobrine. Ärger vibrierte in seiner Stimme, und hinzu kam eine gehörige Portion Enttäuschung. »Die radiochemische Abteilung hat mir – ausgerechnet *mir* – immer wieder mitgeteilt, wie wichtig die einzelnen Therapie-Termine sind. Wenn ich einen solchen Hinweis noch einmal höre, schnappe ich über!«

»Poppy?«

Der Alte faltete einen Kranich und sah widerwillig auf.

»Stimmt das?« fragte Sulu. »Du bist heute nicht zur Therapie angetreten?«

Tetsuo schnaufte leise und zuckte mit den Achseln, bevor er seine Aufmerksamkeit wieder dem Falten widmete. »Sind Sie jetzt auch Privatdetektiv geworden?« fragte er den Neurochirurgen auf dem Kom-Schirm.

»Ich bin Arzt!« entfuhr es Kobrine zornig. »Unter anderem muß ich dafür sorgen, daß Sie auf Ihre Gesundheit achten! Mr. Inomata, meine Pflicht besteht darin, mich um Sie zu kümmern.«

»Und wenn ich gar nicht will, daß sich jemand um mich kümmert?«

Sulu durchquerte die Küche und nahm neben Poppy Platz. »Warum?« fragte er verdutzt und gleichzeitig erschrocken. »Hast du den Termin vergessen?«

»Nein.« Der Alte schien diese Vermutung fast als Beleidigung zu empfinden. Er gab dem Kranich aus Papier einen Stoß, und das weiße Objekt glitt über den Tisch, verschwand jenseits der Kante. »Durch die Therapie fühle ich mich schlecht«, sagte Tetsuo. »Alles prickelt und juckt, wie bei einem Sonnenbrand – und Sonne bekomme ich schon so genug.« Er sah zum Kommunikator und warf Kobrine einen bösen Blick zu. »Einen Tag zu spät zu kommen... In meinem Alter macht das sicher keinen Unterschied.«

»Aber *nach* den Behandlungen geht es Ihnen für den Rest der Woche besser, oder?« fragte der Neurochirurg.

Tetsuo antwortete nicht sofort, und Sulu beugte sich zu ihm vor. »Nun?«

Der Alte seufzte, griff nach einem anderen Blatt Papier und begann damit, es zu falten. »Zwei oder drei Tage lang, ja. Aber vorher habe ich Kopfschmerzen, und die Haut brennt, und manchmal kann ich kaum stehen. Muß dauernd zur Toilette...« Er ließ das halb gefaltete Blatt sinken, hob die Hand und strich Sulu übers kurze schwarze Haar, lächelte dabei auf eine Weise, die dem viel jüngeren Mann fast Tränen in die Augen trieb. »Ich wollte heute unbedingt mit dir segeln! Morgen beginnt deine Kommandoausbildung, und vielleicht sehen wir uns nie...« Er unterbrach sich und schluckte, beendete den Satz nicht. »Ich meine, sicher dauert es eine Weile, bis wir uns wiedersehen. Himmel, ich wollte heute nicht dauernd den Eindruck haben, mich übergeben zu müssen.«

»Die Starfleet-Akademie befindet sich keineswegs am Ende der Welt, sondern auf der anderen Seite der Bucht«, sagte Sulu. »Ich kann dich besuchen...«

»Wenn du die Erlaubnis dafür bekommst.«

Sulu legte Tetsuo die Hand auf die Schulter. »Wir sprechen von einer Akademie, Poppy, nicht vom Gefängnis.«

»Es war nur mein Wunsch, diesen letzten Tag mit dir zu verbringen«, betonte der Alte.

»Jetzt kommen Sie hierher, und zwar auf dem schnellsten Weg. Ich schicke einen unserer Mitarbeiter.« Kobrine winkte jemandem zu, der nicht auf dem Schirm zu sehen war. Der Gesichtsausdruck des Arztes weckte in Sulu den Wunsch, ihn an folgendes zu erinnern: Tetsuo mochte alt sein, aber es mangelte ihm gewiß nicht an Intelligenz. Er verzichtete auf eine solche Bemerkung, bedachte seinen Urgroßvater statt dessen mit einem verständnisvollen Blick und nahm den halb fertiggestellten Papierkranich von ihm entgegen.

»Ich könnte ihn zum Krankenhaus bringen«, bot sich Sulu an.

Kobrine schnitt eine finstere Miene und schüttelte den Kopf. »Mr. Inomata sprach eben davon, daß morgen Ihre Ausbildung an der Starfleet-Akademie beginnt. Ich möchte Ihren Zeitplan nicht durcheinanderbringen.« Der Arzt schien erst jetzt zu bemerken, daß

Tetsuo nur halb angezogen war. »Sorgen Sie dafür, daß er sich was überzieht. In fünfzehn Minuten wird er abgeholt.«

»Ich schätze, der Kerl war schon als kleiner Junge unausstehlich«, brummte Tetsuo auf dem Weg zur Treppe.

Sulu lachte leise und umarmte seinen Urgroßvater. »Es wird nicht lange dauern«, sagte er und wünschte sich, bis zum nächsten Tag bliebe noch etwas mehr Zeit. »Bestimmt werde ich schon bald Offizier an Bord eines Starfleet-Schiffs. Du wirst sehen, Poppy… Ich möchte, daß du dabei bist, wenn es geschieht! Ich möchte meine erste Einsatzorder mit dir zusammen feiern!«

Tetsuo hielt Sulu länger fest, als der junge Mann erwartet hatte. »Ich habe dich lieb«, flüsterte er ihm ins Ohr. »Und ich werde bei dir sein – immer.«

Er ging die Stufen hoch und verschwand im Schlafzimmer, um sich umzuziehen. Sulu senkte den Kopf und stellte fest, daß sie bei der Umarmung den kleinen Papierkranich zerdrückt hatten.

Sulu lehnte sich im Sitz des Luftwagens zurück, blickte nach draußen und beobachtete, wie sich der Sonnenschein auf der weiten Wasserfläche des Pazifischen Ozeans widerspiegelte. Er kniff die Augen zusammen und dachte an die Personen auf dem Landefeld tief unten.

Es gibt so viele Welten in der Galaxis, mit Milliarden von Bewohnern – und wir sind tausend Auserwählte! Dieser Gedanke ließ ein flaues Gefühl in Sulus Magengrube entstehen, als er erneut zum Landefeld der Akademie-Sektion blickte, in der die Kommandoausbildung stattfand. So etwas wie Panik quoll in ihm empor, und es gelang ihm nur mit Mühe, sie zu unterdrücken.

Beim Luftwagen weiter vorn handelte es sich um eine zivile Maschine – sechs Kadetten stiegen aus, verabschiedeten sich von ihren Begleitern. Der Pilot von

Sulus Gleiter brauchte nicht lange zu warten, bekam praktisch sofort Landeerlaubnis.

»Tja, da wären wir...« Sulu schloß eine kalte, zitternde Hand um den Trageriemen der Reisetasche und zögerte nur kurz, bevor er durch die offene Luke nach draußen trat. Schon jetzt regte sich Heimweh in ihm, und er verspürte auch die irrationale Angst, seine Familie nie wiederzusehen. Diese Besorgnis galt vor allem Tetsuo. Eigentlich hatte ihn sein Urgroßvater hierherbringen wollen, doch nach der Therapie fühlte er sich viel zu schlecht. Deshalb bestand Sulu nicht darauf, daß der Alte sein Versprechen einlöste.

»Entschuldigen Sie bitte«, erklang eine höfliche Sprachprozessorstimme. »Wir blockieren einen Landeplatz.«

Mehrere Sekunden lang brannte Verlegenheit in Sulus Wangen. »Tut mir leid«, murmelte er und kam sich wie ein Narr vor. »Danke.« Hinter ihm schloß sich die Luke, und der Luftwagen stieg wieder auf. Sulu sah ihm nach, fühlte dabei warmen Sonnenschein und atmete nach Salz riechende Luft.

Ein herrlicher Morgen. Mit diesem Gedanken versuchte er sich abzulenken, als er zum Hauptgebäude schritt. Es war bereits recht warm und überraschend klar für den Spätsommer in San Francisco. Eine Dunstglocke über dem Gipfel des Mount Tam erglühte rosarot im Licht der gerade aufgegangenen Sonne, und mit der Anmut einer Ballerina schwang sich die Golden Gate Bridge über die Bucht. Ihre zarte Silhouette erinnerte Sulu an Poppys tanzende Kraniche. Als er an seinen Urgroßvater dachte, spürte er eine Mischung aus Freude und Schmerz. Er wollte ihn nicht allein lassen – und gleichzeitig begriff er, daß er lernen mußte, auf eigenen Beinen zu stehen. *Auf eigenen Beinen stehen...* Sulu hob den einen Fuß und versuchte, sich in die Lage eines Kranichs zu versetzen, der auf einem Bein das Gleichgewicht hielt.

Er schwankte und stieß gegen jemanden.

»He! Können Sie nicht einmal richtig gehen?«

Der verblüffte Sulu wäre fast zu Boden gefallen. Er taumelte einige Schritte, drehte sich dann um, sah eine Frau. Sie bedachte ihn mit einem scharfen Blick und fügte ihren ersten Worten hinzu: »Lassen Sie mich raten – vermutlich sprechen Sie kein Englisch, oder?«

Sulu hörte einen gewissen Spott in diesen Worten, und sein Erstaunen wuchs – die unbekannte junge Dame sprach mit einem ausgeprägten Akzent. »Nein«, entgegnete er verwirrt, um sich gleich darauf zu verbessern: »Ich meine: Doch, ich spreche Englisch. Mein Name ist Sulu.«

Dünne Falten formten sich über den dunklen Augen der Frau, und sie nahm die dargebotene Hand entgegen, schüttelte sie kurz. »Soll das heißen, Sie beherrschen die englische Sprache nur nicht besonders gut?«

Sulu schloß sich der jungen Dame an, als sie in Richtung Hauptgebäude ging. »Ich komme nicht aus Asien. Ich bin hier aufgewachsen, hier in San Francisco.« Als die Fremde schwieg, fügte er hinzu: »Ich glaube, ich habe Ihren Namen überhört...«

»Maria Theresa Perez-Salazar«, antwortete die junge Frau nach kurzem Zögern. Ihr goldbraunes Haar war auf dem Kopf zusammengebunden, was ihr ohnehin ein strenges Erscheinungsbild verlieh. Hinzu kam ein Gesicht, in dem nur Platz für Ernst zu sein schien. Sulu entschied sich gegen die Möglichkeit, einen entsprechenden Kommentar abzugeben. Statt dessen beschloß er, Maria Theresa im Auge zu behalten, um festzustellen, ob ihre Züge auch etwas anderes zum Ausdruck bringen konnten. »Meine Freunde nennen mich Maté.«

Sulu ahnte, daß sie ihn nicht zu jener privilegierten Gruppe zählte. »Ich nehme an, sie kommen von einem anderen Ort, oder?«

Perez-Salazar hob das Kinn um einige Millimeter, doch ihr Gesicht blieb ebenso unverändert wie die

Miene einer Bronzestatue. »Ja, aus Mexico City. Ich habe die Akademie in Tempe besucht.«

»Ihr Englisch ist gut.«

Ihre früheren Bemerkungen deuteten darauf hin, daß Maria Theresa großen Wert auf angemessene Sprachkenntnisse legte, und deshalb hoffte Sulu, ihr mit diesem Hinweis zu schmeicheln. Aber sie warf ihm einen eisigen Blick zu und erwiderte: »Natürlich! Mexico ist ein sehr zivilisierter Staat!«

Sie ging mit längeren Schritten, versuchte ganz offensichtlich, Distanz zwischen ihnen zu schaffen. Sulu verzichtete auf den Versuch, an ihrer Seite zu bleiben. »Das Beste, was Starfleet zu bieten hat«, murmelte er, während er der jungen Frau nachsah. »Donnerwetter ...«

In der Warteschlange vor und im Hauptgebäude gelang es ihm, zwei erfolgreichere Gespräche zu führen: das erste mit einem Australier, der sein ganzes bisheriges Leben auf der Erde verbracht hatte, und das zweite mit einem Menschen, der jetzt zum erstenmal auf dem Planeten Terra weilte. Kultureller Hintergrund und Intellekt bildeten einen interessanten Kontrast. Mit dem Australier erörterte er unter anderem die Frage, welche Bereiche der Westküste sich am besten fürs Segeln eigneten. In diese Diskussion war er so vertieft, daß er seinen Aufruf erst beim dritten Mal hörte.

Schuldbewußt trat er zum Tresen. »Bitte entschuldigen Sie, Sir. Ich habe mich mit jemandem unterhalten.«

Ein kleiner Lieutenant lächelte und reichte ihm eine Chip-Karte. »Das ist mir aufgefallen. Hier, Sie brauchen das, um Ihr Gepäck zu bekommen, sobald Sie das Quartier erreichen.«

»Ich dachte, darum kümmert sich ein Computer«, erwiderte Sulu und stellte die Reisetasche auf den Tresen.

»Während Ihres hiesigen Aufenthalts bekommen Sie es mit genug Maschinen zu tun«, erwiderte der Lieutenant. »Am ersten Tag versuchen wir, der ganzen Angelegenheit eine persönliche Note zu geben.« Die Tasche verschwand hinterm Tresen. »An mir vorbei und dann nach links, Kadett. Dort bekommen Sie Ihre Uniform und den Aufgabenplan für heute. Viel Glück!«

Während der nächsten drei Stunden hörte Sulu Dutzende von Anweisungen, Instruktionen und Erklärungen. Es blieb ihm kaum Zeit, ein ›Danke‹ zu murmeln – von Gesprächen mit den übrigen Kadetten ganz zu schweigen. Den Australier verlor er schon nach kurzer Zeit aus den Augen, aber Maté Perez-Salazar erschien immer wieder am Rande seines Blickfelds. Er glaubte nicht, daß ihrerseits Absicht dahintersteckte. Sulu zog die Uniform an, meldete sich im Quartier, bekam einen Studienberater zugewiesen, erhielt einen ersten Ausbildungsplan mit strukturierter Übersicht in bezug auf die einzelnen Lektionen. Immer wieder verlangte man medizinische Informationen von ihm, und er identifizierte sich zahllosen Computersystemen gegenüber. Einem eher gleichgültig anmutenden Verbindungsoffizier versuchte er zu erklären, daß er nicht Das Res-Pamudan von Isrando-on-Sheshwar war. Schließlich wanderte er durch einen langen fensterlosen Korridor, nachdem man ihn aufgefordert hatte: »Gehen Sie geradeaus, nach links und noch einmal nach links. Warten Sie bei Sunside, bis zum Eintreffen des Kursleiters. *Der nächste!*«

Sulu wußte allmählich nicht mehr, wo ihm der Kopf stand.

Er hatte etwa zwei Drittel des Weges nach Sunside zurückgelegt und orientierte sich mehrmals mit Hilfe eines kleinen Datenschirms, als er über den Namen seines Ziels nachzudenken begann. Sunside – Sonnenseite. Es klang nicht nach einem angenehmen Ort. Sulu assoziierte die Bezeichnung mit dem heißen Inferno auf Merkur, mit Seen aus kochendem Blei. Vielleicht handelte es sich um eine Akademie-Sektion, die zur Abschreckung diente. »*Wir für die Kommandoausbildung zuständigen Instruktoren vertreten die Ansicht, daß jedes Potential genutzt werden sollte. Zum Beispiel können bemer-*

kenswerte disziplinarische Ergebnisse erzielt werden, wenn man Schmerz als Werkzeug verwendet.«

Sulu lächelte, brachte die nächste Ecke hinter sich und sah weiter vorn den Eingang von Sunside. Etwa dreißig Kadetten sahen auf, als er hereinkam, doch niemand von ihnen grüßte, bis der Neuankömmling freundlich »Hallo« sagte.

»Wir machen gerade eine Art Umfrage«, verkündete eine sehr langbeinige junge Frau, die weiter hinten saß.

»Darf ich mir mit *meinen* Antworten noch eine Stunde Zeit lassen?« fragte Sulu.

»Bis dahin hat man uns vielleicht schon umgebracht«, erwiderte jemand. Ein anderer Student fügte hinzu: »Ich schätze, deshalb hat er gefragt.«

Immer mehr Kadetten nahmen nun an dem Gespräch teil, und man spekulierte über die Bedeutung des Namens ›Sunside‹. Im Verlauf der nächsten halben Stunde trafen zwanzig weitere junge Leute ein, unter ihnen auch Perez-Salazar. Sulu erklärte ihnen noch immer, was es mit dem Ratespiel auf sich hatte, als eine kleine schlanke Frau in Commodore-Uniform den Raum betrat.

Allein ihr Erscheinen genügte, um die Kadetten zu veranlassen, aufzustehen und Haltung anzunehmen. Die Frau musterte sie einige Sekunden lang, bevor sie »Rühren« sagte und auf der Tischkante Platz nahm.

»Das war recht beeindruckend.« Die dunklen, südländischen Augen blickten aufmerksam und wirkten gleichzeitig so ruhig wie der mitternächtliche Himmel. Sulu mochte die Frau sofort. »Ich bin Commodore Rachel Coan, und während der Kommandoausbildung fungiere ich als Ihre Block-Kommandantin. Sie sind Kadettenblock W und befinden sich an diesem Ort, weil ich wissen möchte, *warum* Sie sich für dieses spezielle Studium entschieden haben.« Sie stieß eine nahe junge Frau mit dem Fuß an. »Was ist mit Ihnen? Aus welchem Grund sind Sie hier?«

»Ich bin hier, weil ich eines Tages den Befehl über ein Raumschiff bekommen möchte«, lautete die unverzügliche Antwort.

Coan nickte und wandte sich den anderen Studenten zu. »Sie ...« Die Commodore deutete auf jemanden, der hinten stand. »Was führt Sie zur Akademie?«

»Meine Eltern schickten mich hierher.«

Hier und dort erklang leises Lachen. »Nun, das ist wenigstens ehrlich.« Coans Blick glitt zu Sulu. »Und Sie?«

Von einer Sekunde zur anderen herrschte Leere hinter Sulus Stirn. Trotzdem gelang es ihm, Worte zu finden, sie zu einem Satz aneinanderzureihen. »Ich möchte feststellen, ob ich den Anforderungen der Kommandoausbildung gewachsen bin.«

Coan nickte, ohne auf die Bemerkung einzugehen. »Na schön«, sagte sie und stand auf. »Sie scheinen ehrlich zu sein, und das freut mich – ich halte Ehrlichkeit für sehr wichtig. Ich *erwarte* sie von Ihnen, klar?« Einige Kadetten schienen verwirrt zu sein, und andere nickten. Coan durchquerte das Zimmer, wies den Studenten dabei Plätze zu.

»Wir beginnen jetzt mit dem ersten von vielen Szenarios, die Sie während Ihrer Ausbildung kennenlernen werden. Dieser spezielle Test heißt ›Große Politik‹.« Die Commodore hörte leises Stöhnen, und daraufhin wuchs ihr Lächeln in die Breite. »Gewöhnen Sie sich daran«, sagte sie. »Bei der Politik handelt es sich um das zweitälteste Gewerbe im Universum.«

Alle lachten.

»Schalten Sie bitte Ihre jeweiligen Computerterminals ein, wenn ich Sie dazu auffordere«, fuhr Coan fort. »Dann erfahren Sie, welche Planeten beziehungsweise welches Sonnensystem Sie repräsentieren. Jemand von Ihnen wird die Erde vertreten, jemand anders Vulkan, das klingonische Imperium, Andor, Altar und so weiter.« Einige Kadetten halfen ihr, einen Tisch in die

Mitte des Raums zu schieben. »Hier nehmen Klingonen, Romulaner und die Föderation Platz.« Die Commodore zog mehrere Stühle vom Tisch fort. »Hier sitzen die föderierten Planeten. Nun, Föderation, Imperium und Reich kontrollieren den größten Teil der galaktischen Ressourcen, und deshalb entscheiden die betreffenden Personen über den Einsatz jener Mittel. Die föderierten Planeten können natürlich eigene Aktivitäten entfalten, *aber*...« In Coans Augen blitzte es schelmisch. »Föderation, Imperium und Reich können ganz nach Belieben miteinander reden. Darüber hinaus haben sie auch die Möglichkeit, mit allen anderen Welten zu kommunizieren. Die föderierten Planeten dürfen jederzeit Nachrichten austauschen und sich allen mitteilen, die nicht am Tisch sitzen. Allerdings ist es ihnen verboten, die Großmächte am Tisch bei ihren Beratungen zu stören. Darüber hinaus können sie nichts ohne die Zustimmung der Föderation, Klingonen und Romulaner unternehmen.«

Coan nahm einen weiteren Stuhl und stellte ihn in eine Ecke. »Hier sitzen die Vulkanier, von denen viele Leute glauben, sie wüßten die Lösung für alle Probleme.« Diese Worte veranlaßten einige Kadetten, amüsiert zu lächeln. »Nur jede halbe Stunde haben sie Gelegenheit, in die galaktische Politik einzugreifen, aber ihnen steht ein breites Spektrum an möglichen Aktivitäten zur Verfügung. Wenn sich jedoch eine Welt mit der Bitte um Hilfe an sie wendet, beginnt die halbstündige Wartezeit von vorn.«

»Klingt ziemlich kompliziert«, sagte jemand.

Coan breitete kurz die Arme aus. »Die tatsächliche Politik ist alles andere als ein Spiel«, entgegnete sie. »Wir versuchen hier nur, die in der Realität herrschenden Einschränkungen und Spannungen zu simulieren. Die Terminals erklären Ihnen die Einzelheiten Ihrer jeweiligen Situation, und ich bin hier, um eventuelle Fragen zu beantworten. Soweit alles klar?«

Die Kadetten schwiegen. Coan trat ein wenig zur Seite und nickte. »Informieren Sie sich jetzt über die Details Ihrer Aufgaben und Ziele. Das Szenario dauert zwei Stunden – oder bis jemand einen Erfolg erzielt.« Die Commodore lächelte. »Los geht's.«

Einige Studenten starrten bereits auf die Bildschirme und kommentierten ihre Aufträge mit leisem Stöhnen, als Sulu die Aktivierungstaste betätigte. Der Monitor erhellte sich, und Info-Zeilen wanderten langsam von unten nach oben.

MENAK III

TECHNOLOGISCHES NIVEAU: drei.

Nachdenklich schürzte Sulu die Lippen. Ein Techno-Niveau der Stufe drei bedeutete: Es gab weder Subraum-Kommunikation noch Warptriebwerke. Denkbar waren bestenfalls primitive Hypersprung-Raumschiffe. Er hoffte, daß seine Aufgaben keine weiten Reisen oder interstellare Verhandlungen erforderten.

FÖDERATIONSSTATUS: Aufgrund der gegenwärtigen politischen Situation ist eine Aufnahme in den Völkerbund nicht möglich.

KONTAKTE: langjährige Handelsbeziehungen mit Carstairs Planet.

Carstairs Planet: eine Randwelt, auf der vier intelligente Spezies lebten, die als Unruhestifter, Querulanten und Streithähne galten. Sulu seufzte.

GESCHICHTE: Menak III hängt sehr von Carstairs Planet ab, soweit es Rohstoffe, interplanetare und interstellare Beziehungen mit reicheren Gesellschaften sowie moderne medizinische und landwirtschaftliche Technik betrifft. Die Entwicklung auf dem Planeten steuert derzeit dem Ende der zweiten industriellen Revolution entgegen. Das Ergebnis: umfassende politische, soziale und ökonomische Umwälzungen. Die gegenwärtige parlamentarische Demokratie wird von religiösen Separatisten bedroht, die glauben, eine ›Rückkehr zur guten alten Zeit‹ läge im Interesse von Menak III. Die Regierung ist anderer Meinung.

SPIELREGELN: Um sich mit der Föderation in Verbindung zu setzen, brauchen Sie die Hilfe von Carstairs Planet...

Sulu wandte sich vom Computerschirm ab und blickte durchs Zimmer. Mehrere andere Kadetten sahen nach rechts und links, schienen nach ihren Verbündeten und Alliierten Ausschau zu halten. Am Tisch in der Mitte waren jetzt zwei von drei Plätzen besetzt. Perez-Salazar hatte am einen Ende Platz genommen, und Sulu fühlte so etwas wie Mitleid jenen Personen gegenüber, die während der nächsten beiden Stunden die Galaxis mit Maria Theresa teilen mußten.

Nach einigen Sekunden beschloß er, sich auf seine eigenen Angelegenheiten zu konzentrieren. »Wer ist Carstairs Planet?« rief er fröhlich.

An der gegenüberliegenden Wand hockte ein dunkelhäutiger Maori, sah verärgert und überrascht auf. »Wer will das wissen?«

Sulu versuchte, möglichst freundlich zu lächeln. »Ich bin Menak III.« Er lehnte sich zurück und las wieder die Informationen auf dem Bildschirm.

Um sich mit der Föderation in Verbindung zu setzen, brauchen Sie die Hilfe von Carstairs Planet. Sie können Kontakte mit jeder beliebigen nichtföderierten Welt herstellen, doch da Ihnen die Technik der Subraum-Kommunikation fehlt, müssen Sie ganz normale Radiowellen verwenden. Die Simulation berücksichtigt diesen Umstand auf folgende Weise: Benutzen Sie bei Ihren Mitteilungen an andere Welten schriftliche Notizen. Sie dürfen Ihren Platz nicht verlassen.

ZIELE: Die Föderation ist imstande, die meisten ökonomischen und medizinischen Probleme von Menak III zu lösen. Ihnen geht es nur um die Möglichkeit, mit einem Föderationsrepräsentanten zu sprechen.

Sulu nickte. Erneut sah er sich um und entdeckte einen Tisch neben der Tür, auf dem diverse Dinge lagen, die offenbar beim Szenario verwendet werden konnten oder sollten: ein buntes Zepter; mehrere farbige und numerierte Marken; Stifte und Papier; die Schaltkreiskarte eines elektronischen Geräts (Carstairs Planet nahm sie) und ein Rad. Sulu schritt zum Tisch, nahm einen Schreibstift und Papier, wählte dann einen Platz, der nur wenige Stühle vom Maori entfernt war – auf diese Weise wollte er die Kommunikation erleichtern. Der dunkelhäutige Kadett warf ihm einen nervösen, kummervollen Blick zu, um ihn dann zu ignorieren.

Sulu zog die Beine an, befeuchtete die Spitze des Stiftes – bei den nächsten Mitteilungen verzichtete er darauf – und schrieb die erste Nachricht:

An Carstairs Planet: Hier verhungern dauernd Leute oder sterben an irgendwelchen Krankheiten. Außerdem haben wir auch in ökonomischer Hinsicht nicht viel Spaß. Soweit wir wissen, stehen Sie mit der Föderation in Verbindung. Wir brauchen dringend Gelegenheit, mit einem Repräsentanten des Völkerbunds zu sprechen. Ihre Hilfe wüßten wir sehr zu schätzen.

Mit besten Grüßen
Menak III

Sulu lächelte und widerstand der Versuchung, dem Brief noch einige lustige Anmerkungen hinzuzufügen, faltete ihn zusammen und wandte sich an eine in der Nähe sitzende junge Frau. »Wenn Sie das bitte an den Planeten dort drüben weiterleiten würden ...«

Bevor die Studentin antworten konnte, stand Coan plötzlich zwischen ihr und Sulu. Die Commodore griff nach dem Brief. »Fehler«, sagte sie und schmunzelte. »Sie haben keine Möglichkeit, mit Ihrer Nachbarwelt zu sprechen. Sie müssen ihr schreiben.«

Sulu nahm den zusammengefalteten Zettel entgegen und verzog das Gesicht. »Muß ich sie schriftlich bitten, diese schriftliche Mitteilung weiterzureichen?« Es erschien ihm umständlich und absurd.

Coan nickte. »Ja. Versuchen Sie es noch einmal.«

Sulus zweiter Brief beschränkte sich aufs Wesentliche:

»Hilfe! Ich bin in einem komplizierten Starfleet-Szenario gefangen! Bitte geben Sie diese Mitteilung an Carstairs Planet weiter (damit meine ich den so überaus sympathisch wirkenden Burschen dort drüben), bevor es zu spät ist!«

Kurze Zeit später war die ›Kom-Botschaft‹ unterwegs.

Carstairs starrte auf die Nachricht und blickte wie entsetzt zu dem Kadetten, der den Zettel als letzter berührt hatte, bevor er über mehrere Stühle hinweg zu Sulu sah.

Sulu winkte und lächelte erneut. Er ahnte, daß seine Aufgabe weitaus problematischer war, als er bisher angenommen hatte.

»Ich schätze, jetzt muß ich mich in Geduld fassen...«

Sulu drehte den Kopf und stellte fest, daß Coan in der Nähe stand und den Maori beobachtete. »Um sich an den Föderationsrat zu wenden, benötigt Carstairs Planet die Fürsprache mindestens einer föderierten Welt. Schon unter normalen Umständen kann das recht schwierig sein, und in diesem Fall kommt hinzu, daß es Narv – beziehungsweise den Bewohnern von Carstairs – an Taktgefühl mangelt.«

Sulu seufzte und sah ebenfalls zu dem entsprechenden Kadetten. Narv kniete neben einem der Föderationsstühle und sprach leise mit dem darauf sitzenden Planeten. »Was soll ich in der Zwischenzeit anstellen?« fragte er Coan. »Meine Welt erstickt praktisch an ihren Problemen!«

Coan deutete auf Sulus Vorrat an Papier. »Zeichnen Sie etwas. Verkaufen Sie Kunst an Ihre Nachbarn und verwenden Sie das Geld, um Ihre Ökonomie zu modernisieren.«

»Ist das erlaubt?«

Die Commodore lachte auf eine Weise, die Sulu keineswegs beruhigte. »Nein. Aber es spielt ohnehin keine Rolle. Sie könnten sich damit höchstens die Zeit vertreiben.«

Sulu drehte sich etwas weiter um, als Coan forttrat. »Was ist mit Papierflugzeugen?«

»Nein!«

Er seufzte; diese Antwort überraschte ihn kaum.

Sieben Minuten – und zehn hübsche Papierflugzeuge – später näherten sich Carstairs und Rigel V dem Tisch in der Mitte des Raums. Sulu schickte sein letztes Flugzeug zu einem ebenfalls gelangweilten Kadetten, der den Angriff mit überaus geschickt konstruierten Papiergebilden erwiderte, die an Kamikaze-Grillen erinnerten. Anschließend lehnte er sich zurück und beobachtete, wie Carstairs sein Anliegen dem Rat vortrug.

Rigel und sein Begleiter warteten eine volle Minute, bevor sich die Föderation den Besuchern zuwandte. »Was wollen Sie? Sehen Sie denn nicht, daß wir uns auf einen Verhandlungsrahmen zu einigen versuchen?«

Der Maori schnaubte und streckte dem Föderationskadetten eine Liste entgegen. »Die Forderungen meines Volkes«, knurrte er.

»Carstairs Planet«, stellte Rigel vor und bedachte den Völkerbund mit einem strahlenden Lächeln. »Ich bin Rigel V und bereits ein angesehenes Mitglied der Föderation.«

»Na schön.« Die Begeisterung der Föderation hielt sich in Grenzen. »Wir prüfen Ihr Anliegen zu gegebener Zeit. Sie hören von uns.«

»Alle auf der Liste genannten Dinge werden dringend benötigt«, betonte Carstairs, als sich der Völkerbund abwandte. »Ich bestehe auf einer sofortigen Erfüllung unserer Wünsche.«

Perez-Salazar zischte etwas Unverständliches. »Diese Forderungen sind lächerlich!« fauchte sie, hob die Liste und warf sie Narv zu. Das Blatt Papier segelte zu Boden. »Sie verlangen Raketentechnik, Computerhilfe, Zugang zu unseren Datenbanken ...«

»Zu den Datenbanken der *Föderation*«, warf der Völkerbund ein. »Von den Klingonen wird überhaupt nichts verlangt!«

Perez-Salazar preßte die Lippen zusammen, so daß sie nur noch einen dünnen Strich bildeten. »Rassismus, wie? Glauben Sie vielleicht, das Imperium hätte überhaupt nichts anzubieten?«

Sulu verbarg sein Lächeln hinter vorgehaltener Hand. Maria Theresa repräsentierte die Klingonen – er hätte es wissen sollen.

»Was auch immer es anzubieten hat – *wir* bieten mehr Sicherheit!« Der Völkerbund hob die Liste auf und reichte sie Narv. »Kehren Sie zu Ihrem Platz zurück. Wir geben Ihnen Bescheid.«

»Ich verlange nicht viel«, sagte Carstairs. Als die Föderation nicht antwortete, drehte sich der Kadett um und sah zu den Vulkaniern auf der anderen Seite des Raums. »Unter diesen Umständen bleibt mir nichts anderes übrig, als Logik und Vernunft um Anerkennung zu bitten.«

Die drei Personen am zentralen Tisch ächzten, während Vulkan zur Commodore blickte. Coan zuckte nur mit den Achseln und schwieg.

»Sie *Idiot*«, stieß das romulanische Reich hervor.

»He!« entfuhr es Coan. »Ich lasse hier keine Beleidigungen zu! Dies ist nur ein Szenario, weiter nichts.«

Das romulanische Reich wirkte angemessen betroffen und vollführte eine entschuldigende Geste. »Tut mir leid, Sir ...«

Coan runzelte noch immer die Stirn, als sie Vulkan zunickte. »Ihre Wartezeit beginnt von vorn.«

»Aye, Sir.«

Und so endete Carstairs erste Verhandlungsrunde.

Sulu sorgte dafür, daß bei Carstairs Rückkehr eine Nachricht auf ihn wartete.

Was ist mit meiner Anfrage? Fünfzig Millionen Opfer sind inzwischen zu beklagen! Brauchen wir Lebensmittel nicht dringender als Sie Raketen?

Narvs Lippen bewegten sich, als er die Mitteilung las. Er kritzelte eine kurze Antwort, zerknüllte den Zettel und warf ihn Sulu zu. Der versuchte, das Papier wieder zu glätten. Unter seiner eigenen Handschrift sah er ein Wort, mit dem er fast gerechnet hatte: »NEIN.« Er ließ den Zettel achtlos fallen und schrieb eine weitere Kom-Botschaft.

Hallo! Ich bin Menak III, eine kleine, unbedeutende und technisch unterentwickelte Welt im Murasaki-Sektor. Carstairs Planet schenkt mir keine Beachtung, und ich langweile mich. Möchten Sie vielleicht einen Krieg gegen meinen früheren Handelspartner beginnen?

Sulu faltete den Bogen zum bisher besten Papierflugzeug – auch diesmal erhob Coan keine Einwände – und warf es mit dem Geschick des geborenen Steuermanns. Das weiße Gebilde landete wie beabsichtigt in Orions Schoß.

Die automatische Antwort bestand aus einer Kamikaze-Grille. Sulu konstruierte einen zweiten Flieger und schrieb *»Lesen Sie das erste Flugzeug!«* auf die Tragfläche, bevor er ihn auf die Reise schickte. Er stieß an Orions Brust. Der Kadett blinzelte überrascht, hob die Brauen und suchte in der Menge aus Papierflugzeugen nach dem richtigen Exemplar. Schließlich fand er es und las die Zeilen. Eine knappe Minute später erhielt Sulu die Antwort in Form eines weiteren Flugzeugs. Er entfaltete das Blatt.

Bedauere – Orion ist Menak III offiziell feindlich gesinnt. WENN wir einen Krieg beginnen, so vermutlich gegen SIE! Vielleicht haben Sie beim nächsten Mal mehr Glück.

Orion II

Kurz darauf folgte eine Grille mit der Aufschrift: *»Ich bin eine primitive thermonukleare Vorrichtung – BUMM!«* Sulu hob den Kopf und sah erstaunt zu Orion, der mit den Schultern zuckte, die Bombe jedoch nicht zurückzog. Sulu ignorierte ihn, und daraufhin wandte sich Orion wieder der Konstruktion seiner kleinen Spielzeuge zu.

Sulu riß den unteren Teil der Seite ab, der Orions negative Antwort enthielt. Das Flugzeug wirkte dadurch arg mitgenommen, aber es sollte trotzdem imstande sein, die interplanetare oder interstellare Leere zu überbrücken. Er schickte es auf eine vom Zufall bestimmte Reise und hoffte, daß es eine verständnisvolle Welt auf dieser Seite des Zimmers erreichte. Der kleine Flieger ließ sich vier Stühle entfernt im Schoß einer Rothaarigen nieder. Sie griff danach und fragte: »Was ist das?«

Sulu weckte ihre Aufmerksamkeit, indem er winkte. »Es handelt sich um einen Kommunikationsversuch mit normalen Radiowellen. Ich bemühe mich um Kontakte mit meinen Nachbarn.«

Die junge Frau lächelte und warf das Flugzeug in seine Richtung. »Ich habe erst das technologische Niveau zwei erreicht – daher bin ich leider nicht imstande, interplanetare Signale zu empfangen.«

Sulu fing den Flieger mit der einen Hand, sah enttäuscht durch den Raum und fragte laut: »Gibt es hier jemanden, der mindestens Techno-Niveau vier erreicht hat, Menak III nicht feindlich gesinnt ist und einen Krieg beginnen möchte?«

Die Kadetten lachten, und Coan rief: »Fehler, Menak!«

»Aber ...«

»Fehler!« Die Commodore lächelte, gab jedoch nicht nach. »Sie können auch weiterhin nur mit Hilfe von schriftlichen Mitteilungen kommunizieren.«

Niedergeschlagen betastete Sulu das Papierflugzeug und schmollte übertrieben. »Muß ich auch Ihnen Zettel schicken?«

Coan schüttelte den Kopf. »Das können Sie überhaupt nicht«, erwiderte sie.

»Wieso denn nicht? Wer sind Sie?«

»Ich bin Gott. Seien Sie jetzt still.«

Sulu wiederholte das Kriegsangebot gegenüber mehreren Welten auf seiner Seite des Raums, und schließlich gewann Carstairs zum zweiten Mal die Aufmerksamkeit der Föderation. »Wir sind noch immer dabei, Ihr Anliegen zu prüfen!« brummte der Völkerbund verärgert, bevor Narv einen Ton von sich geben konnte.

»Es ist eine sehr wichtige Angelegenheit.« Es fiel Sulu schwer, Narvs Tonfall zu deuten: Vielleicht brachte seine Stimme Ärger zum Ausdruck; oder sie blieb völlig neutral.

Die Föderation nahm Carstairs Liste entgegen, ohne einen Blick darauf zu werfen. »Noch mehr Raketen?« lautete die spöttische Frage. Rigel V verzog das Gesicht. Hinter ihm reichte eine lange Schlange aus unruhig wartenden Delegierten bis zu Vulkan.

»Was unseren Antrag betrifft ...«, knurrte Narv. »Wir möchten den gleichen Status erhalten wie Rigel, streben ein Bündnis mit der regierenden Körperschaft an.«

»Starfleet *regiert* nicht«, begann die Föderation. Perez-Salazar unterbrach sie und stieß hervor: »Sagen Sie *das* den Romulanern!«

»He!« Das romulanische Imperium beugte sich vor der Erde über den Tisch und bedachte Perez-Salazar mit einem finsteren Blick. »Wir lassen uns von der Föderation *keine* Vorschriften machen!«

»Das liegt auch gar nicht in unserer Absicht!«

Und so endete Carstairs zweiter Kontakt mit dem Föderationsrat.

Sulu begann methodisch damit, ein Blatt Papier in kleine Fetzen zu zerreißen. Nach seiner Uhr blieben noch eine Stunde und fünfundzwanzig Minuten bis zum Ende des Szenarios. Zeit genug, um eine Menge Papier zu zerreißen ...

»Sie vergeuden Ihre natürlichen Ressourcen.« Coan erschien in unmittelbarer Nähe, und ihre Lippen deuteten ein wissendes Lächeln. »Ihnen bleiben noch fast fünfundachtzig Minuten, um etwas zu erreichen, Fähnrich.«

»Bei mir kam's gerade zum Börsenkrach«, erwiderte Sulu. Er versuchte, den Ärger aus seiner Stimme fernzuhalten, doch es gelang ihm nicht. Einmal mehr drehte er sich zur Seite, schlang dabei den einen Arm um die Rückenlehne des Stuhls. »Es ist sinnlos! Allein kann ich nichts unternehmen, und unglücklicherweise bin ich auf einen unsozialen Planeten angewiesen, der mir nicht gerade eine große Hilfe ist. Darüber hinaus halten es die drei Großmächte am Tisch für ungeheuer wichtig, darüber zu befinden, welches Porzellan bei den Vorrunden der nächsten Friedenskonferenz verwendet werden soll.«

Dieser Kommentar schien Coan nur noch mehr zu amüsieren, und Sulu wandte sich von ihr ab. »Außerdem ist meine Block-Kommandantin eine Sadistin, der jemand Commodore-Streifen gegeben hat.«

Die Frau berührte ihn warnend an der Schulter. »Vorsichtig ...«

Sulu spürte, wie er rot anlief. »Bitte um Entschuldigung, Sir.«

Als Coan fortgegangen war, dachte Sulu noch einmal über seine letzten Bemerkungen nach. Eigentlich wollte er gar nicht aufgeben – ihm lag nichts daran, zu jenen Kranichen zu gehören, die immer nur auf einem Bein standen, ohne jemals zu tanzen. Poppy hätte sicher nichts davon gehalten, wenn sein Urenkel einfach aufgab, ohne vorher zu versuchen, alle Möglichkeiten zu nutzen. Darum ging es doch bei der Metapher mit den Kranichen, oder? Sulu lächelte und blickte zum Tisch, an dem Klingonen, Romulaner und Föderation saßen. *Nun, wenn der Berg nicht zum Propheten kommen will, so muß der Prophet zum Berge gehen ...*

Er weckte Coans Aufmerksamkeit, indem er ein Papierflugzeug schickte, das gegen ihre Schulter stieß. Die Commodore gab sich verärgert, als sie näher kam und neben Sulus Stuhl in die Hocke ging.

»Ich möchte mich selbst an die Föderation wenden.« Er wartete keine Antwort ab und fügte sofort hinzu: »Ich weiß, daß ich nur normale lichtschnelle Funksignale senden kann, und ich weiß auch, daß der Föderationsrat nicht mit einem Kontaktversuch meinerseits rechnet. Nun, unter gewöhnlichen Umständen würde es...« Sulus Blick kehrte sich nach innen, als er rechnete. »... etwa achtzehn Monate dauern, bis meine Botschaft ihr Ziel erreicht.«

»Leider stehen Ihnen nur fünfundachtzig Minuten zur Verfügung.«

»Dies ist ein Szenario. Können wir in Hinsicht auf Zeit und Entfernung nicht ein wenig großzügiger sein?«

Coan lächelte wieder und griff hinter den Stuhl. Einige Sekunden später kam ihre Hand mit einem Papierflugzeug zum Vorschein. »Mit diesen... Objekten haben Sie vorhin viel Geschick bewiesen.« Sulu zuckte kurz mit den Schultern, und die Commodore fuhr fort: »Wenn es Ihnen gelingt, einen Kommunikationsflieger auf dem Tisch oder im Schoß eines Föderationsplaneten landen zu lassen... Wer Ihre Mitteilungen liest, darf für Sie tätig werden. Die übrigen Welten verständigen sich zwar mit Subraum-Signalen, aber das bedeutet nicht, daß sie keine normalen Radiowellen empfangen.« Coan stand auf, entfaltete dabei das Flugzeug und ließ den Zettel auf Sulus Oberschenkel fallen. »Doch was ist, wenn niemand Ihre Nachrichten liest, wenn man ihnen keine Beachtung schenkt?«

Erneut hob und senkte Sulu die Schultern. »Ich schätze, dann bin ich nicht schlechter dran als jetzt.«

Die Commodore musterte ihn mit einem so durchdringenden Blick, daß Unbehagen in ihm entstand. »Sie haben noch fünfundsiebzig Minuten beziehungsweise achtzehn Monate Zeit«, sagte sie schließlich. »Fangen Sie besser damit an, Mitteilungen zu formulieren.« Sie lächelte noch einmal und ging fort.

Sulu überlegte sorgfältig. Wenn es Hoffnung darauf geben sollte, daß die Föderation zu seinen Gunsten intervenierte, so mußte er bei der Wortwahl sehr vorsichtig sein. Er schob das von Coan entfaltete Papierflugzeug beiseite und nahm ein neues Blatt.

Liebe Delegierten des berühmten und ehrwürdigen Föderationsrates ...

Nein, das gefiel ihm nicht. Es klang zu langatmig und unaufrichtig. Sulu strich die Zeile durch und begann noch einmal von vorn.

Gepriesene Verfechter der Freiheit ...

»Gräßlich!«

Er strich auch die zweite Zeile durch und entschied sich für eine neutrale Grußformel.

Liebe Mitglieder der Vereinten Föderation,

ich schicke Ihnen diese Botschaft im Namen des Volkes von Menak III. Zwar gehören wir nicht zur Föderation, aber uns ist bekannt, daß Ihre Emissäre in der Galaxis viel Gutes bewirkt haben. Wir wenden uns nun an Sie, weil wir Ihre Hilfe brauchen.

Auf Menak droht der völlige Zusammenbruch aufgrund einer katastrophalen ökonomischen und medizinischen Krise. Wir verfügen kaum über Rohstoffe. Uns fehlt Nahrung. Wir sterben. Wir bitten nur um die Möglichkeit, mit Ihnen über die Hilfe zu sprechen, die sie vielleicht leisten können. Sie kennen die chemischen Formeln wirksamer Arzneien, und Sie wissen auch über sichere Energiequellen Bescheid. Ohne Ihre Unterstützung hat Menak keine Zukunft. Bitte – stehen Sie uns bei.

Die Regierung
von Menak III

Zufriedenheit verdrängte die Enttäuschung aus Sulu. Er schob die übrigen Blätter beiseite und fragte sich, auf welche Weise er die Mitteilung schicken sollte. Ein Knäuel kam nicht in Frage, denn es konnte zu leicht als persönlicher Affront mißverstanden werden. Origami-Kraniche waren zwar kleiner als Flieger, aber genauso schwer, was bedeutete: Über kurze Entfernungen hinweg ließen sie sich gut einsetzen. Andererseits zeichneten sie sich durch eine gewisse aerodynamische Instabilität aus. Bei Flugzeugen lief man Gefahr, daß sie übers Ziel hinausschossen, und in ihrem Fall kam ein weiterer Risikofaktor hinzu: Aus irgendeinem Grund, der Sulu rätselhaft blieb, vermutete kaum jemand, daß Papierflieger Nachrichten überbrachten. Trotzdem schienen solche Flugzeuge die beste der drei Möglichkeiten zu sein – immerhin blieben nur noch siebzig Minuten, und er durfte keine Zeit bei dem Versuch vergeuden, beim Falten von Papier besondere Kreativität zu entwickeln.

Kurz darauf entstand ein Flugzeug, das gewiß kein Kunstwerk darstellte. Aber Sulu war ziemlich sicher, daß es weit genug fliegen konnte, um Menaks Hilfegesuch der Föderation zu übermitteln. Als er nachdenklich durchs Zimmer sah, begegnete er Coans Blick und erwiderte ihr wie verschwörerisches Zwinkern mit einem verlegenen Lächeln.

Die Luft in der großen Kammer war völlig unbewegt, und Sulu beobachtete, wie sein Flieger über die Köpfe der anderen Kadetten hinwegsegelte, die rechte Schulter des romulanischen Reiches passierte und zur Landung ansetzte. Nur Perez-Salazar bemerkte das Papierflugzeug, verzog das Gesicht und schob es beiseite.

Sulu faltete schnell ein weiteres, bevor die junge Frau wieder an der hitzigen Diskussion teilnahm – die Kommunikation mit Orion hätte ihm eigentlich eine Lehre sein sollen. Rasch kritzelte er ›LESEN SIE DAS ERSTE FLUGZEUG‹ auf die Tragfläche und schickte das Flugzeug auf die Reise.

Diesmal fing Perez-Salazar das Papiergebilde auf, zerknüllte es und warf das Knäuel zum ersten Flieger, schnitt dabei eine finstere Miene. Sulu spürte, wie Zorn in ihm emporquoll: »Lesen Sie's!« rief er.

Coan intervenierte sofort. »Fehler!«

»Natürlich...« Der junge Fähnrich seufzte und ließ die Schultern hängen.

Wenn dieses Szenario tatsächlich einen Eindruck von galaktischer Politik vermittelte, so wußte Sulu: Abgeordneter oder Delegierter wollte er auf keinen Fall werden. Er zerriß ein großes Blatt Papier in sechs Quadrate und begann damit, das erste in einen Kranich zu verwandeln, während sich klingonisches Imperium und romulanisches Reich über das Stimmrecht stritten.

Anschließend schrieb Sulu erneut, und zwar mit den kleinsten gerade noch lesbaren Buchstaben. Den Anfang nahm seine Botschaft am Schnabel des Kranichs: DIESER KRANICH WIRD SICH SELBST ZERSTÖREN, UND ZWAR IN GENAU 5 SEKUNDEN. Die knittrigen Flügel schmückte er mit: 4... 3... 2... 1... Enttäuscht mußte er feststellen, daß nicht genug Platz für *BUMM!* blieb.

Er erweiterte das kleine Loch im unteren Teil der Konstruktion und schob die Spitze des Stiftes hinein, um das Objekt zu starten. Doch kurz vorher zögerte er. Terrorismus stellte keine Lösung für sein Problem dar – zumindest dann nicht, wenn es ihm darum ging, Beziehungen mit föderierten Planeten herzustellen. Widerstrebend legte er den kleinen Papierkranich beiseite und schrieb eine weitere Nachricht, in der er dringend um Hilfe bat.

Aufgrund des geringen Erfolgs mit Flugzeugen gab er ihr die Gestalt eines Kranichs. Wie beim erstenmal schob er das Ergebnis seiner Bemühungen auf den Stift und katapultierte es zum zentralen Tisch. Der weiße Gegenstand segelte über den Kopf des romulanischen Reiches hinweg und an der rechten Schulter des Völkerbunds vorbei. Die Föderation brummte etwas Unverständliches, griff nach dem Objekt, betrachtete es mürrisch und warf es fort.

Vulkan zuckte regelrecht zusammen, als der Papierkranich auf ihrem Schoß landete. Sie starrte so auf das Origami-Gebilde hinab, als sei sie nicht sicher, ob sie es berühren durfte. »Ist das eine Kommunikation, Sir?« fragte die Studentin und hob den Kranich.

Die Föderation schnaufte empört. »Woher haben Sie das?« fragte der betreffende Kadett und sah sich im Raum um. »Wer hat Ihnen das geschickt?«

Sulu versuchte verzweifelt, weniger als einen Meter groß zu sein.

»Nun, *Sie* haben es geworfen, aber ursprünglich kam es von dort drüben.« Vulkan deutete in Sulus Richtung, und der Fähnrich duckte sich unwillkürlich. »Bedeutet das, meine halbstündige Wartezeit beginnt noch einmal von vorn, Sir?« wandte sich Vulkan an die Commodore.

»Nein!« entfuhr es der Föderation verzweifelt.

Coan blieb auch weiterhin an der Wand stehen, verschränkte die Arme und antwortete mit einer Gegenfrage: »Was meinen Sie?«

Vulkan betrachtete den Kranich ernst. »Nun, wenn es sich um die Mitteilung einer anderen Welt handelt ...«

»Oh, ich *bitte* Sie«, stöhnte der Völkerbund.

»Dann ist es nur fair ...«

»Fair?« Die Föderation sprang auf und riß Vulkan den Kranich aus der Hand. »Halten Sie es für fair, uns in den Wahnsinn zu treiben, nur weil irgendein unwichtiger Planet *Enten* wirft?«

Sulu setzte sich auf. »Es sind *Kraniche!*«

Die Föderation warf den Kranich zurück – er legte nur die Hälfte der Strecke zurück. »Die Dinger sehen wie *Enten* aus!«

»Hört endlich auf, euch wie Kinder zu verhalten.« Perez-Salazars volltönender Alt kam Sulus Antwort zuvor. Die junge Mexikanerin richtete einen durchdringenden Blick auf die Föderation. »Sie beschweren sich nur deshalb, weil Sie mit Vulkan alle Ihre Probleme lösen wollten. Ganz offensichtlich fehlt Ihnen der Mut, aus eigener Initiative zu handeln. Sie haben es verdient, in eine solche Lage zu geraten.«

Die Föderation holte tief Luft. »Was ich *nicht* verdient habe, sind einige aggressive Idioten, die sich jeden Planeten schnappen, den sie finden – um dann Anspruch auf das ganze Sonnensystem zu erheben!«

Noch nie zuvor hatte Sulu gesehen, wie eine Seele Feuer fing. Perez-Salazars Gesicht wurde noch etwas dunkler, und in ihren Augen glühte es. Coan setzte sich in Bewegung und schritt zum Tisch in der Mitte des Raums. »Ich glaube, das reicht jetzt ...«

»Werfen Sie meinem Volk Unehrenhaftigkeit vor?«

Sulu überlegte, ob sich Perez-Salazar persönlich beleidigt glaubte. Oder identifizierte sie sich zu sehr mit ihrer Rolle im Szenario?

»Sie können es verstehen, wie Sie wollen«, erwiderte die Föderation.

Perez-Salazar erhob sich ruckartig, gerade als Coan den Tisch erreichte. Sie spuckte vor dem Völkerbund auf den Boden. »Herzlichen Glückwunsch, *el jefe estupendo* – Sie haben jetzt einen Krieg!«

Coan setzte sich auf den Tisch und hielt die wütende Föderation mit einer Hand zurück. »Dies ist ein Szenario!« erinnerte sie den Kadetten, drehte dann den Kopf und ließ einen bedeutungsvollen Blick durchs Zimmer schweifen. »Um es noch einmal zu betonen: Sie alle sind hier einer Situation ausgesetzt, die in keinem direkten Zusammenhang mit der Wirklichkeit steht.« Sie wartete, bis der Völkerbund nickte, bevor sie Perez-Salazar mit einer knappen Geste aufforderte, wieder Platz zu nehmen. »Sie sollten sich selbst sehen und hören! Man könnte meinen, es mit Schulkindern während einer Pause zu tun zu haben!«

Niemand lachte.

»Nie hatte ich eine Gruppe, die aus egoistischeren und weniger kooperationswilligen Kadetten bestand«, fuhr Coan fort, während die Studenten ein schuldbewußtes Schweigen wahrten. »Sie wurden für die Kommandoausbildung zugelassen, weil Sie intelligent sind, weil Sie über Fähigkeiten verfügen, die ein guter Offizier braucht.« Die Commodore ging mit langsamen Schritten durch den Raum, sah die Studenten der Reihe nach an. »Nun, was ist aus jenen Eigenschaften geworden?« Sie blieb hinter Sulu stehen und lehnte sich an seinen Stuhl. »Nur *einer* von Ihnen hat versucht, seine Probleme mit Kreativität und dem *Willen zur Zusammenarbeit* zu lösen. Aber die anderen haben ihn entweder verspottet – oder ihm keine Beachtung geschenkt.« Sulu ahnte, von wem die Commodore sprach. »Wenn dies die Realität wäre...« Coan zögerte kurz. »Sie könnten von Glück sagen, daß Menak Ihnen keine Raketen schickte, als Sie so sehr damit beschäftigt waren, sich zu streiten!« Sulu versuchte, den Terroristen-Kranich unauffällig in der Tasche verschwinden zu lassen. »Bei zukünftigen Szenarios bekommen Sie nicht die Chance, freundlich zueinander zu sein – selbst wenn Sie sich eine solche Möglichkeit wünschen.«

Coan wirkte noch einige Sekunden länger kühl und streng – um dann wieder freundlich zu lächeln und in die Hände zu klatschen. Die jähe Verwandlung verblüffte Sulu. Er fragte sich, ob er die Flexibilität der Commodore bewundern oder sich von ihr manipuliert fühlen sollte. »Sie haben den ersten Test hinter sich!« rief sie fast fröhlich und deutete zum Ausgang. »Zeit fürs Mittagessen! Stärken Sie sich gut – heute nachmittag warten noch eine Million Dinge auf Sie!«

Sulu legte seine Ausrüstung zum rasch größer werdenden Haufen auf dem zentralen Tisch und steckte die letzten Origami-Kraniche ein. »Was halten Sie davon, engere Beziehungen mit Menak III zu knüpfen?« fragte er Perez-Salazar.

Sie schob nur das Kinn vor, ging nicht auf die Frage ein.

Die nächste Woche verging wie im Flug.

Eine Lektion folgte der anderen, und hinzu kamen diverse Übungen. Die Mahlzeiten fanden irgendwann zwischendurch statt. Was die Ruhepausen betraf, insbesondere das Schlafen... Später konnte sich Sulu überhaupt nicht daran erinnern, auf welche Weise er die ersten Nächte verbracht hatte. Die Ereignisse des Dienstags erschienen ihm ebenso nah oder fern wie die des Freitags. Sulu begann damit, die während des Unterrichts angefertigten Notizen sowie seine persönlichen Aufzeichnungen mit dem Datum zu versehen, um die richtige Perspektive für das Vergangene zu bewahren.

Den Montag verwechselte er nur deshalb nicht mit anderen Tagen, weil er zum erstenmal wußte, was ihn erwartete: Der Tagesplan entsprach dem des ersten Montags, und in Hinsicht auf seine Aktivitäten hatte er sorgfältig Buch geführt. Die allgemeine Hektik erschien ihm nicht ganz so zermürbend, das Durcheinander aus Kursen weniger verwirrend – die erste Wiederholung des Studienplans fungierte als Anker in der Realität. Am Ende des zweiten Montags fühlte sich Sulu weitaus besser als eine Woche zuvor.

Als er ins Quartier zurückkehrte, erwarteten ihn dort keine Stimmen. Es überraschte ihn ein wenig, schneller zu sein als seine Kollegen. Vielleicht lag es am Sprint über den Platz – das Wetter war viel zu herrlich, um einfach nur zu schlendern. Aus einer Entfernung von drei Metern warf er seine Unterlagen auf die Koje und nahm die Kurve, indem er sich mit der einen Hand am Türpfosten festhielt.

Verblüfft blieb er stehen, als er Poppys gutgelaunte Stimme hörte. »Ich habe gehofft, daß du bald hier eintriffst.«

Sulu sah sich erschrocken um und rechnete damit,

daß Coan einem Racheengel gleich erschien, um ihn mit einem finsteren Blick zu durchbohren. »Was machst du hier?« fragte er, senkte die Stimme und flüsterte nur noch. »Wie bist du hier hereingekommen? Dieser Bereich ist für Besucher gesperrt!«

Tetsuo erhob sich und klopfte Sulu auf die Wange, um ihn zu beruhigen. »Alte Japaner wirken sehr würdevoll«, erklärte er. »Ich habe einfach behauptet, ein Admiral zu sein.«

»Herr im Himmel ...«

Der Greis lächelte nur, als Sulu ihn zur Tür zog. »Vorher hat man mich recht freundlich behandelt, aber nachher waren die Leute noch viel höflicher. Sie erklärten mir den Weg hierher.«

»Poppy ...« Sulu sah in beide Richtungen, bevor er seinen Urgroßvater in den Flur führte. »Ich glaube, es ist ein Kapitalverbrechen, sich als hochrangiger Starfleet-Offizier auszugeben!«

Tetsuo winkte ab. »Ich habe mich nicht als irgend jemand ausgegeben.« Er lächelte kurz. »Ich brauchte nicht einmal meinen Namen zu nennen.«

»Und wenn schon.« Als sich die Tür am Ende des Korridors öffnete, drückte Sulu den Alten an die Wand, spähte vorsichtig um die Ecke – und bemerkte einen Wächter. Ein gelangweilter Senior-Kadett schritt vor dem Ausgang auf und ab, blickte gelegentlich in den Sonnenschein nach draußen.

»Wohin gehen wir jetzt?«

Sulu preßte seinem Urgroßvater die Hand auf den Mund, und die Reaktion bestand aus gehorsamem Schweigen. »Möchtest du ein Admiral sein?« hauchte er.

Tetsuo zuckte mit den Schultern. »Nicht unbedingt.«

»Nun, folge meinem Beispiel – und sei die ganze Zeit über still!«

Sulu wartete keine Antwort ab, trat um die Ecke, straffte die Schultern und näherte sich dem Wächter mit zielstrebigen Schritten. Der Kadett drehte sich um, erkannte einen Kameraden und winkte.

Sulu erwiderte die saloppe Geste nicht, nickte nur und warf dem jungen Mann einen kurzen, strengen Blick zu. Tetsuos freundliches »Hallo« wurde übertönt vom militärischen »Weitermachen!« des Urenkels.

Draußen auf dem Platz entspannte sich Sulu und trat dicht neben seinen Begleiter. »Du solltest still sein«, tadelte er, während sie sich vom Gebäude entfernten.

Tetsuo zuckte einmal mehr mit den Achseln. »Hab's vergessen.«

Sulu brummte und gab sich verärgert, doch wenige Sekunden später umarmte er den Greis. »Vielleicht kommst du mit dem sprichwörtlichen blauen Auge davon, wenn wir auf Unzurechnungsfähigkeit plädieren.«

Tetsuo lachte leise und schlang die Arme um seinen Urenkel. »Sollte eigentlich nicht schwer sein.«

»Im Ernst, Poppy: Komm nie wieder ohne Besuchserlaubnis hierher! Sonst bringst du uns beide in große Schwierigkeiten.«

»Wie du meinst.« Der Alte schob Sulu sanft von sich, setzte wieder einen Fuß vor den anderen. »Wie läuft's?«

»Gut. Erst eine Woche ist vergangen – zuwenig Zeit, um mir eine Meinung zu bilden.« Wind umschmeichelte sie, trug ihnen das Aroma des Meeres und den Duft von Rosen entgegen. Wie eine sanfte Hand strich er Sulu übers Haar. »Du hättest anrufen können, wenn es dir nur darum ging.«

Tetsuo schwieg. Sulu sah zu seinem Urgroßvater, der in die Jackentasche griff, buntes Papier hervorholte und damit begann, einen Kranich zu falten. »Poppy?« Die Lippen des Alten formten ein glückliches, zufriedenes Lächeln, das Kummer irgendeiner Art auszuschließen schien. »Stimmt was nicht, Poppy?«

Tetsuos Blick galt auch weiterhin dem Papier in seinen Händen. »Ich sterbe«, sagte er nur.

Sulu wußte nicht, was er von diesen beiden Worten halten, wie er darauf reagieren sollte. Er legte dem Greis die Hand auf die Schulter. »Ich weiß, Poppy«, entgegnete er leise.

»Du verstehst nicht. Ich sterbe *jetzt.*« Tetsuo verstaute den fertigen Kranich in einer Tasche und holte ein weiteres Papierquadrat hervor. »Doktor Kobrine sprach davon, daß der Tumor größer geworden ist. Er will mich operieren.«

Kälte tastete nach Sulus Herz. »Und?«

Tetsuos Finger verharrten beim Falten, und er lächelte erneut. »Ich bin gekommen, um mit dir zu sprechen. Um dir alles zu erklären.«

Die Kälte in Sulus Brust metamorphierte zu eisigem Frost. »Was willst du mir erklären?« fragte er, obgleich er die Antwort ahnte.

Tetsuo steckte den erst halb fertiggestellten Kranich ein und griff nach den Händen seines Urenkels. »Eigentlich nützt die Operation überhaupt nichts – der Tumor wird dadurch nur kleiner. Doktor Kobrine wies selbst darauf hin, daß man ihn aufgrund des besonderen Wachstums nicht ganz entfernen kann.«

Sulu nickte. »Ja, ich weiß.«

»Es läuft also auf folgendes hinaus: Irgendwelche Komplikationen beim chirurgischen Eingriff könnten mich das Leben kosten; die Therapie muß trotzdem fortgesetzt werden; und der Tumor wächst auch weiterhin. Die Operation sorgt nur dafür, daß ich etwas länger leiden darf.«

»Doktor Kobrine ist der beste Neurochirurg auf diesem Planeten«, warf Sulu ein. Eigentlich unterbrach er seinen Urgroßvater nur, um nicht auch den Rest zu hören. »Wenn er eine Operation empfiehlt, so solltest du seinen Rat beherzigen. Das ist besser, als den Tumor einfach weiterwuchern zu lassen.«

Tetsuo drückte Sulus Hände. »Da bin ich nicht so sicher.«

Panik und Kummer rangen miteinander. »Was soll das heißen, Poppy?« brachte der junge Mann hervor. »Worauf willst du hinaus?«

»Auf folgendes«, erwiderte Tetsuo. »Gott hat nie beabsichtigt, daß Menschen hundertunddrei Jahre alt werden. Das Glioblastom der vierten Stufe ist ein Zeichen von Ihm: Ich soll mich beeilen, meinen Platz jüngeren Leuten überlassen.« Er berührte Sulu an der Wange. »Ich möchte, daß du verstehst, warum ich mich nicht länger behandeln lasse. Bestimmt bringt außer dir niemand Verständnis dafür auf.«

In Sulus Magengrube krampfte sich etwas zusammen. »Du darfst die Therapie nicht beenden ...«

»Das habe ich bereits.«

»Poppy!« Sulu wich ruckartig zurück, weit genug, um außer Reichweite des Greises zu sein. »Ist dir eigentlich klar, welche Folgen sich daraus ergeben? Begreifst du die *Konsequenzen* deiner Entscheidung?«

»Ich erhalte dadurch die Möglichkeit, mich noch ein oder zwei Monate lang gut und lebendig zu fühlen«, sagte Tetsuo. »Was danach kommt, was der Tod bringt ... Vielleicht weiß niemand die Antwort auf jene Fragen. Wie dem auch sei: Ich fürchte mich nicht mehr.«

Sulu fühlte sich innerlich hin und her gerissen; Tränen quollen ihm in die Augen. »Du gibst auf!« Zorn und Verzweiflung erklangen in diesen Worten. »Du verläßt mich, weil du Angst hast ...«

»Nein.« Tetsuos Stimme klang nun fast scharf. »Ich habe keine Angst. Nicht vor dem Tod. Doch wenn ich zu lange warte ...« Schmerz schimmerte in den schwarzen Augen. »Ich habe mein Leben *geliebt*! Ich habe deine Urgroßmutter geliebt, alle unsere Kinder, auch die Kinder unserer Kinder und so weiter. Ich liebe das Segeln und den Ozean. Ich liebe es, wenn der Wind mein Gesicht trocknet und Salzstaub auf den Wangen zurückbleibt. Ich liebe die Tiere im Garten und jene vielen Pflanzen, die du bei deinen Besuchen mitgebracht hast …« Leises Lachen folgte diesen Worten, und für einige Sekunden glitt Tetsuos Blick in die Ferne. »Von all dem möchte ich mich verabschieden, solange ich noch Gefallen daran finde. Wenn ich mich der Operation unterziehe und anschließend die Therapie fortsetze … Dann beginne ich vielleicht damit, das Leben zu hassen. Und dann hätte ich nichts mehr, wofür es sich zu leben lohnt.«

Sulu starrte den Greis an und schämte sich der eigenen Tränen. Aufruhr herrschte in seinem emotionalen Kosmos. »Doktor Kobrine wird dich zur Vernunft bringen.«

»Nein«, sagte Tetsuo fest. »Ich habe lange darüber nachgedacht – und dabei Kraniche gefaltet.« Er holte das halb fertiggestellte Exemplar hervor – es glänzte purpurn im Licht der Nachmittagssonne.

Sulu schlug ihm das Papiergebilde aus der Hand. »Zum Teufel mit den verdammten Kranichen!« stieß er hervor. Heftiger Schmerz schien sich zu einem Knoten im Hals zu verdichten. »Mir liegt viel an dir, Poppy! Du hast versprochen, bei der Feier zum Abschluß der Kommandoausbildung zugegen zu sein!«

»Es tut mir leid, aber soviel Zeit bleibt mir leider nicht mehr. Ich habe eine Entscheidung getroffen – und daran halte ich fest.« Tetsuo streckte die Hand aus, aber Sulu wich noch etwas weiter zurück. Enttäuschung zeigte sich in den Augen des Alten. »Ich dachte, du würdest mich verstehen.«

»Ich verstehe dich *nicht!*« platzte es aus Sulu heraus. »Wie kann es dein Wunsch sein zu sterben? Wieso hast du beschlossen, mich zu verlassen …?« Er spürte noch mehr Tränen und drehte sich um, um sie vor seinem Urgroßvater zu verbergen. »Geh nach Hause und liefere dich dem Tod aus, wenn du unbedingt willst!« fügte er wütend hinzu. »Aber erwarte nicht von mir, daß ich so etwas billige!«

Sulu wirbelte um die eigene Achse und lief in Richtung Gebäude. Er wußte nicht, ob er sich dabei wünschte, daß sein Urgroßvater ihn zurückhielt. Solche Überlegungen blieben ohnehin müßig, denn Tetsuo schwieg.

Auf diese Weise erinnerte sich Sulu für den Rest seines Lebens an ihn: ein einsamer, wie hilflos wirkender Greis, der allein auf dem weiten, windigen Platz stand.

»Puh!« Sulu ließ sich auf die Koje sinken, ohne vorher die schmutzige Uniform auszuziehen. »Ich kann einfach nicht glauben, daß jemand in den Bergen *lebt!*« stöhnte er. »Was hat man uns mitgeteilt? Eins der *kleineren* Kulturzentren besteht aus zweieinhalb Millionen Bürgern?«

Der andere Kadett, dem diese Worte galten, war genauso schmutzig wie Sulu, und er nahm ebensowenig Rücksicht auf sein Bett. Überall in den Unterkünften sanken erschöpfte Studenten auf Matratzen.

»Ich habe das Gefühl, seit Wochen nicht mehr geschlafen zu haben«, fuhr Sulu fort. »Zwei Monate lang gab es immer wieder mitternächtliche Übungen, und jeden Morgen werden wir um sechs geweckt. Man sollte meinen, daß man sich allmählich an denn Schlafmangel gewöhnt.«

Die Antwort des anderen Kadetten bestand aus einem lauten Schnarchen.

Sulu schloß die Augen und gab sich dem dekadenten Gefühl der Entspannung hin. Nach anderthalb Wochen auf der anderen Seite Nordamerikas hieß er sogar die kühle, feuchte Herbstluft von San Francisco willkommen. Der Einsatz hatte in den nördlichen Allegheny Mountains stattgefunden, bei etwa zehn Grad Celsius: Dort setzte man die Kadetten ab und forderte sie auf, eine bestimmte Basis zu erreichen, und zwar ›so schnell wie möglich‹. Sie bekamen alle notwendigen Ausrüstungsgegenstände und auch genug Proviant, um in der Wildnis zu überleben – so hoffte Sulu jedenfalls.

Daß sie sich unterwegs nicht verirrten, verdankten sie einzig und allein einem blonden jungen Mann aus dem Norden des Staates New York. Mit Hilfe der Sterne konnte er sich besser orientieren als sonst jemand, den Sulu kannte. In Rekordzeit gelangten sie zum Ziel, verloren unterwegs nur einen Rucksack und ein Zelt. Sulu war während des Einsatzes Gruppenleiter gewesen, und angesichts des erzielten Erfolgs empfand er Zufriedenheit.

Aber er fühlte auch tiefe Erschöpfung. Unterricht, Kurse, Übungen – das alles erforderte mehr Energie, als Sulu vor zwei Monaten für möglich gehalten hätte. Der Marsch durch die Allegheny Mountains war nur der letzte Punkt auf einer langen Liste. Er nutzte jede Möglichkeit, um neue Kraft zu sammeln: anregende Gespräche, neue Freundschaften, dann und wann ein Nickerchen, der eine oder andere Imbiß. Doch die meiste Kraft gewann er durch seine Familie. Nachrichten von zu Hause – insbesondere von Poppy – verliehen ihm zusätzliche Ausdauer. Die wahre Bedeutung dieser Unterstützung begriff er erst, als sie ihm plötzlich fehlte.

Nach der Auseinandersetzung auf dem Platz rief Tetsuo zweimal an, doch Sulu beantwortete die aufgezeichneten Mitteilungen nicht. Als er sich die zweite Nachricht anhörte, weinte er leise. »Ich fühle mich wundervoll«, sagte Poppy. »Ich fühle mich *frei*. Wenn du nicht verstehen kannst, warum ich beschlossen habe, diesen Weg zu beschreiten ... Versuch bitte, dich mit mir zu freuen. Ich habe dich sehr lieb.«

Das Schlimmste war: Sulu *glaubte* allmählich zu verstehen. Aktivität hatte Tetsuos Leben bestimmt, und dieser Aspekt spielte eine große Rolle nicht nur für ihn, sondern auch für seinen Urenkel. Sein eigenes Leben konnte sich Sulu nicht ohne Starfleet vorstellen, ohne Segeln und Fechten ... Aber wenn er sich selbst und auch dem Urgroßvater gegenüber eingestand, daß es würdevoll sein mochte, den Zeitpunkt des eigenen Todes zu wählen... Dann erweckte er vielleicht den Eindruck, die Entscheidung des Greises zu befürworten. Und er wollte nicht, daß Tetsuo starb.

Sulu rollte sich auf die Seite und brummte leise. Die kummervollen Gedanken rückten allmählich aus dem Fokus seiner Aufmerksamkeit und verschwanden in einem Winkel des Selbst – während der vergangenen beiden Monate hatte sich der junge Fähnrich daran gewöhnt, solche Überlegungen zu verdrängen. Er versuchte einzuschlafen, bevor sein Denken in jene Richtung zurückkehrte.

Irgendwann mußte er tatsächlich eingenickt sein, denn er erwachte plötzlich, als ihn jemand an der Schulter rüttelte. »Die Post ist da! Raus aus den Federn!«

Sulu setzte sich auf und spürte eine Benommenheit, die sein ganzes Ich erfaßte, die Psyche ebenso wie den Körper. Müde streckte er die Hand nach dem Kom-Chip aus. »Äh, danke«, murmelte er.

Der andere Kadett war bereits weitergegangen und rief erneut: »Die Post ist da!«

Sulu gähnte herzhaft und starrte auf den Absender des K-Chips. Als er den kalifornischen Code sah, lichtete sich der Nebel hinter seiner Stirn schlagartig, und er stand rasch auf.

Sulu und seine Kameraden hatten schließlich herausgefunden, was es mit ›Sunside‹ auf sich hatte: Dabei handelte es sich um ein Freizeitzentrum für Kadetten. Niemand wußte, warum es ausgerechnet ›Sonnenseite‹ hieß, aber nach einer Weile spielte der Name auch gar keine Rolle mehr. In Sunside gab es nicht nur gemütliche Sitzecken und gut programmierte Synthetisierer, sondern auch sieben Lesegeräte.

Derzeit wurde keins von ihnen benutzt. Sulu nahm in der nächsten Nische Platz und vermutete, daß sich die anderen Studenten noch von dem langen, anstrengenden Marsch durchs Gebirge erholten.

Er schob den Kom-Chip in einen speziellen Scanner. Sofort erhellte sich der Bildschirm und zeigte seinen Namen, gefolgt von Rang und ID-Nummer. Darunter leuchtete ein Kommunikationscode, den er nicht kannte. Er wartete, um festzustellen, von wem die Mitteilung stammte.

Arthur Kobrines Gesicht erschien im Projektionsfeld. Hinter ihm sah Sulu ein unvertrautes Zimmer, in dem fremde Stimmen erklangen. Tief in ihm versteifte sich etwas, als er ahnte, um was es bei der Nachricht ging.

»Kadett Sulu…«, begann Kobrine seltsam heiser. »Ich… Man hat mir gesagt, daß Sie an einem Manöver teilnahmen, und ich hoffe, Sie haben es inzwischen gut hinter sich gebracht. Ich…« Der Arzt unterbrach sich und schien nach den richtigen Worten zu suchen. »Es ist sehr bedauerlich, daß Sie derzeit nicht hier sind. Ich… ich wollte Ihnen dies selbst sagen, anstatt Sie von einem Computer informieren zu lassen…«

Kobrine drehte den Kopf und richtete den Blick auf etwas, das Sulu nicht sehen konnte. Einige Sekunden später wandte er sich wieder dem Übertragungssensor zu, und sein Gesicht brachte tiefen Kummer zum Ausdruck. »Ihr Urgroßvater ist heute gestorben. Ich habe versucht, Ihnen sofort Bescheid zu geben, und von der Auskunft erfuhr ich, daß Sie erst später von der Übung zurückkehren. Es lag nicht in meiner Absicht, mich auf diese Weise mit Ihnen in Verbindung zu setzen, doch mir blieb keine Wahl. Erst während der letzten Woche ging es Mr. Inomata schlechter, und er litt nur während der letzten Stunden. Vorher war er wirklich glücklich. Er vermißte Sie sehr. Ich soll Ihnen ausrichten…« Kobrine senkte den Kopf und rieb sich die Augen. »Ich soll Ihnen ausrichten, daß Sie einen festen Platz in seinem Herzen hatten. Dauernd faltete er Papierkraniche und hinterließ eine ganze Menge von ihnen. Insgesamt tausend. Er meinte, Sie würden das verstehen.« Jemand unterbrach Doktor Kobrine, flüsterte ihm einige Worte zu. Der Arzt nickte und sah dann wieder traurig zum Sensor. »Ich muß jetzt Schluß machen. Bitte entschuldigen Sie, daß ich es Ihnen nicht persönlich gesagt habe. Rufen Sie mich im Krankenhaus an, wenn Sie möchten. Es tut mir sehr leid...« Die letzten Sekunden der Aufzeichnung zeigten eine leere weiße Wand; irgendwo erklang eine Interkom-Stimme und rief den Arzt zu einem Patienten, der noch unter den Lebenden weilte.

Sulu saß auf einem Felsen, der ihm die Wärme aus dem Leib zu saugen schien. Im Verlauf von Jahrhunderten hatte das Meerwasser den Felsen glattgeschliffen; hier und dort klammerte sich federiges Grün an ihm fest. Lange, rankenartige Blätter reichten über Muscheln und Mollusken hinweg, reichten bis in die Gezeitentümpel, um sich dort sanft hin und her zu wiegen, wie müde Wassernixen. Sie fügten der Kühle des Steins Nässe hinzu, die Sulu frösteln ließ, während er über den jetzt spiegelglatten Ozean blickte. Der schlaffe Seetang erschien ihm wie ein Symbol für seine Schwäche, die sein ganzes Sein betraf.

Nach Doktor Kobrines schrecklicher Nachricht glaubte er, allein am Meer Trost finden zu können. Sulu verließ Sunside, ohne vorher den Kom-Chip aus dem Scanner des Lesegeräts zu ziehen. Er kehrte lange genug in die Unterkunft zurück, um seinem Spind eine große Schachtel zu entnehmen. Dann verließ er das Quartier wieder, wanderte über den Platz und verließ das Gelände der Akademie, ohne mit jemandem zu sprechen.

Die Schachtel übte nun einen fast schmerzhaften Druck an seiner Brust aus – sie steckte zwischen dieser und dem kalten, tangumhüllten Felsen. Sulu hatte ihren Inhalt dem zurückweichenden Wasser der Ebbe anvertraut. Schon vor einer Stunde waren die letzten Papierkraniche weit draußen im Meer verschwunden. Silbergrau, weiß, transparent, bunt, blau... Sulu erinnerte sich daran, sie aus allen Arten von Papier gefaltet zu haben. Während des Aufenthalts in den Allegheny Mountains konstruierte er mehr als ein Dutzend aus den scharlachroten und weißen Schutzstreifen der Rationspakete. Er faltete und faltete, in einem unerklärten Wettkampf mit seinem Urgroßvater – der ein Wunder brauchte, da ihn Wissenschaft und Urenkel im Stich ließen. Insgesamt sechshundertvierundvierzig schaffte er, bevor Poppy den tausendsten fertigstellte und damit gewann. Jetzt wurden die kleinen Kraniche von der Abendbrise wie Seelen weiter aufs Meer getrieben, ließen Sulu und die leere Schachtel hinter sich zurück.

Es war bereits völlig dunkel geworden, als Sulu schließlich aufstand. Er fühlte sich steif, krank und müde – diese Empfindungen verdankte er sowohl dem kalten Felsen als auch der Leere, die in ihm entstanden war. Mühsam erkletterte er den steilen Felshang, wanderte mit gummiweichen Beinen durch dunkle Straßen, über denen weit oben Steine glänzten. Unterwegs schob er die Schachtel in einen Müllbehälter.

Lampen erleuchteten den Platz vor der Akademie, und als Sulu in ihren hellen Schein trat, regte sich so etwas wie Verlegenheit in ihm. Er versuchte, den Schmutz vom Hemd zu klopfen. Einige Tangfetzen lösten sich und fielen zu Boden. Er bedauerte nun, nicht an sein späteres Erscheinungsbild gedacht zu haben, bevor er sich auf dem Felsen ausstreckte. Die Papierkraniche hatten sein Denken beherrscht, die Absicht, ihnen Freiheit zu schenken. Zu jenem Zeitpunkt war das wichtiger gewesen als alles andere.

Als Sulu den Studenteneingang passierte, hörte er ein reserviertes »Guten Abend«. Er erwiderte den Gruß, blieb jedoch nicht stehen. Gleichgültig hörte er, wie der Fähnrich hinter ihm einen Interkom-Kanal öffnete.

Wie in Trance schritt er durch den Korridor – und hob den Kopf, als er Coan vor dem Zugang der Unterkunft sah.

»Guten Abend, Commodore.«

Im Zwielicht wirkten ihre dunklen Augen kalt. »Herzlichen Glückwunsch«, sagte sie. »Sie haben sich gerade genug Minuspunkte für die nächsten drei Jahre eingehandelt.«

Sulu spürte neuerliche Tränen und versuchte, mit möglichst fester Stimme zu antworten. »Ich weiß, Sir. Und ich entschuldige mich.«

»Sparen Sie sich die Entschuldigungen für Ihre Eltern«, erwiderte die Commodore. Enttäuschung und Ärger in ihrer Miene waren noch schlimmer als die Worte. »Sie befinden sich in der Kommandoausbildung. Es ist mir völlig gleich, wenn Sie sich für etwas entschuldigen – mich interessieren nur Ihre *Leistungen!*« Mit einem zornigen Ruck stieß sie sich von der Wand ab und schritt fort. »Gehen Sie jetzt ins Bett«, sagte sie über die Schulter hinweg. »Morgen findet ein Szenario statt, an dem Sie teilnehmen werden, und dafür sollten Sie einigermaßen ausgeruht sein.«

»Danke, Sir«, erwiderte Sulu so leise, daß ihn die Commodore vielleicht gar nicht hörte. Und selbst wenn seine Stimme ihre Ohren erreichte – vermutlich schenkte sie ihr gar keine Beachtung mehr.

»... und dazu gehören auch simulierte Zwischenfälle von einer Art, mit der jeder Raumschiffkommandant rechnen muß«, sagte Coan. Sie beendete ihre unruhige Wanderung durch den Hörsaal und setzte sich auf die Podestkante. »Ihr Schiff bei diesem Szenario ist die *USS Exeter,* und der allwissende Computer hat heute morgen den Kommandanten ausgewählt.« Sie hob den Kopf, sah durch den großen Raum und begegnete Sulus Blick. Der junge Fähnrich wußte nicht, ob er sich geschmeichelt fühlen oder entsetzt sein sollte. »Sind Sie bereit, mit Ihrer Mission zu beginnen, Captain Sulu?«

Alle sahen ihn an, lächelten oder starrten. Sulu schüttelte benommen den Kopf. »Ich möchte nicht der Captain sein.«

Ein oder zwei Sekunden lang zeigte sich in Coans Gesicht die gleiche Überraschung wie am vergangenen Abend. »Warum nehmen Sie dann an der Kommandoausbildung teil?«

»Ich wollte ...«

»Es ist mir gleich, was Sie wollen. Bei diesem Szenario sind Sie der Captain: Alle gehorchen Ihren Befehlen, selbst die Starfleet-Offiziere, die sich freundlicherweise bereit erklärt haben, uns bei dem Test zu helfen. Ganz gleich, was auch geschieht – denken Sie immer daran, daß *Sie* der Kommandant sind.« Coan stand auf und wandte sich an alle Kadetten. »In zwanzig Minuten erwarte ich Sie beim Simulator. Verspäten Sie sich nicht! Wegtreten.«

Sulu blieb sitzen und blickte auf seine Hände, als die übrigen Studenten den Hörsaal verließen. Die Wunde in seinem Herzen war noch nicht verheilt. Ganz im Gegenteil: Sie schmerzte ebenso wie am vergangenen Tag. An diesem Morgen war es ihm sogar schwergefallen, zwischen zwei Unterhosen zu wählen. Ein solcher Mangel an Kreativität und Entschlußfreudigkeit stellte gewiß kein gutes Abschneiden beim bevorstehenden Szenario in Aussicht. Andererseits wußte Sulu, daß die Commodore kaum Rücksicht auf seine Gefühle nehmen würde, und deshalb gab er sich einen inneren Ruck, machte sich ebenfalls auf den Weg zum Simulator und erreichte ihn zusammen mit den letzten Kadetten.

Man teilte den Block W in sieben Gruppen unterschiedlicher Größe und Zusammensetzung ein. Vier Offiziere – zwei von ihnen trugen Commander-Abzeichen, und die beiden anderen standen im Rang des Captains – begrüßten Sulus Brückencrew beim Simulator vier und wiesen ihnen Stationen zu. Sulu ließ sich nur widerstrebend in den Kommandosessel sinken und hatte das Gefühl, daß dieser Platz jemand anders gehörte, der jeden Augenblick Anspruch darauf erheben mochte. Doch niemand kam, um ihn aufzufordern, den Befehlsstand zu räumen. Kurze Zeit später wurde der Zugang des Simulators geschlossen, und das Szenario konnte beginnen.

Wechselhaftes Licht, Gerüche und Geräusche ... Sulus Sinne reagierten auf verschiedene Stimuli. Er hörte die Statusberichte von imaginären Bordsektionen und eher unwichtige Interkom-Meldungen. Sensoren summten und zirpten vor sich hin; Computerterminals verlangten mit hartnäckigem Piepen Input. Überall herrschte rege Aktivität, und alles wirkte so *real*! Etwas in ihm schien vom Klang einer fernen Fanfare berührt zu werden, und er schloß die Hände fester um die Armlehnen des Kommandosessels.

»Steuermann ...« Er wollte seiner Stimme einen festen, energischen Klang verleihen. Statt dessen hörte sie sich atemlos und aufgeregt an. »Wie ist unser Kurs?«

Der betreffende Kadett warf einen Blick zur Navigationskonsole. Der dort sitzende Offizier – eine junge Frau – wölbte kurz die Brauen, bevor sie ihre Berechnungen fortsetzte. Der Steuermann nickte, nannte die Kursdaten und fügte hinzu: »Das bringt uns bis auf fünfzehn Komma sieben Parsec an die klingonische Neutrale Zone heran, Sir.«

Sulu zweifelte kaum daran, daß dieser Aspekt eine wichtige Rolle spielte. Er drehte den Sessel und sah zum Ersten Offizier. Überrascht und auch besorgt stellte er fest, daß sein Stellvertreter Perez-Salazar hieß. Sie saß am Turbolift, und Sulu bemerkte sie erst jetzt. Er trachtete danach, sich zu fassen. »Erster Offizier Perez-Salazar ... Welche Mission führt uns in diesen Sektor?«

Die Mexikanerin schien sich bereits an ihre Rolle in diesem Szenario gewöhnt zu haben und blickte kurz auf den Computerschirm. »Wir sind mit Routine-Erkundungen beauftragt. In vier Tagen sollen wir bei Station F9 Nachschubgüter aufnehmen.«

»Befindet sich F9 in der Nähe der Neutralen Zone?«

Perez-Salazar lächelte grimmig. »Wenn wir *durch* die Neutrale Zone fliegen, könnten wir F9 schon in zwölf Stunden erreichen.«

»Ich verstehe.« Erneut drehte Sulu den Sessel, und einige Sekunden zu spät fügte er hinzu: »Danke, Nummer Eins.«

Steuermann und Navigator sahen ihn erwartungsvoll an. Sulu lächelte zuversichtlich. »Navigator Janda, berechnen Sie einen Kurs, der uns um die Neutrale Zone herumführt und zur Station F9 bringt. Steuermann, Warp drei.«

»Kurs berechnet und programmiert, Sir.«

»Warp drei, Sir. Aye, aye.«

Sulu lehnte sich zurück – der Kommandosessel erschien ihm jetzt nicht mehr so unbequem wie noch vor einigen Minuten. »In Ordnung.«

Er hatte sich gerade erst mit seinem neuen Status abgefunden, als der Kommunikationsoffizier meldete: »Ich empfange Signale, Sir.« Die junge Frau hob das Kom-Modul ans Ohr und runzelte die Stirn. »Sie sind verzerrt und von statischen Störungen überlagert. Allem Anschein nach handelt es sich um einen Notruf.«

Sulu beugte sich vor. Ein Notruf! *Jetzt wird's interessant.* »Lautsprecher ein.«

Tasten klickten unter den Fingern des Kom-Offiziers, und kurz darauf hörte die Brückencrew lautes Knistern und Knacken. »... *Maru,* neunzehn Flugstunden ... Altair VI entfernt.« Distanz und Sorge verliehen der Stimme einen blechernen Klang. »Mayday! Mayday! Unsere Ladung ... neutronischer Treibstoff. Hier ist die *Kobayashi Maru,* neunzehn Flugstunden von Altair VI entfernt. Wir sind mit ... Gravitationsmine kollidiert. Schwere Schäden an Bord, viele Verletzte ...«

»Mit einer Gravitationsmine kollidiert?« flüsterte einer der Kadetten.

Die Navigatorin – ein Starfleet-Offizier im Rang des

Captains – nickte. »Ich weiß nicht, von wem die Dinger stammen, aber sie sind stark genug, um Passagierschiffe und Frachter zu zerreißen.«

»Auch Starfleet-Kreuzern können sie gefährlich werden«, meinte ein technischer Student.

»... mehrere Lecks. Empfängt jemand unseren Notruf? Mayday! Mayday ...«

Sulu bedeutete dem Kom-Offizier, einen externen Kanal zu öffnen. »*Kobayashi Maru*, hier ist die *USS Exeter*«, sagte er. »Bitte nennen Sie uns Ihre Position.«

»Dem Himmel sei Dank, *Exeter* ... Sektor zehn.«

Sulu sah zur Navigatorin, die eine Grimasse schnitt. »In der Neutralen Zone, Sir.«

Sulu hatte Anweisung geben wollen, den Kurs zu ändern, doch nun zögerte er.

»Unsere Lebenserhaltungssysteme versagen, *Exeter* ... Bitte helfen Sie uns.«

»Sir ...« Der Kommunikationsoffizier drehte den Kopf. »Möchten Sie antworten?«

Die Neutrale Zone, dachte Sulu. »Steuermann ... Was zeigen die Fernbereichssensoren an?«

Der Steuermann biß sich auf die Lippe, starrte auf die Anzeigen und schüttelte schließlich den Kopf. »Interstellarer Staub, Gas, jede Menge Interferenzen ...«

»Gibt es dort draußen ein Raumschiff in Not?«

»Ich *glaube*, ja, Sir.«

Diese Auskunft half Sulu nicht, eine Entscheidung zu treffen. »Sie *glauben* es?«

Der Steuermann öffnete den Mund, um zu sagen, daß er sicher war. Doch ein weiterer Blick auf die Anzeigen vermittelte ihm neuerliche Unsicherheit. »Ich weiß es nicht, Sir.«

Sulu überlegte unschlüssig.

»Captain ...«, wandte sich Perez-Salazar an ihn. »Die *Kobayashi Maru* wartet auf Ihre Antwort.«

Sulu nickte wie in Zeitlupe. »Sind Sie ein ziviler Frachter, *Kobayashi Maru?*«

»Wir transportieren neutronischen Treibstoff. An Bord... dreihundert Passagiere. Wo liegt das Problem, *Exeter?* Wir brauchen *dringend* Hilfe.«

»Warum sind Sie in der Neutralen Zone?«

Zunächst drang nur statisches Rauschen aus den Lautsprechern, und dann: »... der Grund ein Rätsel. Irgendwie sind wir vom Kurs abgekommen. Können Sie uns helfen, *Exeter?*«

Sulu schluckte. Tief in seinem Innern verkrampfte sich etwas und schien darauf hinzuweisen, daß er sich anschickte, einen Fehler zu machen. Doch der rationale Teil seines Selbst begriff, daß ihm eigentlich gar keine Wahl blieb.

»Es tut mir leid, *Kobayashi Maru*«, erwiderte er. »Wir können Ihnen nicht helfen. Ich fürchte, Sie sind auf sich allein gestellt.« Er fühlte, daß seine Worte bei der Crew einen Schock bewirkten. Hier und dort erklang ungläubiges Murmeln, doch niemand wandte sich an den Captain. »Wenn ein Starfleet-Schiff der *Constitution*-Klasse in die Neutrale Zone vorstößt, so könnten die Klingonen eine Kriegserklärung darin sehen. Die Folge wäre ein interstellarer Konflikt mit vielen Millionen Opfern. Ich bin nicht bereit, ein solches Risiko einzugehen, um Besatzung und Passagiere eines Frachters zu retten. Es tut mir sehr, sehr leid.«

»... haben Sie nicht verstanden? Wir *sterben* hier!«

»Es tut mir leid«, wiederholte Sulu.

»Captain, ich...« Die Frau an der Kom-Konsole senkte kurz den Kopf, als Sulu sie ansah. »Ich finde das unerhört«, sagte sie und hielt sich damit nicht mehr ans Szenario. »Meiner Ansicht nach sollten wir dem Frachter zu Hilfe eilen.«

»Sie hat recht«, ließ sich der Steuermann vernehmen. »Wir dürfen die *Kobayashi Maru* nicht einfach sich selbst überlassen.«

»Wir fliegen *nicht* in die Neutrale Zone«, stellte Sulu

fest. Der ruhige, feste Klang seiner Stimme erstaunte ihn. »Sie kennen den Kurs, Mister.«

Die Navigatorin lachte leise und wandte sich halb von ihrem Pult ab. »Jetzt gehen Sie zu weit.«

»Ich bin der Kommandant«, entgegnete Sulu. In ihm erzitterte alles, und er hielt sich an den Armlehnen des Sessels fest, um nicht zu zeigen, daß er am ganzen Leib bebte. »Ich bin befugt, über den Einsatz dieses Schiffes zu entscheiden, und diese Möglichkeit nutze ich hiermit. Ich *habe* eine Entscheidung getroffen.« *Eine sehr schwierige, sogar entsetzliche Entscheidung – eine Entscheidung, die für Besatzung und Passagiere des Frachters den Tod bedeutet!*

Die Navigatorin nickte, und ihre Aufmerksamkeit kehrte zur Konsole zurück.

»Hören Sie, Sulu ...«, warf der Kadett an der Sicherheitsstation ein. »Wir gehören zu Starfleet. Unsere Aufgabe besteht darin, zu bewahren und zu schützen!«

»Die Vermeidung eines Krieges ...«

»Das ist Feigheit! Die *Kobayashi Maru* befindet sich weniger als fünfzig Parsec im Innern der Neutralen Zone. Wir könnten ihr helfen und ins stellare Territorium der Föderation zurückkehren, bevor die Klingonen etwas merken!«

»Vielleicht haben sie uns längst geortet.« Stille herrschte, und Sulu fuhr fort: »Was hat den Frachter *Kobayashi Maru* überhaupt in die Neutrale Zone gebracht? Warum sind wir nicht imstande, die genauen Koordinaten des angeblich in Not geratenen Schiffes zu ermitteln?«

»Der Ionisierungsfaktor ...«

Sulu unterbrach den Steuermann. »Vielleicht. Oder es handelt sich um eine klingonische Falle. Möglicherweise gibt es dort draußen gar keinen Frachter, der unsere Hilfe benötigt.«

Der Kadett an der wissenschaftlichen Station schnaubte abfällig. Sulu erkannte ihn wieder: Er hatte beim

Szenario ›Galaktische Politik‹ die Föderation repräsentiert. »Das ist doch Wahnsinn!« entfuhr es ihm. »Wollen Sie als Captain alle Ihre Entscheidungen auf ›vielleicht‹ und ›möglicherweise‹ gründen?«

Sulu sah den ›wissenschaftlichen Offizier‹ an und wußte nicht recht, wie er reagieren sollte. »Ich schätze, in den meisten Fällen bleibt einem nichts anderes übrig, oder?«

Andere Stimmen ertönten im Kontrollraum. Einige von ihnen befürworteten den Beschluß des Kommandanten, doch die meisten protestierten vehement dagegen. Sulu rechnete jeden Augenblick damit, daß der Wandschirm aufklappte, um sie alle in die Realität zurückkehren zu lassen. Er beobachtete die Sterne im Projektionsfeld und wartete.

»Meine Damen und Herren!« zischte es hinter ihm. »Das ist *Meuterei!*«

Der Aufruhr ließ so plötzlich nach, als sei ein entsprechender Kom-Kanal geschlossen worden. Eine seltsame Leere entstand hinter Sulus Stirn, und er drehte sich zu Perez-Salazar um. »Soll ich die Sicherheitsabteilung verständigen und die aufsässigen Offiziere unter Arrest stellen lassen, Sir?« fragte sie ihn.

Sulu blinzelte nur verwirrt.

»Beruhige dich, Maté«, sagte der Sicherheitskadett.

Perez-Salazar sah ihn an, und in ihren Augen blitzten Stolz und Zorn. »Wenn wir dieses Szenario für die Wirklichkeit halten sollen, so geht es *auch* um diszipliniertes Verhalten.« Sie sprach jetzt zu allen Personen auf der Brücke, und Abscheu vibrierte in ihren Worten. »Wenn Sie beabsichtigen, Ihren Vorgesetzten und Kollegen gegenüber ein solches Gebaren zu zeigen... In dem Fall lege ich keinen Wert darauf, mit Ihnen an Bord eines Raumschiffs zusammenzuarbeiten!« Ihr Blick wanderte kurz zu Sulu, und er verstand die stumme Botschaft: *Sie sind die einzige Ausnahme.* Eine sonderbare Mischung aus Stolz und Scham schnürte ihm den Hals zu, hinderte ihn daran, Antwort zu geben.

»Wie können Sie es *wagen*!« zischte Perez-Salazar. Sie verließ ihren Posten und trat neben den Befehlsstand. »Wie können Sie es wagen, die Entscheidung des Captains als ein Zeichen von Feigheit zu interpretieren!« Sie deutete zur jungen Frau an der Kommunikationskonsole. »Wählen Sie zwischen der Sicherheit Ihres Schiffes und dem eigenen Leben – jetzt sofort!«

Die Studentin öffnete den Mund, schloß ihn wieder und brachte schließlich hervor: »Ich ... mein Schiff ...«

Das ohnehin schon recht dunkle Gesicht der Mexikanerin schien sich noch weiter zu verfinstern – deutlicher Hinweis darauf, was sie von der Antwort hielt. »Was veranlaßt Sie, ausgerechnet diese Wahl zu treffen? Geht es Ihnen wirklich um die Sicherheit des Schiffes, oder fürchten Sie negative Konsequenzen, falls Sie sich für die egoistischere Alternative entscheiden?«

Der ›Kom-Offizier‹ gab keine Antwort.

»Wer nur deshalb das Schiff wählt, weil er nachteilige Folgen für sich selbst vermeiden will, läßt sein Verhalten letztendlich von Unehrenhaftigkeit bestimmen«, fuhr Perez-Salazar fort. »Mut beweist nur, wer sich für den Tod entscheidet, weil er es für unerträglich hält, den Weg der Ehrlosigkeit zu beschreiten.«

Sulu schnappte abrupt nach Luft, hatte dabei das Gefühl, aus dem eigenen Innern einen Tritt bekommen zu haben. »Nummer Eins ...«

Sie drehte sich zu ihm um, hielt den Kopf hoch erhoben.

»Das genügt. Danke.«

Sulu wandte den Blick nicht ab, als Maté ihn aufmerksam musterte. »Ja, Sir.« Sie schien mit dem zufrieden zu sein, was sie in seinem Gesicht gesehen hatte, und dieser Umstand erfüllte Sulu mit einer Freude, die ihm zusätzliche Verwirrung bescherte.

»Kommunikationsstation ...« Er sah wieder nach

vorn. »Setzen Sie sich mit der nächsten Starbase in Verbindung und erstatten Sie Bericht in Hinsicht auf die *Kobayashi Maru.* Wenn es Starfleet gelingt, rechtzeitig einen Repräsentanten des Imperiums zu kontaktieren, so können Crew und Besatzung des Frachters vielleicht noch gerettet werden. Was uns betrifft... Wir sind beauftragt, bei F9 Ausrüstungsgüter an Bord zu nehmen.«

Die Navigatorin bestätigte diese Worte mit einem ruhigen »Aye, aye, Sir.« Die übrigen Brückenoffiziere setzten ihre Arbeit stumm fort.

»Ich hoffe für ihn, daß er sich alles gut überlegt hat«, flüsterte der wissenschaftliche Offizier jemandem zu, der sich außerhalb von Sulus Blickfeld befand.

Der junge Mann im Kommandosessel sah auch weiterhin zu den Sternen im Projektionsfeld an der Wand und überhörte die Worte einfach. Er dachte an seinen verstorbenen Urgroßvater. *Jetzt verstehe ich, wie es dir erging, Poppy. Jetzt sind mir deine Empfindungen klar, und daher weiß ich: Du hast die richtige Entscheidung getroffen...*

Brutal. Sulu hielt diese Bezeichnung für angemessen, um die Besprechung nach dem *Kobayashi-Maru*-Szenario zu beschreiben. Coan zeigte die Aufzeichnung der Ereignisse auf einem großen Bildschirm, brachte damit nicht nur Sulu in Verlegenheit, sondern auch alle anderen. Anschließend diskutierten die Kadetten über die Frage, ob der ›Captain‹ in allen Situationen die richtigen Antworten gegeben hatte. Die Commodore achtete darauf, während der Gespräche einen neutralen Standpunkt zu vertreten, und die anfängliche Feindseligkeit der meisten ›Brückenoffiziere‹ hatte erheblich nachgelassen, als die Erörterungen schließlich zu Ende gingen. Sulu glaubte, eine recht klare Vorstellung von Coans Ansicht zu haben, und dieses Wissen diente ihm als Nährboden für Stolz.

Ein böiger, kühler Wind wehte über den Platz vor der

Akademie, doch durch Lücken in den Wolken glänzte Sonnenschein herab. Sulu setzte beschwingt einen Fuß vor den anderen. Es erschien ihm fast als Sünde, sich so gut zu fühlen, obwohl er vor kaum vierundzwanzig Stunden von Tetsuos Tod erfahren hatte. Andererseits: Poppy hätte ihn bestimmt verstanden und die gute Stimmung seines Urenkels sogar begrüßt.

Zehn oder fünfzehn Schritte weiter vorn sah er Perez-Salazar, die wie üblich ohne Begleitung ging. Einige Sekunden lang fühlte sich Sulu innerlich hin und her gerissen: Sollte er die Mexikanerin ansprechen oder ihr keine Beachtung schenken? Die Füße lösten das Problem für ihn: Seine Schritte wurden länger, bis er an die Seite der jungen Frau gelangte.

»Hallo«, grüßte er.

Sie warf ihm einen wachsamen, fast herausfordernden Blick zu, und Sulu fuhr rasch fort: »Herzlichen Dank dafür, daß Sie während des Szenarios für mich eingetreten sind. Sie haben mir damit sehr geholfen.«

Perez-Salazar starrte wieder nach vorn. »Es ging mir dabei nicht darum, Ihnen Hilfe zu leisten.« Ihre Augen bewegten sich, warfen ihm einen kurzen Blick zu. »Sie waren schlicht und einfach im Recht, das ist alles.«

Sulu lächelte. »Ich hatte einen guten Lehrer.« Maté fragte nicht, was er damit meinte. Vermutlich wollte sie ihm damit signalisieren, daß ihr nichts an einer Fortsetzung des Gesprächs lag. Aber er lehnte es ab, sich auch weiterhin an ihre Spielregeln zu halten. »Mein Urgroßvater wußte viel von Verantwortung und Dingen, die erledigt werden müssen.« Bei diesen Worten regte sich neuerlicher seelischer Schmerz in ihm, doch Liebe schuf ein emotionales Gegengewicht – eine Liebe, die dem Greis galt und für immer in ihm wohnte. »Er hätte Ihnen gefallen«, fügte er leise hinzu. »Er war sehr stark.«

»Und weise«, kommentierte Perez-Salazar. »Er muß weise gewesen sein, wenn er Sie so etwas lehrte.« Ihre

Stimme klang kühl und distanziert, aber Sulu spürte trotzdem Wärme darin.

»Ja. Er war stark und weise. Er zeigte mir den Unterschied zwischen Heldentum und Verantwortung. Und er wies mich darauf hin, daß sich manchmal beides miteinander vereinbaren läßt.« Sulu blieb neben der Mexikanerin, als sie sich dem Hauptgebäude näherte. Er glaubte, die Grundlage für eine gute Beziehung mit ihr geschaffen zu haben, suchte nun nach einer Möglichkeit, sie zu vertiefen und zu verbessern. Als sie den langen grauen Schatten des großen Gebäudes erreichten, fragte er abrupt: »Kennen Sie die Altstadt von San Francisco?«

Maté blieb stehen, was Sulu so sehr überraschte, daß er erst nach zwei Schritten verharrte und zu ihr zurückkehren mußte. »Nein«, erwiderte sie. »Warum?«

»Nun, ich bin hier aufgewachsen.« Sulu zwinkerte. »Wir könnten uns für heute abend eine Ausgangserlaubnis besorgen und Sehenswürdigkeiten besuchen, zum Beispiel den Golden Gate Park, Fisherman's Wharf und den Palast der schönen Künste.« Er bemerkte einen Hauch Panik in Matés Augen. »Keine Sorge. Ich möchte mich damit nur bei Ihnen bedanken.«

Die Furcht verschwand, wich der Andeutung eines Lächelns, durch das die junge Frau sehr attraktiv wirkte. »Na schön. Wir treffen uns hier nach dem Essen.«

»Großartig!« Sulu griff in die Tasche und holte einen zerknitterten Papierkranich hervor, den er während der Diskussion über das *Kobayashi-Maru*-Szenario gefaltet hatte. Mit einer feierlichen Geste reichte er ihn Perez-Salazar. »Mit besten Empfehlungen.«

Sie nahm das Gebilde wie eine schmutzige Socke entgegen. »Das ist eine der Enten, die Sie beim ersten Test gefaltet haben«, sagte sie. Ein eher sanfter Tonfall wies darauf hin, daß die mimische Strenge nur eine Maske darstellte.

Es schmeichelte Sulu, daß sie ihn während des Durcheinanders der galaktischen Politik überhaupt *zur Kenntnis* genommen hatte. Er heuchelte Resignation, um über seine Verlegenheit hinwegzutäuschen. »Es sind keine *Enten*, sondern *Kraniche*.«

»Kraniche?«

Sulu schloß ihre Hand um die kompliziert anmutende Konstruktion aus Papier. »Im alten Japan hat man Kraniche wegen ihrer Eleganz und Schönheit bewundert. Damals glaubte man: Wer während der Meditation tausend Kraniche faltet, kann ein Wunder bewirken.«

Perez-Salazar öffnete die Hand lange genug, um einen Blick auf den Origami-Vogel zu werfen. Sie lächelte, diesmal offener als vorher; dadurch wurde ihre Schönheit fast atemberaubend. »Funktioniert es?«

Erneut regte sich die Kombination aus Schmerz und Liebe in Sulu. Er dachte an Poppy und nickte. »Ja, ich glaube, es funktioniert tatsächlich«, antwortete er. »Ich glaube es nicht nur – ich bin davon überzeugt.«

7 HALLEY

Sulu hatte recht, dachte Kirk mit einer gewissen Betroffenheit. *Die Geschichte ist tatsächlich nicht komisch.* Er blickte zur Luftschleuse und beschwor Scotty in Gedanken, sich zu beeilen.

»Ihr Urgroßvater muß ein sehr außergewöhnlicher Mann gewesen sein«, sagte McCoy nach einer Weile. »Ich hätte ihn gern kennengelernt.«

Ein zaghaftes Lächeln zuckte kurz in Sulus Mundwinkeln. »Gedulden Sie sich ein wenig, Doktor«, erwiderte er mühsam. »Vielleicht bekommen Sie bald eine Chance.«

»Captain? Shuttle?«

Scotts Stimme befand sich sofort im Zentrum der allgemeinen Aufmerksamkeit. Chekov gab den Platz hinter Sulu auf und eilte in die Pilotenkanzel, während der Chefingenieur fortfuhr: *»Ich ... habe erhebliche Probleme hier draußen, Captain. Eine Art Staubsturm ... Oder wir treiben durch eine interplanetare Wolke. Etwas in der Art ... Ich versuche gerade, ein defektes Schaltkreissystem zu reparieren, auf dem sich eine dicke Staubschicht angesammelt hat, und ...«* Es zischte und knackte im Kom-Lautsprecher. Unmittelbar darauf erklang ein Fluch. *»Ich beeile mich, aber ...«* Der Schotte legte eine kurze Pause ein. *»Sie sollten besser nicht auf mich warten.«*

McCoy warf Kirk einen besorgten Blick zu. »Was meint er? Was soll das heißen?«

Jims Hände schlossen sich fest um die Rückenlehne des Sessels, und er wünschte sich zum tausendsten

Mal, nicht verletzt zu sein. »Holt ihn zurück«, brachte er hervor.

»Ich *wußte* es!« Chekov stand blaß und erschüttert in der Tür. »*Ich* sollte jetzt dort draußen sein, nicht er.«

»Chekov!« rief Kirk, und der Lieutenant zuckte verlegen zusammen. »Sorgen Sie dafür, daß Scotty zurückkehrt! Und zwar schnell!«

»Wie denn?« fragte McCoy. »Uns steht kein voll funktionstüchtiger Kommunikator zur Verfügung.«

Chekov stürmte zum Schrank mit den Schutzanzügen. »Doch, wir haben welche!« stieß er hervor. »Nicht nur einen, sondern gleich sechs!«

Kirk fragte sich, warum ihnen erst jetzt die kleinen Kom-Geräte in den Helmen der Raumanzüge einfielen.

»Scott?« Chekov streckte das eine Bein, damit sich die Tür des Schranks nicht wieder schloß, neigte den Oberkörper zur Seite und aktivierte einen Helm-Kommunikator. »Hören Sie mich, Mr. Scott?«

»Schreien Sie nicht so, Chekov!« erwiderte der Chefingenieur gereizt. *»Ich versuche, mich zu konzentrieren.«*

»Kommen Sie ins Shuttle zurück«, sagte der Russe. »Beenden Sie Ihre Aufgabe nach dem Staubsturm.«

Scott lachte, aber es klang humorlos und angespannt. *»Wir dürfen nicht noch mehr Zeit verlieren – das wissen Sie ebensogut wie ich. Und deshalb: Stören Sie mich nicht bei der Arbeit.«*

»Sie hätten Sulus Geschichte hören sollen«, brummte Chekov. »Manchmal nützen Heldentaten nichts.«

»Wovon reden Sie da?«

Kirk winkte Pavel zu und schüttelte den Kopf. »Lassen Sie ihn ...«

Chekov begegnete dem Blick des Captains, und zwischen den beiden Männern kam es zu einer Art emotionaler Rückkopplung. McCoy fluchte hingebungsvoll, und Pavel wandte sich halb vom Raumhelm ab, dessen Kom-Gerät er benutzte. Als Leonard schließlich schwieg, herrschte einige Sekunden lang Stille – gefolgt von einem erschrockenen Schrei des Schotten.

Chekov zog den Raumhelm wieder näher. »Scotty!«

»Ich habe einen Riß im Raumanzug! Oh, VERDAMMT! Pavel! Hören Sie, Junge, ich muß ...«

Es knisterte nur noch Statik im offenen Kommunikationskanal. Chekov ließ den Raumhelm fallen und zog hastig die Uniformjacke aus. Er warf sie auf einen nahen Sitz, griff nach einem Schutzanzug und schien nicht einmal daran zu denken, den Captain um Erlaubnis für einen Ausflug ins All zu fragen.

In der Außenhülle knarrte es leise, und das Shuttle erzitterte kurz. An der Steuerbordseite klackte es mehrmals, und dann ertönte ein dumpfes Pochen. Kirk taumelte und erlitt einen kurzen Schwindelanfall, als sich das Bewegungsmoment der Raumfähre veränderte. Er schloß daraus: Scott hatte die Triebwerksgondel vom Rumpf gelöst.

»Was haben Sie vor?« fragte McCoy, woraufhin Kirks Aufmerksamkeit einen neuen Fokus gewann. »Seien Sie doch vernünftig, Chekov!«

Der Lieutenant hatte sich den Raumanzug bereits halb übergestreift und überprüfte hastig die einzelnen Drucksiegel. »Sie bleiben hier drin, Mr. Chekov«, sagte der Captain streng.

Der Sicherheitsoffizier hielt den Blick gesenkt. »Ich verlasse die Schleuse nicht«, versprach er. »Wenn ich Scott nirgends sehe, kehre ich zurück.«

»Chekov ...« Bei der Vorstellung, Scott einfach seinem Schicksal zu überlassen, drehte sich Kirk der Magen um. Alles in ihm verlangte danach, Pavel gehen zu lassen, ihm zu gestatten, dem Chefingenieur zu helfen.

»Wir brauchen hier drin außer mir noch jemand anders, der nicht verletzt und voll einsatzfähig ist.« McCoy nahm mit Chekovs Jacke in den Händen Platz, drehte sie nervös zu einem strickartigen Gebilde. »Sie *haben* Sulus Geschichte gehört, Pavel. Manchmal muß man ein Opfer bringen. Es nützt niemandem etwas, Sie *beide* zu verlieren!«

»Ich *weiß!*« rief Chekov. Mit der einen Hand schlug er an die Wand der Luftschleuse. »Das wußte ich schon, *bevor* Scotty nach draußen ging!« Von einem Augenblick zum anderen beruhigte er sich. Kirk beobachtete, wie der Russe mehrmals tief durchatmete, sich dann bückte und den Raumhelm aufhob. »Aber wir können es uns nicht leisten, ausgerechnet Scott zu verlieren. Das ist eben der Unterschied zwischen irgendwelchen Szenarios und der Realität.«

»Na schön«, sagte Kirk und kam damit weiteren Einwänden des Arztes zuvor. »Aber seien Sie vorsichtig.«

Chekov nickte nur. Er betätigte die großen Kontrollen neben dem Schott und überprüfte dann noch einmal die Verschlüsse des Helms, während er darauf wartete, daß sich die Schleuse für ihn öffnete. Kirk wollte gerade fragen, warum es so lange dauerte, als sich Verwirrungsfalten auf Pavels Stirn formten. Noch einmal hob er die Hand zu den großen Tasten.

Pavel verzog das Gesicht, als er aufs Schott starrte, das auch weiterhin geschlossen blieb. Eine Faust aus Eis schien sich um Kirks Herz zu schließen. »Was ist los, Chekov?«

»Ich ...« Der Russe schüttelte langsam den Kopf. »Ich bekomme keinen Zugang!«

McCoy hob den Kopf. »Wie bitte?«

»Der Schleusencomputer weigert sich, das Innenschott für mich zu öffnen!« Chekov strahlte plötzlich, nahm den Helm ab und warf ihn wie achtlos beiseite. »Was nur bedeuten kann: Das Außenschott ist geöffnet. Mit anderen Worten ... Es kommt jemand herein. Scott lebt!«

McCoy sprang auf und stand neben dem Russen, als die Statusanzeige an der Schleuse grün blinkte. Das Innenschott schob sich mit einem leisen Zischen beiseite, und der Chefingenieur taumelte ihnen entgegen.

»Bewegen Sie die Hand, Scotty!« befahl McCoy und

versuchte, die Finger zu lösen, die wie Klammern dicht über dem Ellenbogen am Arm festsaßen. »Lassen Sie los!«

Die Hand bewegte sich, aber nicht wegen McCoys Anweisung. Scott griff nach Chekovs Handgelenk, als der Russe versuchte, ihm den Helm abzunehmen. Ein sechs Zentimeter langer Riß zeigte sich im Ärmel des Schutzanzugs, und darunter war der blutige Stoff des Uniformpullis zu erkennen. McCoy tastete danach, als Scott Chekov zur linken Seite winkte und sich mehrmals an die Schulter klopfte.

»He, einen Augenblick!« empörte sich der Arzt, als Pavel ihn beiseite schob. »Dieser Mann ist verletzt!«

»Und sein Raumanzug weist ein Leck auf«, fügte der Russe hinzu. »In derartigen Schutzanzügen gibt es einzelne Sektionen, die sich bei einem plötzlichen Druckabfall selbst isolieren. Allerdings unterbrechen sie auch den Blutkreislauf.« Er sah durch die Sichtscheibe von Scotts Helm, fing den Blick des Chefingenieurs ein. »Sind Sie soweit?«

Scott schnitt eine Grimasse und nickte.

Chekov öffnete ein Ventil an der Schulter, und das Separationssiegel gab mit einem deutlichen Fauchen nach. Scott neigte den Kopf zurück, und heftige Pein zeichnete sich in seiner Miene ab. Nach einigen Sekunden verlor er das Bewußtsein, sank zwischen Chekov und dem Captain zu Boden.

»Ist alles in Ordnung mit ihm?« fragte Kirk besorgt.

Leonard nickte, beugte sich über den Reglosen und untersuchte die Wunde. »Sieht ganz so aus. Die Wunde ist lang, aber nicht sehr tief.« Er lächelte, als der Chefingenieur erwachte und die Lider hob. »Genug der Heldentaten. Was meinen Sie, Mr. Scott?«

Der Schotte versuchte, das Lächeln zu erwidern. »Da bin ich ganz Ihrer Ansicht, Doktor.«

»Haben Sie die Triebwerksgondel vom Rumpf gelöst?« erkundigte sich Kirk.

Scott nickte. »Der Mikrometeorit hat mich genau zum richtigen Zeitpunkt getroffen – als ich fertig war und zurückkehren wollte. Die Gondel ist separiert und auf dem Weg zum Asteroiden.« Er lachte leise. »Sie dürfte ein ziemliches Feuerwerk verursachen, wenn sie das Ziel erreicht.«

»Ausgezeichnete Arbeit, Mr. Scott«, lobte Kirk. »Dafür haben Sie sich eine Beförderung verdient.«

»Eine Woche bezahlter Urlaub wäre mir lieber«, erwiderte der Chefingenieur.

»Einverstanden.«

»Sir ...?« brachte Sulu hervor, ohne die Augen zu öffnen. »Glauben Sie, daß man den Explosionsblitz von der *Enterprise* aus sieht?«

Kirk seufzte und wollte nicht zuviel versprechen. »Ich weiß es nicht, Sulu«, antwortete er schließlich. »Warten wir's ab.«

Eine knappe Stunde später ergoß sich weißblaues Licht durch die Fenster des Shuttles. Es blendete Kirk und Chekov, die zu jenem Zeitpunkt steuerbords saßen und ins All blickten. »Glauben Sie, damit ist das Problem des Asteroiden gelöst?« fragte McCoy.

»Nun, die Explosion hat sicher eine Wirkung erzielt«, antwortete Pavel ausweichend. »Ich hoffe nur, daß wir den richtigen Asteroiden getroffen haben.«

Scott streckte sich in einer Sitzreihe aus. Eine halbe Stunde später glitt die *Halley* durch einen wahren Funkenregen, und an der Außenhülle knisterte es immer wieder. Daraufhin bemerkte der Chefingenieur: »Ich schätze, wir haben tatsächlich den richtigen Brocken getroffen.« Im Anschluß an diese Worte schloß er wieder die Augen.

Eine Stunde angespannten Wartens folgte, doch die *Enterprise* erschien nicht. »Vielleicht möchte Spock auf Nummer Sicher gehen, bevor er das Schiff so nahe an den Planeten heransteuert«, spekulierte McCoy.

Eine Zeitlang herrschte Stille, und dann meinte Scott: »Ich halte folgendes für wahrscheinlicher: Das Gravitationschaos in diesem Sonnensystem filterte den größten Teil der Explosionsenergie, und der Rest genügte nicht, um von den Sensoren der *Enterprise* registriert zu werden. Mit anderen Worten: Vom Schiff aus gesehen sind wir integraler Bestandteil des Durcheinanders im Hohweyn-System.«

»Und was bedeutet das?« fragte McCoy.

»Es bedeutet nichts«, sagte Scott. »Überhaupt nichts.«

Neuerliche Stille bewies: Niemand wollte darüber sprechen, warum die *Enterprise* auch weiterhin keine Rettung in Aussicht stellte. Kirks Magen brachte ihn mit einem gelegentlichen Knurren in Verlegenheit, und nach einer Weile gab er es auf, sich dafür zu entschuldigen. Sie alle waren hungrig, müde und niedergeschlagen. Jim versuchte, nicht daran zu denken, daß sie diesen Zustand nur noch für kurze Zeit ertragen mußten.

»Wie geht es Ihnen, Scotty?« fragte er, um das Schweigen zu beenden.

Scott sah von der improvisierten Couch auf und rieb sich den verbundenen linken Arm. »Eigentlich ganz gut. Aber ich bin nicht bereit, das Shuttle noch einmal zu verlassen!«

Kirk lächelte. »Das dürfte auch gar nicht nötig sein.«

»Haben Sie uns ebenfalls eine *Kobayashi-Maru*-Geschichte anzubieten?« wandte sich McCoy an den Chefingenieur. »Eine weitere Abwechselung könnte gewiß nicht schaden.«

Scott stemmte sich seufzend hoch und verzog das Gesicht, als der verletzte Arm an die Rückenlehne des nächsten Sessels stieß. »Nun, für eine ›Abwechselung‹ ist meine Geschichte gut genug.«

Chekov sah überrascht auf. »*Sie* haben den *Kobayashi-Maru*-Test hinter sich gebracht?«

Scott bedachte ihn mit einem finsteren Blick. »Glauben Sie etwa, daß man einem x-beliebigen Techniker das Kommando über ein Raumschiff gibt, wenn der Captain nicht da ist?« Er fügte seinen Worten ein Lächeln hinzu und nahm ihnen damit einen Teil der Schärfe. »Auch ich habe an der Kommandoausbildung teilgenommen. Allerdings gefiel sie mir nicht sonderlich.«

»Gewissen Anwesenden muß zur Last gelegt werden, daß sie bei jener Gelegenheit ausgesprochen destruktive Tendenzen offenbaren«, kommentierte McCoy. »Doch ich nehme an, *Ihr* Verhalten als Kadett darf als vorbildlich bezeichnet werden.«

Scott schüttelte den Kopf und holte tief Luft, um mit seinen Schilderungen zu beginnen. »Wenn es um destruktive Tendenzen geht, so habe ich einige Überraschungen für Sie, Doktor ...«

8 IN DER THEORIE

»Wenn dies eine ganz gewöhnliche Schule wäre, müßte ich Ihnen jene Zeichnungen wegnehmen, Mr. Scott.«

Aus einem Reflex heraus versuchte Scott, die Papiere unter den Händen zu verbergen. Admiral Howell lächelte nachsichtig und blieb vor dem Tisch des Kadetten stehen. Der junge Schotte hob langsam den Kopf – und stellte fest, daß die anderen Studenten längst gegangen waren. Er spürte, wie seine Wangen zu glühen begannen. »Oh, ich bitte um Entschuldigung, Admiral, Sir ...«

»Sie bitten um Entschuldigung«, sagte Howell. »Aber aus irgendeinem Grund bezweifle ich, ob es Ihnen wirklich leid tut.« Er griff nach einem Blatt Papier und betrachtete es. Scott versuchte, nicht das Gesicht zu verziehen, als der Admiral die Stirn runzelte, das Blatt um neunzig Grad drehte und verwundert eine Braue wölbte. »Eine schematische Darstellung?« fragte er schließlich.

Der Kadett faltete die Hände im Schoß und fühlte, wie die Anspannung in ihm immer mehr wuchs. »Aye, Sir.«

»Mr. Scott, hier findet *Geschichts*unterricht statt. Fürs Zeichnen bieten sich andere Gelegenheiten.«

»Oh, es geht mir nicht darum, etwas zu *zeichnen*, Admiral!« Er beugte sich halb über den Tisch, tastete vorsichtig nach dem Blatt in Howells Hand und neigte die Kante nach unten, um einen Blick auf die Darstellung zu werfen. »Ich versuche vielmehr, etwas zu *restruktu-*

rieren. Es handelt sich um die Komponente eines defekten Kühlsystems in der Station meiner Kusine. Ich helfe ihr dabei, den Fehler zu finden, und wir sind bis hierher gekommen, bevor ich aufbrechen mußte, um mit der Kommandoausbildung zu beginnen.« Er deutete auf ein komplexes Muster aus Linien und Symbolen. Eine falsche Schaltkreisbezeichnung fiel ihm auf, und er schrieb eine rasche Notiz mit dem Stift, bevor er begriff, daß dem Admiral kaum etwas an der Genauigkeit des Diagramms lag. »Dieses Verbindungsstück hier erscheint mir sehr seltsam.« Scott legte den Stift beiseite. »Ich verstehe nicht ganz, wie es zu allem paßt. Ich meine, es *paßt* natürlich zu den anderen Teilen in der Nähe, aber nicht zum ganzen *System*. Da liegt vermutlich das Problem. Nun, wenn Sie sich jenen Bereich dort ansehen ...«

»Mr. Scott ...«

»... dann erkennen Sie sicher, daß der Strom ...«

»Mr. Scott!«

Der Kadett klappte den Mund zu, um der Zunge keine Gelegenheit zu geben, weitere Worte zu formen. Gleichzeitig trachtete er danach, alles Technische aus seinen Überlegungen zu verdrängen. Es fiel ihm nicht leicht, einfach mit dem Denken aufzuhören, doch er nahm an, sich daran gewöhnen zu müssen. Raumschiffkommandanten verließen sich auf das Geschick und die Kompetenz anderer Personen – so etwas gehörte zum Wesen eines guten Captains.

Howells Blick wanderte zwischen dem Blatt Papier und Scott hin und her. »Als Sie dieses Diagramm zeichneten, haben Sie sich bei den Details allein auf Ihr Gedächtnis verlassen?« fragte der Admiral erstaunt. Er deutete auf die anderen Blätter. »Gilt das auch für die übrigen Diagramme?«

»Nun ...« Scott zog erneut den Rand des Blattes nach unten, um sich zu vergewissern, daß sie noch immer von dem gleichen Schema sprachen. Das war tatsächlich der Fall. Er sah zerknittertes Papier und einige krumme Linien, wunderte sich nicht darüber, daß es der Admiral für erforderlich hielt, die Authentizität der Blaupause zu überprüfen. Der Schotte glaubte, schlampige Arbeit geleistet zu haben, und er schämte sich. »Ich hatte nur einmal Gelegenheit, das System zu demontieren und mir alle Einzelheiten anzusehen«, gestand er.

Howell schnaufte leise – es klang amüsiert – und legte das Blatt auf den Tisch. »Was ist Ihr Hauptfach beim hiesigen Studium, Mr. Scott?« fragte er, als der Kadett versuchte, die Unterlagen zu ordnen.

»Technik und Ingenieurwesen, Sir.« Er hoffte, daß Howell ihn gehen ließ und vergaß, einen offiziellen Tadel auszusprechen.

»Haben Sie sich damit auch befaßt, bevor Sie zur Akademie kamen?«

»Ja, Sir.« Scott strich die Blätter glatt und bemühte sich, die in ihm wachsende Verzweiflung zu ignorieren. »Schon seit vielen Jahren beschäftige ich mich damit.«

»Ich verstehe.« Howell lehnte sich an einen anderen Tisch und verschränkte die Arme. »Warum sind Sie hier, Mr. Scott?«

»Ich ...« Er fluchte in Gedanken, als er feststellte, daß es dreizehn Minuten nach elf war – wenn er sich nicht sehr beeilte, begann der nächste Unterricht ohne ihn. »Ich weiß es nicht!« platzte es aus ihm heraus. »Ich werde bei einer Vorlesung über Taktik erwartet ...«

»Nein.« Der Admiral hielt Scott am Arm fest, als er aufsprang und zum Ausgang laufen wollte. Einige Bücher rutschten ihm aus den Händen und fielen zu Boden.

»Sir, ich ...«

»Lassen Sie mich die Frage anders formulieren: Warum nehmen Sie an der Kommandoausbildung teil?«

Irgend etwas in Scott schreckte davor zurück, sich

mit der Rolle des Captains zu identifizieren – solche Gedanken hatten schon mehrmals seinen Seelenfrieden in Gefahr gebracht. »Ich... Man bereitet mich hier darauf vor, die Pflichten eines Raumschiffkommandanten wahrzunehmen.«

»Möchten Sie Kommandant eines Raumschiffs werden?« fragte Howell und hielt den jungen Mann noch immer am Arm fest.

Scott zuckte mit den Schultern – und befürchtete eine Sekunde später, dadurch wie ein Narr zu wirken. Sein Mund war plötzlich trocken. »Ich weiß es nicht, Sir.«

Der Admiral nickte. »Ich nehme an, das bedeutet ›nein‹.«

»Ja, Sir«, gab Scott zu. »Das stimmt wahrscheinlich.«

»Dann frage ich Sie noch einmal: Warum sind Sie hier?«

Der Schotte seufzte und sank auf den Stuhl zurück. »Meine Familie, Sir...« Er suchte nach den richtigen Worten, um keinen falschen Eindruck von der Situation daheim zu vermitteln. »Ich habe mit meiner Kusine zusammengearbeitet, die eine ausgezeichnete Technikerin ist«, sagte er schließlich. »Was die übrigen Verwandten betrifft... Nun, sie glauben, ich sei dazu bestimmt, Captain zu werden. Und irgendwann hatte ich es satt, ihnen ständig zu widersprechen.«

»Und Ihre Kusine? Hat sie sich nicht für Sie eingesetzt?«

Scott lachte und erinnerte sich. Beim letzten Familientreffen, als er seine ›Entscheidung‹ verkündete, hatte Cheryl ebenso lange wie hingebungsvoll geflucht. »Oh, sie blieb keineswegs stumm. Wie dem auch sei: In meiner Familie glaubt man offenbar, gute Techniker und Ingenieure könnte man per Post bestellen.« Er sah so etwas wie Mißbilligung in Howells Augen, beugte sich vor und fügte hinzu: »Meine Verwandten meinen es gut, Admiral – sie meinen es *wirklich* gut! Niemand von ihnen wünscht sich Schlechtes für mich. Allerdings… Sie verstehen nicht, was es mit einer Berufung auf sich hat.«

»Es ist *Ihr* Leben, Mr. Scott.« Howell deutete auf die Diagramme. »Und es ist *Ihre* berufliche Laufbahn. Wenn Sie kein Raumschiffkommandant werden wollen – weisen Sie mich darauf hin. Dann spreche ich mit Admiral Walgren. Vielleicht finden wir eine Möglichkeit, Sie zur technischen Fakultät zu transferieren.«

Besorgnis erfaßte Scott, verknotete sich in ihm. »Bitte nicht, Sir.« Er stand auf und drückte seine Bücher und Diagramme gegen die Brust, hoffte dabei, daß der Admiral nicht das ganze Ausmaß seiner Unruhe sah. »Ich bin für die Kommandoausbildung zugelassen worden, woraus man schließen kann: Starfleet glaubt, daß ich mit den richtigen Eigenschaften ausgestattet bin, um Captain zu werden. Wenn das stimmt… Dann wäre es eine Schande, solche Fähigkeiten zu vergeuden. Außerdem würde es meiner armen Mutter das Herz brechen, wenn ich jetzt einfach aufhöre.«

Howell seufzte und wandte sich halb ab. »Haben Sie sich schon überlegt, wie Sie sich verhalten wollen, wenn Ihnen Starfleet schließlich ein Kommando gibt?«

Scott trat an Howell vorbei und eilte zum Ausgang. »Dann lasse ich mir etwas einfallen«, antwortete er und verließ den Raum.

Scott rieb sich die Augen und blickte erneut zum Bildschirm. Er hatte ein neues Verbindungsstück entworfen, und die dreidimensionale Darstellung drehte sich nun im Projektionsfeld vor ihm. Mehrmals drückte er die Stop-Taste, um bestimmte Einzelheiten zu betrachten und geringfügige Änderungen an der Struktur vorzunehmen. Schon seit einigen Stunden arbeitete er an der Komponente.

Um drei Uhr nachts hielt sich niemand sonst im Computerlaboratorium auf. Es störte Scott keineswegs, allein zu sein. Ganz im Gegenteil: Er zog die Einsamkeit den lauten, sinnlosen Abenden vor, an denen die anderen Kadetten so großen Gefallen fanden. Wenn er hörte, wie seine Kameraden über ihre Zukunft sprachen, über Raumschiffe, mit denen sie zu neuen Welten fliegen wollten... In solchen Fällen litt Scotts Selbstwertgefühl. Dann schien sich der mangelnde Ehrgeiz in einen schweren Stein an seinem Hals zu verwandeln, um ihn in aller Deutlichkeit daran zu erinnern, daß er Starfleet und der Kommandoausbildung nicht würdig war. Er fühlte sich schuldig, weil er dem familiären Druck nachgegeben hatte. Und er fühlte sich schuldig, weil er in diesem Zusammenhang Reue empfand. Viel lieber hätte er Dinge repariert und neue Bordsysteme entworfen – was ihm ebenfalls Gewissensbisse bescherte.

Er beendete die Rotation der dreidimensionalen Grafik und beugte sich vor, um dem Computer verbale Anweisungen zu geben. Seine Absicht bestand darin, noch einige Notizen für Cheryl aufzuzeichnen, und anschließend wollte er unter die Bettdecke kriechen. Sicher fiel es ihm nicht leicht, unbemerkt in die Unterkunft zurückzukehren. Dieser Gedanke weckte neuerliches Unbehagen in ihm: Der Umstand, daß er auch nach dem Zapfenstreich außerhalb des Quartiers weilte, schien mehr Bedeutung für ihn zu haben als die berufliche Zukunft.

Es dauerte nicht lange, die für Cheryl bestimmten technischen Aufzeichnungen anzufertigen. Scott zögerte kurz und fragte sich, ob er auch einen Gruß an die Familie hinzufügen sollte. Er entschied sich jedoch dagegen, als ihm nur ein verzweifeltes ICH MÖCHTE NICHT HIER SEIN einfiel, das sich mehrmals wiederholte und dem schließlich ein ICH VERMISSE EUCH ALLE folgte.

Er ordnete die Übermittlung des Datenkomplexes an, und wenige Sekunden später flackerte es im Projektionsfeld – von einem Augenblick zum anderen verschwand das Schema des Verbindungsstücks. Scotts Hand verharrte dicht über dem Aus-Schalter, und er dachte daran, wem er um diese Zeit eine Fehlfunktion des Computers melden sollte. Nun, er hatte natürlich die Möglichkeit, das Terminal auseinanderzunehmen und nach dem Defekt zu suchen. Bevor er sich entscheiden konnte, erschienen bernsteinfarbene Buchstaben auf dem Bildschirm.

> ICH DACHTE MIR SCHON, DASS SIE ES SIND. IHR ENTWURF DER NEUEN KOMPONENTE IST SEHR INTERESSANT, ›SCOTTY‹.

»Da soll mich doch...« Der Schotte ließ die Hände in den Schoß sinken und wußte nicht, ob er das Terminal desaktivieren oder den elektronischen Lauscher durch eine Antwort ermutigen sollte. Die Tatsache, daß es einem Hacker gelungen war, in den Computer der Akademie einzudringen, beunruhigte ihn sehr. Die Speicherbänke enthielten weitaus wichtigere Daten als Scotts Diagramme, und wenn das ganze System abstürzte... Dadurch konnte enormer Schaden entstehen. Dann fiel ihm ein, daß sich der Unbekannte vielleicht *in* der Akademie befand und nicht außerhalb. Dieser Gedanke vertrieb einen Teil seiner Nervosität. »Wer sind Sie?« fragte er. »Wissen Sie nicht, daß die Ausgehzeit schon vor einer ganzen Weile zu Ende ging?«

> Interessanter Hinweis. Nun, ich brauche mir wegen des Zapfenstreichs keine Sorgen zu machen, im Gegensatz zu Ihnen - inzwischen ist es schon nach drei Uhr. Warum riskieren Sie so viele Minuspunkte für ein albernes Projekt?

Die Arbeit an dem für Cheryl bestimmten Verbindungsstück als ›albernes Projekt‹ zu bezeichnen – das verletzte Scotts Stolz. Er hatte seiner Kusine versprochen, das Konstruktionsmuster noch vor dem Beginn der Kommandoausbildung fertigzustellen, und er lieferte es drei Monate zu spät ab. Wie dem auch sei: Bestimmt hatte Cheryl gewartet, weil sie davon überzeugt war, daß seine Bemühungen zu einem Erfolg führten.

Scott sah keinen Sinn darin, sein Faible für alles Technische ausgerechnet einem Hacker zu erklären, der allein mit seiner Aktivität bewies, daß er auf solche Dinge kaum Rücksicht nahm. »Wer sind Sie?« wiederholte er.

VIELLEICHT BIN ICH IHRE GUTE FEE. UND ICH ERFÜLLE IHNEN EINEN WUNSCH.

Schick mich nach Hause, dachte Scott sofort. Er schüttelte den Kopf und versuchte, solche Träume aus sich zu vertreiben. Er durfte nicht einmal *hoffen*, daß ein solcher Wunsch in Erfüllung ging.

Sie sind ein guter Ingenieur, aber ein unglücklicher Captain. Wenn Ihre gute Fee Ihnen eine Chance bietet, die Kommando-Ausbildung zu beenden und das technische Studium fortzusetzen, ohne Sie der Familie gegenüber in Verlegenheit zu bringen - würden Sie eine solche Möglichkeit nutzen?

Scott streckte langsam die Hand aus und berührte den Bildschirm. Das Verbindungsstück kehrte abrupt ins Projektionsfeld zurück und drehte sich langsam um die eigene Achse.

Ja oder nein, MR. Scott?

Der junge Mann am Terminal zögerte noch immer.

Die Antwort ist ganz einfach.

»Ja.«

Nur ein einziges Wort, das aus zwei Buchstaben bestand – aber es besaß enorme Bedeutung für Scott. Es war ausgesprochen, und er konnte es nicht mehr zurücknehmen, ganz gleich, was auch geschah. Der Geist hatte die Flasche verlassen und Gehorsam geschworen.

In Ordnung. Seien Sie einfach Sie selbst, Scotty. Überlassen Sie den Rest mir.

Das Verbindungsstück verschwand erneut, nahm den letzten Hinweis des Unbekannten mit. Scott blinzelte und starrte auf den nun leeren Bildschirm. Nach einigen Sekunden betätigte er schließlich den Aus-Schalter und saß noch immer nachdenklich im Sessel, als das Summen des Terminals längst verklungen war.

Am nächsten Morgen, als sich Scott im hellen Quartier ankleidete und die Stimmen der vielen anderen Kadetten hörte, erschien ihm alles wie ein Traum. Niemand erfüllte einem irgendwelche Wünsche. Cheryl würde das Konstruktionsschema des Verbindungsstücks und Scotty die Streifen eines Captains bekommen; der Rest blieb auf den Bereich von Phantasie und Imagination beschränkt. Gute Feen gab es nur im Märchen; in der Wirklichkeit gab es keinen Platz für sie.

Der junge Schotte verbannte den seltsamen Zwischenfall aus seinem bewußten Denken.

»Ich möchte ganz sicher sein, es richtig zu verstehen: Warum soll ausgerechnet ich beim bevorstehenden Test in die Rolle des Kommandanten schlüpfen?« fragte Scott.

»Der Computer bestimmt den jeweiligen Captain.

Bisher dachte ich, daß er den am besten geeigneten Kandidaten auswählt, auf der Grundlage bisheriger Leistungen.« Der andere Kadett musterte Scott von Kopf bis Fuß und zuckte kurz mit den Achseln. »Ich schätze, diesmal steckt Zufall dahinter.«

Scott neigte dazu, diese Einschätzung zu teilen. Bei einem früheren Szenario hatte er als Chefingenieur fungiert und sich darüber geärgert, sechs anderen Kadetten dauernd irgendwelche Anweisungen erteilen zu müssen – als gäbe es für Ingenieure nicht schon genug zu tun. Jetzt schien der Computer Montgomery Scott für den besten Captain seiner Klasse zu halten. Wenn das wirklich stimmte, so machte sich Scott große Sorgen um den Rest von Starfleet.

Die Simulationskammer ähnelte so sehr der Brücke eines tatsächlichen Raumschiffs, daß Scott jeden Augenblick damit rechnete, vom wahren Kommandanten aus dem Befehlsstand verscheucht zu werden. Er lauschte den vielfältigen Geräuschen in seiner Nähe, fühlte sich dabei wie ein Gefangener. Wieso schloß man ihn hier ein? Warum gab man ihm die Verantwortung für so viele Personen? Nun, natürlich handelte es sich nur um eine Simulation – seine Entscheidungen blieben also ohne Konsequenzen für ein Raumschiff oder gar die Föderation. Aber niemand hatte ihn auch nur *gefragt*, ob er der Captain sein wollte – seine Antwort wäre ein kategorisches ›Nein!‹ gewesen. Er entsann sich an Howells »Sind Sie soweit?«, bevor ihn der Admiral zum Simulator führte. Doch die Frage blieb rhetorischer Natur, und deshalb begnügte sich Scott mit einem leisen »Ja«. Seine Stimme klang dabei erstaunlich fest, obgleich ihm die Hände zitterten. Howell lächelte fast traurig, klopfte ihm auf den Rücken und überließ den Kadetten anschließend der Simulation. Scott wäre von ihm lieber zu den Plejaden verbannt worden.

Den ersten Teil des Szenarios brachte er mit einer

Mischung aus Verwirrung und Benommenheit hinter sich. Die *USS Saratoga* schien dabei keine wichtigen Aufgaben zu erfüllen. Ihre Mission bestand aus einem routinemäßigen Ausbildungsflug nach Gamma Hydra; es befanden sich keine Ausrüstungsgüter an Bord, die zu einer Kolonialwelt gebracht werden mußten, und es fehlten auch Passagiere, die Probleme verursachen mochten. Scott gab eigentlich bedeutungslose Kursanweisungen, antwortete steif auf Fragen und Kommentare. Ein Teil seines Selbst dachte ständig daran, daß er hier nicht die Wirklichkeit erlebte, sondern nur eine Pseudo-Realität. Solche Überlegungen schufen Nervosität in ihm, und er versuchte, sich mit dem Gedanken zu beruhigen, daß man nichts Großartiges von ihm verlangte. Als man ihn bat, einem in Not geratenen Frachter zu helfen, der neutronischen Treibstoff transportierte, zögerte Scott nicht, einen entsprechenden Befehl zu geben. Anschließend setzte er das per Interkom geführte Gespräch mit den Technikern im gar nicht existierenden Maschinenraum der *Saratoga* fort.

Sie diskutierten über neue hochintegrierte Schaltkreise und energetische Dispersion, als plötzlich die Sirenen der Alarmstufe Rot heulten. »Was ist los?« brummte Scott. Zu spät fiel ihm ein, daß man vermutlich von ihm erwartete, diese Frage an den Ersten Offizier zu richten.

»Drei klingonische Kreuzer im Anflug«, meldete der wissenschaftliche Offizier.

Nur einen Sekundenbruchteil später fügte der Steuermann hinzu: »Sie bereiten ihre Waffensysteme für den Einsatz vor!«

In Scotts Magengrube schien ein jähes Vakuum zu entstehen. »Kommunikation«, sagte er so ruhig wie möglich, »versuchen Sie, den verd...« Gerade noch rechtzeitig erinnerte er sich daran, daß jenseits des Simulators Offiziere und Ausbilder saßen, alles beobachteten und hörten. »...den *Personen* an Bord jener

Schiffe mitzuteilen, daß wir einen Notruf empfangen haben und ...«

»Die Schiffe *eröffnen das Feuer!*«

»Volle Energie in die Schilde!« Scott hatte diese Worte gerade ausgesprochen, als sich gleißende Strahlbündel in die Deflektoren der *Saratoga* bohrten. Der Starfleet-Kreuzer erbebte heftig.

»Schilde vier, sieben und acht existieren nicht mehr«, meldete der Erste Offizier und blickte in den Sichtschlitz des Scanners. »Schilde drei und sechzehn weisen erste Strukturlücken auf. Eine zweite Salve überstehen sie nicht, Sir.«

Scott starrte seinen Stellvertreter fassungslos an. »Waren unsere Deflektoren überhaupt aktiviert?« brachte er hervor. Der rationale Teil seines Selbst wußte natürlich, daß die Antwort auf diese Frage nur ein ›Ja‹ sein konnte; trotzdem fiel es ihm schwer zu glauben, daß Intervallerstrahlen eine so enorme Wirkung entfalteten.

»Darüber hinaus kam es zu Explosionen in vier von sechs Torpedokatapulten«, fuhr der Erste Offizier fort.

»Was?«

»Und das energetische Niveau in der Steuerbord-Warpgondel ist gleich Null.« Der junge Mann sah vom Scanner auf und wandte sich so davon ab wie ein Arzt von seinem sterbenden Patienten. »Wir sind so gut wie erledigt, Sir.«

Scotts Verwirrung nahm immer mehr zu. »*So* groß ist der Schaden?«

»Ja, Sir.«

»Aber *wie* ...«

»Intervaller, Sir.« Der Steuermann seufzte, und es klang fast verärgert. »Sie können ein Schiff innerhalb weniger Sekunden in ein Wrack verwandeln.«

»Tatsächlich?« Scott knirschte mit den Zähnen und spürte, wie ihm das Blut zu Kopf stieg. Er schob das Kinn vor, als er zum Wandschirm blickte, zu den klingonischen Schlachtkreuzern, die sich der *Saratoga* näherten. Plötzlich war es ihm völlig gleich, daß es sich nur um ein Szenario handelte. »Nun, dies ist *mein* Schiff, und *ich* gebe nicht so einfach auf, ohne den Angreifern eine Lektion zu erteilen!« Die letzten Reste von Unsicherheit in dem Schotten verflüchtigten sich, als er eine in die Armlehne des Kommandosessels integrierte Taste betätigte. »Kanoniere!«

»Aye, Captain?«

»Ja, Sir?«

»Sir?«

Eine zweite Salve traf die *Saratoga*. Das Donnern und Krachen brannte wie Feuer in Scotts Blut. »Schild drei ist ebenfalls hinüber!« rief der Erste Offizier.

»Ich möchte, daß die Phaserkanonen auf meinen Befehl hin gleichzeitig abgefeuert werden«, stieß Scott grimmig hervor. »Visieren Sie jeweils einen Gegner an und schalten Sie auf permanente Emissionen. Beginnen Sie dabei mit der niedrigsten Frequenz ...«

Ein weiterer Intervallerstrahl leckte nach der *Saratoga*, dann noch einer.

»Wir haben Schild Nummer drei verloren«, wiederholte der Erste.

Scott achtete überhaupt nicht auf ihn. »Erhöhen Sie die Frequenz nach und nach, bis sie mit dem klingonischen Interferenzmuster übereinstimmt – dann sollte es Ihnen möglich sein, so mühelos durch die Schilde des Feindes zu schneiden, als bestünden sie aus Butter.«

»Aye, aye!« riefen die drei Kanoniere. Scott lächelte wie ein zufriedener Jäger.

Die Navigatorin programmierte einen Fluchtkurs, als die *Saratoga* das Feuer erwiderte. Ihre Phaserkanonen entluden sich mit einem dumpfen Brummen, das langsam lauter wurde und sich allmählich in ein schrilles Heulen verwandelte. »Ich kann keine Verbindung zu Starfleet herstellen«, sagte der hinter Scott sitzende Kommunikationsoffizier. »Die Klingonen blockieren unsere Signale.«

Goldenes und rotes Licht loderte über den Wandschirm – man hätte meinen können, ein naher Stern sei praktisch von einem Augenblick zum anderen zur Nova geworden. Den Phaserstrahlen war es tatsächlich gelungen, die Schilde des Gegners zu durchdringen und drei klingonische Raumschiffe zu vernichten.

»Jetzt sollten Sie eigentlich in der Lage sein, mit Starfleet Kontakt aufzunehmen«, meinte Scott. »Steuermann – bringen Sie uns fort von hier.«

»Bin dabei, Sir.« Der Kadett fluchte und schlug auf den Rand der Konsole. »Wir bekommen schon wieder Besuch!«

Das Projektionsfeld an der Wand zeigte fünf blaugraue Kriegsschiffe.

»Unsere Phaserkanonen lassen sich nicht noch einmal einsetzen, Sir«, berichtete der wissenschaftliche Offizier, als die *Saratoga* viel zu langsam Fahrt aufnahm. »Die Akkumulatoren sind ausgebrannt und somit nicht mehr imstande, Energie aufzunehmen.«

Scott nickte knapp und lehnte sich zurück. Nach dem jähen Adrenalinschub hätte er sich eigentlich müde und ausgelaugt fühlen sollen, doch statt dessen brodelte Zorn in ihm – eine Wut, die den Beobachtern außerhalb des Simulators galt, seiner Rolle als Captain und dem Umstand, daß ihn die Situationsaspekte des Szenarios in eine ausweglose Lage manövrieren wollten. »Machen Sie sich wegen der Phaser keine Sorgen. Wir brauchen sie ohnehin nicht mehr.«

»Klingonen im Anflug!«

»Heckdeflektoren desaktivieren!« befahl Scott. Seine Gedanken rasten, als er nach Ideen und Inspirationen suchte. »Wir brauchen die gesamte Energie für unsere bugwärtigen Schilde.« *Vor allem deshalb, weil der Simulator-Computer die klingonische Feuerkraft so hoch einschätzt.* Hinter Scotts Stirn zeichneten sich die Konturen einer neuen Strategie ab, und er schaltete wieder das Interkom ein. »Maschinenraum!«

»Aye, Sir?«

»Bereiten Sie einen Behälter mit Antimaterie vor ...«

»*Wie* bitte?« erwiderte der Techniker verblüfft.

»Stellen Sie keine Fragen und hören Sie zu!« Es blieb Scott nicht genug Zeit, um dem nervösen Burschen alle Einzelheiten seines Plans zu erläutern. »Wenn Sie sich beeilen, sollten Sie es in knapp drei Minuten schaffen. Bringen Sie den Behälter anschließend zum nächsten Transporterraum, und zwar *schnell!*«

»Aber ...«

»Das ist ein *Befehl!* Brücke Ende.« Scott betätigte eine andere Taste, als der Steuermann meldete, der erste klingonische Photonentorpedo sei auf dem Weg.

»Torpedostation«, tönte eine nervöse Stimme aus dem Interkom-Lautsprecher. »Sie haben sich mit uns in Verbindung gesetzt, Brücke?«

»Aye. Die Katapulte funktionieren nicht mehr, oder?«

»Meinen Sie die Katapulte der Torpedos, Sir?«

Scott ließ den Kopf hängen und zählte schnell bis drei. »Ja, ich meine die Katapulte der Photonentorpedos. Sie funktionieren nicht mehr, oder?«

Blitzendes weißes Licht strahlte vom Wandschirm, als die klingonischen Torpedos an den Bugschilden der *Saratoga* explodierten.

»Hier unten funktioniert gar nichts mehr, Sir«, antwortete der Waffentechniker, als das Krachen und Donnern verklang.

»Na schön«, brummte Scott. »Nehmen Sie so viele Photonentorpedos, wie Sie tragen können. Bringen Sie die Dinger zu den Transporterräumen.«

»Meinen Sie *alle?*«

»Ja, verdammt! Sechs Exemplare für jeden Transporterraum! Beeilen Sie sich!«

Scott schloß den internen Kom-Kanal, und nur eine Sekunde später hörte er eine andere Stimme. »Transporterraum an Brücke. Wir haben den mit Antimaterie gefüllten Behälter, Sir. Wie sollen wir damit verfahren?«

Der junge Schotte wandte sich an den Steuermann. »Bringen Sie uns fort von den Angreifern. Setzen Sie dabei das ganze Impuls-Potential ein.«

»Aye, aye, Sir.«

»Navigator?«

»Sir?«

»Beginnen Sie mit einer kontinuierlichen Sondierung in Hinsicht auf die Position des zentralen Schiffes. Übermitteln Sie die Daten dem Transporterraum.« Scott beugte sich zum Interkom vor. »Seien Sie für den Empfang von Koordinaten bereit, Transporterraum.«

»Weitere klingonische Torpedos«, meldete der Steuermann, und es klang nicht mehr ganz so besorgt wie vorher. Scott nickte bestätigend. Er dachte bereits an die nächste Flotte aus feindlichen Schiffen, die ihm der Computer schicken würde, begann in diesem Zusammenhang mit ersten Berechnungen.

»Koordinaten empfangen, Brücke«, berichtete der Transporterraum. »Äh ... Sir? Und nun?«

Scott lächelte. »Peilen Sie einen Punkt an, der sich weniger als zwei Kilometer vor dem zentralen Schiff befindet ...«

Die zweite Salve entfaltete weitaus mehr Wirkung als die erste. Der junge ›Captain‹ hielt sich an den Armlehnen des Kommandosessels fest und beobachtete, wie mehrere Brückenoffiziere von den heftigen Erschütterungen aus ihren Sitzen gerissen und zu Boden geschleudert wurden. Von einem Augenblick zum anderen herrschte fast völlige Finsternis im Kontrollraum, und dann wurde es langsam wieder heller.

»Weniger als zwei Kilometer vor dem zentralen Schiff«, wiederholte Scott, als sich die Bordsysteme wieder stabilisiert hatten. »In bezug auf die Koordinaten während des Transfers. Beamen Sie den Behälter anschließend *sofort* zurück.«

»Aber ...«

»*Nur* den Behälter«, betonte Scott. Begriffen die anderen Kadetten denn überhaupt nichts? Mußte er ihnen immer alles erklären? »Die Antimaterie bleibt dort.«

»*Lieber* Himmel ...«

Scott hörte, wie die Transportertechniker hektische Aktivität entfalteten, um seine Anweisungen durchzuführen. Die Entfernung war natürlich zu groß, um zu beobachten, wie der Behälter mit der Antimaterie im All erschien und unmittelbar darauf wieder verschwand, ohne seinen Inhalt. Als das zentrale Schiff in den betreffenden Raumbereich flog, kam es zu unübersehbaren Konsequenzen. Alle fünf Schlachtkreuzer platzten in einem plötzlich entfesselten energetischen Chaos auseinander, als sie dem Starfleet-Schiff weitere Photonentorpedos entgegenschleuderten. Scott grinste wie ein Narr, während sich das Brückendeck hob und senkte. Diesmal verlor er ebenfalls den Halt und fiel zu Boden.

»Wir haben keine Schilde mehr, Captain!« rief jemand und übertönte die Stimmen der anderen Kadetten. »Hinzu kommt ein Riß in der Außenhülle, Sektion sechs null null!«

Scott stand auf und nahm wieder im Kommandosessel Platz; er fragte den wissenschaftlichen Offizier nicht, ob von den feindlichen Schiffen etwas übriggeblieben war – das Projektionsfeld an der Wand zeigte nur schwarze Leere. »Navigator! Sind wir noch immer in der Neutralen Zone?«

»Nein, nicht mehr«, lautete die Antwort. »Aber wir werden verfolgt.«

»Mist!«

»Von *neun* Schlachtkreuzern!«

Die ganze Brückencrew starrte zur jungen Frau an der wissenschaftlichen Station. »Was?« brachte Scott fassungslos hervor.

»*Neun*!« wiederholte der Kadett schockiert. »*Neun* klingonische Kriegsschiffe nähern sich uns von der Backbordseite her!«

»Wir drehen bei!« verkündete der Steuermann.

Scott schaltete das Interkom ein. »Transporter!«

»Wir haben sie!« tönte es aus dem Lautsprecher. »Sechs Torpedos in jedem Transporterraum. Ihre Befehle, Captain?«

Es klappt nicht! fuhr es Scott durch den Sinn. Er dachte an das Ergebnis seiner Berechnungen, prüfte die Formeln und fragte sich, welchen Aspekten der Computer Priorität einräumte: reiner Mathematik oder den Resultaten von Experimenten. Er schüttelte den Kopf und begriff, daß er eigentlich gar nichts zu verlieren hatte. »Nehmen Sie erneut Koordinaten von der Navigation entgegen...« Die Navigatorin nickte, verstand und begann mit einer Sondierung. »Ebenso wie von der wissenschaftlichen Station.« Die entsprechende junge Frau wandte sich rasch ihren Instrumenten zu. »Peilen Sie die Verbindungsstellen zwischen den klingonischen Schilden an und beamen Sie jeweils sechs Torpedos dorthin, wenn ich den Befehl dazu erteile.«

Scott beobachtete die großen Kampfkreuzer auf dem Wandschirm, während er auf die Bereitschaftsmeldung des Transporterraums wartete. Er zweifelte kaum daran: Die Ausbilder jenseits des Simulators würden das Szenario beenden und ihm vorwerfen, unehrlich zu sein, zu mogeln. Bestimmt fand seine Laufbahn als Kommando-Offizier hier und jetzt ein unrühmliches Ende!

»Transporterraum.« Die Stimme ließ Scott zusammenzucken. »Wir sind soweit.«

Er befeuchtete seine trockene Lippen und nickte dem näher kommenden Gegner zu. »Leiten Sie den Transfer ein.«

Es krachte so laut, daß Scott glaubte, es zerrisse ihm die Trommelfelle. Atomares Feuer verschlang die neun klingonischen Kreuzer nur etwa tausend Kilometer von der *Saratoga* entfernt. Der Schotte duckte sich unwillkürlich und hörte, wie die Navigatorin fluchte. Er starrte noch immer zu Boden, als das Donnern nachließ und das grelle Weiß erst kurzlebigen Pastelltönen und dann gewohntem Grau wich. *Damit habe ich mich selbst erledigt*, dachte er kummervoll.

»*Fünfzehn* klingonische Schlachtkreuzer im Anflug.« Der Steuermann lachte schrill. »Bei allen Heiligen! *Fünfzehn* ...«

Scott fand nicht einmal die Kraft, den Kopf zu heben und zum Wandschirm zu sehen. Sein Sieg über die neun Schiffe hatte ihn deutlich genug an die Tatsache erinnert, daß es sich um eine Simulation handelte, die in keiner Verbindung mit der Realität stand. Der Szenario-Computer schien auch weiterhin fest entschlossen zu sein, ihm eine Niederlage beizubringen, und Scott verlor plötzlich das Interesse daran, die Ehre eines gar nicht existierenden Starfleet-Schiffes zu verteidigen. Er wollte sich auch weiterhin Mühe geben, seiner Rolle gerecht zu werden, doch letztendlich hielt er alles für sinnlos. In Hinsicht auf die Beurteilung seiner Leistungen gab er sich keinen Illusionen hin. »Maschinenraum, separieren Sie die Hauptkontrolle des Warptriebwerks. Sie brauchen dafür einen Waffenoffizier, aber ...«

Scott blickte über Admiral Walgrens Kopf hinweg zur Wand. Er wußte nicht, ob es in diesem kleinen Konferenzzimmer tatsächlich kühler war als im Rest der Akademie, aber so fühlte es sich an.

»Wissen Sie, warum ich Sie hierherbestellt habe?« fragte Walgren steif.

»Aye, Sir«, erwiderte Scott. »Ich glaube schon.«

»Wären Sie so nett, uns den Grund zu nennen?« Commodore Hohman sah zu Walgren, und seine Züge verrieten Ärger. »Für jene von uns, die nicht so genau Bescheid wissen ...«

Scott wandte sich mit einem fragenden Blick an Walgren. Der hochgewachsene, grauhaarige Engländer schien von den anwesenden vier Offizieren der einzige zu sein, der wirklich verstand, was Scott während der Simulation angestellt hatte. Pech: Ohne Walgrens Kenntnisse wäre es Scott vielleicht gelungen, mit allem davonzukommen.

Die beiden Commodore erweckten auch weiterhin den Eindruck höflicher Unsicherheit. Was Admiral Howell betraf... Er betrachtete das Eis in seinem Glas Wasser, wirkte sowohl schuldbewußt als auch verlegen. *Ich bin der Grund für seine Verlegenheit*, dachte Scott. *Ich habe ein Verbrechen gegen die Physik begangen, und dafür sollte man mich bestrafen.*

»Mr. Scott...«, sagte Walgren scharf und gewann damit wieder die Aufmerksamkeit des jungen Schotten. »Bitte erklären Sie, auf welche Weise es Ihnen gelang, die neun klingonischen Kriegsschiffe außer Gefecht zu setzen.«

»Ich habe dabei die Perera-Feldtheorie verwendet«, antwortete Scott und erinnerte sich. Bei den neun Schlachtkreuzern hatte er den letzten Erfolg erzielt: Die *Saratoga* fiel der nächsten, aus fünfzehn Schiffen bestehenden Flotte zum Opfer und bekam keine Gelegenheit, auch nur einen einzigen weiteren Gegner zu eliminieren. Nach wie vor glaubte er, daß es ihm gelungen wäre, auch mit jenen Angreifern fertig zu werden – wenn tatsächlich ein Maschinenraum mit Technikern und Ingenieuren existiert hätte, die ihn verstanden und schnell genug handelten.

Abgesehen von Walgren schien niemand zu begreifen, was Scott meinte, und deshalb fügte er hinzu: »Wenn Klingonen angreifen, so bilden ihre Schiffe oft pulkartige Formationen, wobei sich die Schilde gegenseitig überlappen. Daraus ergibt sich folgender Vorteil: Wenn die Gefahr besteht, daß ein Deflektor destabil wird, so kann er Energie von den anderen Schutzschirmen beziehen.« Er legte eine kurze Pause ein und musterte die beiden Commodore. »Soll ich fortfahren?«

Hohmans Lippen zuckten und deuteten ein Lächeln an, das Verwunderung mit Spott vereinte. »Ich bitte darum.«

»Nach Pereras Theorie kommt es an den Verbindungsstellen der einzelnen Schilde zu starken energetischen Wechselwirkungen, die sogar ein Photonentorpedo zur Explosion bringen. Alle mathematischen Gleichungen und Formeln bestätigen dieses Postulat.«

»Klingt gut«, kommentierte Hohman. »Wo liegt das Problem?«

Walgren schnaufte leise. »Das Problem ist: Pereras Feldtheorie funktioniert nicht.«

»Sie läßt sich nicht in die Praxis umsetzen«, erläuterte Scott. Als er Walgrens eisigen Blick bemerkte, starrte er wieder an die Wand.

Howell räusperte sich. »Anders ausgedrückt: Wenn man die Theorie in der Wirklichkeit anzuwenden versucht, so ... passiert nichts?«

Walgren nickte. »Genau. Der Grund dafür ist unbekannt, aber Experimente haben bewiesen, daß die Feldtheorie nur theoretische Bedeutung hat. In der Praxis taugt sie nichts.«

Commodore Shoji hob die Hand. »Erheben Sie Einwände dagegen, daß Mr. Scott die Theorie während des Szenarios verwendete, obwohl sie keinen praktischen Wert hat?«

»Natürlich!« brummte Walgren. »Immerhin handelt es sich um eine *Simulation* und nicht um irgendein Spiel!«

»Aber von den Studenten wird erwartet, daß sie alle zur Verfügung stehenden Mittel nutzen«, erwiderte Shoji. Neugierig wandte er sich an Scott. »Wußten Sie, daß sich jene Feldtheorie nicht in die Praxis umsetzen läßt?«

Die Frage überraschte Scott – schon seit vielen Jahren befaßte er sich mit technischen Dingen und allen damit in Zusammenhang stehenden theoretischen Aspekten.

»Selbstverständlich!« antwortete er. »Aber ich habe damit gerechnet, daß der Computer eine entsprechende Maßnahme akzeptiert, weil es an der mathematischen Basis des Perera-Theorems nichts auszusetzen gibt.«

Der japanische Commodore zuckte mit den Schultern. »Meiner Ansicht nach hat Mr. Scott den Erfordernissen des Szenarios genügt. Er sah eine erfolgversprechende Möglichkeit und machte Gebrauch von ihr.«

»Es ist ein Test, der die *Wirklichkeit* widerspiegeln soll!« beharrte Walgren.

»Ich verstehe noch immer nicht, wo das Problem liegt«, knurrte Hohman.

»Nun, ich schätze, ich habe ein bißchen gemogelt«, sagte Scott.

»Mehr als nur ›ein bißchen‹«, meinte Howell.

»Sind Sie *ganz* sicher, daß die Perera-Sache nicht funktioniert?« vergewisserte sich Hohman. »Scotts Erklärungen klangen vernünftig.«

Der britische Admiral schnaubte leise und ließ sich nicht einmal dazu herab, Hohman anzusehen. »Sie sind eben kein Techniker«, sagte er schlicht.

Howell seufzte. »Das gilt auch für Commodore Shoji und mich. Um über Mr. Scotts Verhalten beim Szenario zu befinden, brauchen wir zuverlässige Daten in bezug auf die schon mehrfach erwähnte Theorie. Wir wären Ihnen sehr dankbar, wenn Sie uns solche Informationen zugänglich machen könnten, Admiral.«

Walgren bedachte ihn mit einem hochmütigen Blick. »Die Auskunft von zwei Technikern genügt wohl nicht, wie?«

»Äh, Admiral?« Scott stand in der Mitte des Zimmers und verlagerte das Gewicht unruhig vom einen Bein aufs andere. »Sir, ich …«

»Schweigen Sie, Mr. Scott«, sagte Walgren streng. »Wir sind noch nicht mit Ihnen fertig.«

Der junge Schotte hätte am liebsten gerufen: *Ich kann alles erklären*! Aber der frostige Blick von Walgrens stahlgrauen Augen deutete darauf hin, daß er sich für die einzige Quelle ›zuverlässiger Daten‹ hielt.

»Äh... aye, Sir«, murmelte Scott und gab keinen Ton mehr von sich.

Walgren schaltete das Interkom ein und forderte seinen Assistenten auf, eine Verbindung zum Bibliothekscomputer herzustellen. Scott versuchte, völlig reglos zu stehen und sich vorzustellen, daß die kleinen Flecken an der Decke konstellationsartige Muster bildeten.

»Ah, hier haben wir's.« Walgren blätterte erstaunlich schnell durch die einzelnen Bildschirmseiten, und Scott fragte sich, ob der Admiral die Informationen so rasch aufnehmen konnte. »Die *Enzyklopädie für technische Entwicklung und innovative Theorie*«, sagte der Engländer. »Unter ›A‹ für ›Aberdeen-Lösung‹.«

Hohman schnitt eine Grimasse. »Der betreffende Ingenieur hieß Aberdeen?«

»So lautet der Name des Ortes, wo die Theorie getestet wurde«, ließ sich Scott vernehmen. Howell warf ihm einen kurzen Blick zu, doch sonst achtete niemand auf ihn.

Walgren strich mit dem Zeigefinger über die einzelnen Zeilen am Bildschirm. »Aberdeen, Schottland, Erde...«, murmelte er in einem neutralen Tonfall, während er las. »›Der auf Terra geborene Technikschüler Montgomery Scott konstruierte eine Versuchsanordnung aus sieben einzelnen Feldgeneratoren, um die gleiche Anzahl von ineinander verschachtelten Schutzschilden zu simulieren und...‹« Walgren sah noch einmal zum Anfang des Artikels und holte tief Luft, bevor er wiederholte: »Montgomery Scott?«

Die Blicke der Offiziere richteten sich auf den Kadetten. Scott errötete und hob andeutungsweise die Schultern. »Aye«, gestand er. »Damit bin ich gemeint.«

Hohman schien es kaum fassen zu können. »Wie alt waren Sie zu jenem Zeitpunkt?«

Scott zuckte mit den Achseln und fragte sich, warum das eine Rolle spielen sollte. »Etwa sechzehn, Sir.«

»Meine Güte ...«

»Ist die Technik Ihr Hobby, Mr. Scott?« erkundigte sich Walgren ernst. Er musterte den jungen Schotten mit solcher Aufmerksamkeit, als hätte er gerade die letzte Frage bei einer sehr wichtigen Prüfung gestellt.

»Sie war mein Hauptfach, Sir«, erwiderte Scott. »Bevor ich mit der Kommandoausbildung begann, wollte ich Starfleet-Ingenieur werden, um im Maschinenraum eines Raumschiffs zu arbeiten.« Walgrens durchdringender Blick verdichtete das Unbehagen in ihm.

»Also war es gar nicht Ihr Wunsch, Kommando-Offizier zu werden?«

Scott entschied, ganz ehrlich zu sein. »Nein, Sir. Mir ist natürlich klar, daß ein Captain sehr wichtige Aufgaben wahrnimmt, und ich weiß zu schätzen, daß Starfleet mich für geeignet hält, Kommandant eines Raumschiffs zu werden. Aber ...« Er seufzte und schüttelte den Kopf. »Eigentlich geht es mir gar nicht darum, anderen Leuten Befehle zu erteilen. Maschinen und dergleichen interessieren mich viel mehr. Ich wünsche mir einen Captain, der das versteht – der mich nicht zwingt, etwas zu sein, das meinem inneren Wesen widerspricht.« *Jetzt ist es ausgesprochen, und damit gibt es kein Zurück mehr. Die Konsequenzen lassen bestimmt nicht lange auf sich warten.*

Ein Teil der Strenge wich aus Walgrens faltigem Gesicht, und er nickte langsam. »Ich glaube, das läßt sich bewerkstelligen, Mr. Scott.«

Der Kadett runzelte die Stirn. »Sir?« Irgendwo in ihm prickelte eine Hoffnung, der er sich nicht hinzugeben wagte.

»Ich ordne hiermit das Ende Ihrer Kommandoausbildung an«, fuhr Walgren abrupt fort. »Während des *Kobayashi-Maru*-Tests haben Sie nicht die notwendigen

Leistungen erbracht. Darüber hinaus zeigen sich in Ihrem Gebarensmuster Hinweise auf Eigenschaften, die den Erfordernissen eines Kommando-Offiziers bei Starfleet nicht gerecht werden.« Der Admiral lächelte fast, als er die Freude in Scotts Gesicht sah.

»Ich ... ich danke Ihnen, Sir!« Die Antwort klang grotesk, aber das kümmerte den Schotten nicht. Es war ihm auch gleich, ob der Admiral wußte, daß er ihm einen sehnlichen Wunsch erfüllt hatte.

»Lassen Sie sich Ihr Versagen eine Lehre sein, Mr. Scott«, sagte der Engländer und verstaute seine Unterlagen in der Aktentasche. »Man bekommt nur selten eine zweite Chance.«

Scott warf Walgren einen dankbaren und bewundernden Blick zu, als der Admiral zur Tür ging. »Ja, Sir.« Und nach kurzem Zögern. »Das werde ich Ihnen nie vergessen, Sir.«

Das Schott glitt vor Walgren beiseite, und er drehte sich noch einmal um. »Danken Sie nicht mir, sondern Ihrem Verbindungsstück, Mr. Scott.« Er lächelte, als der junge Fähnrich verblüfft blinzelte. »Wer so etwas entwickeln kann, hat eine ausgezeichnete technische Begabung, und Starfleets technische Sektion braucht solche Leute. Ich wünsche Ihnen Gelegenheit, Ihre Talente voll zu entfalten, Mr. Scott. Gott sei mit Ihnen.«

»Gott sei mit *Ihnen*, Admiral Walgren!« rief Scott, als sich die Tür mit einem verhaltenen Zischen schloß.

Er sah Walgren nie wieder. Ab und zu nutzte Scott die Gelegenheit, sich über den Werdegang des älteren Mannes zu informieren, bis der Admiral und Techniker schließlich starb, im Alter von siebzig Jahren. Während jener Zeit ließ das Gefühl der Dankbarkeit Walgren gegenüber nie nach.

Er bedauerte es, ihm nicht mitteilen zu können, wieviel die nach dem *Kobayashi-Maru*-Test getroffene Entscheidung für sein ganzes Leben bedeutete. »Sie schuf den Unterschied zwischen Erfüllung und reiner

Pflicht«, hätte er Walgren mitgeteilt. »Das verstehen Sie doch, oder?«

Er zweifelte nicht daran, daß Walgren tatsächlich imstande gewesen wäre, so etwas zu verstehen. Immerhin steckte auch in ihm ein Ingenieur.

9 HALLEY

Scott sah durch den Mittelgang des Shuttles zu Kirk und lächelte. »Es *war* die richtige Entscheidung, nicht wahr?« fragte er leise.

Der Captain nickte und dachte dabei an jene Erinnerungen, die er mit dem Chefingenieur teilte. Eine seltsame Melancholie ging mit den entsprechenden Gedanken einher. »Ja, Mr. Scott, dem kann ich nur beipflichten.« Er beschränkte sich auf diese Worte – obgleich es eigentlich noch viel zu sagen gab. Wie dem auch sei: Manchmal mußte man gewisse Dinge nicht aussprechen, um zu verstehen und um verstanden zu werden. Kirk schloß die Augen und lauschte Chekovs Bemühungen, Scotts Alarmanlage wieder in einen Kommunikator zu verwandeln.

»Schlafen Sie jetzt, Scotty«, wandte sich McCoy an den Schotten. »Für heute haben wir genug Geschichten gehört.«

»Es ist herrlich, von Dingen zu berichten, die sich vor langer Zeit zugetragen haben«, erwiderte der Chefingenieur. »Und wenn man anschließend noch mehr erzählen möchte, stehen einem die Bereiche Phantasie und Imagination zur Verfügung.«

Offenbar verzog McCoy das Gesicht, denn Kirk hörte, wie Scott leise lachte. »Sparen Sie das Seemannsgarn für eine andere Gelegenheit auf«, sagte der Arzt. »Sie brauchen jetzt Ruhe, ebenso wie unser Captain.«

»Aye, Doktor.«

Leonard weiß Bescheid, dachte Jim, ohne daß mit diesen Überlegungen besondere Sorge verbunden gewesen wäre. *Er weiß, daß Spock uns nicht gesehen hat, daß es keine Hoffnung mehr gibt.* Zu dieser Erkenntnis hatte sich Kirk eine Stunde nach der Explosion der Triebwerksgondel durchgerungen. Daß sein alter Freund zu dem gleichen Schluß gelangt war, verringerte ein wenig das Gewicht der auf ihm lastenden Bürde, half ihm jedoch nicht dabei, die Niederlage hinzunehmen. Ein Teil seines Selbst hielt nach wie vor nach einer Lösung des Problems Ausschau, erwies sich als ebenso stur und hartnäckig wie ein Terrier, der einen besonders schlauen Fuchs zu finden versuchte. Aber die metaphorischen Krallen kratzten jetzt nur noch über festen Stein, und es gab keinen anderen Ort, der als Versteck für den Fuchs ins Frage kam. Dennoch gab der Terrier nicht auf.

Der Captain hob den Kopf, als ihn jemand am Knie berührte.

»Wie geht's dir?« fragte McCoy, als er die Augen öffnete. Kirk vermutete, daß sich die Frage nicht nur auf sein verletztes Knie bezog.

»Den Umständen entsprechend«, antwortete er wahrheitsgemäß. »Was ist mit Sulu?«

Der Arzt warf einen kurzen Blick über die Schulter, zuckte dann mit den Achseln und lud den Injektor. »Er schläft. Ich glaube, sein Zustand hat sich stabilisiert. Mehr kann ich hier nicht für ihn tun.« McCoy injizierte das vorbereitete Medikament ins angeschwollene Knie des Captains. »Das sollte dir den größten Teil der Schmerzen nehmen«, sagte er mit der Gelassenheit eines erfahrenen Mediziners. »Allerdings könnte das Mittel auch Müdigkeit bewirken. Ich schlage vor, du machst es dir bequem. Ruf mich wenn ...« Leonard zögerte kurz, fuhr dann damit fort, seine Sachen zu verstauen. »... wenn du etwas brauchst.«

Kirk hielt den Arzt am Arm fest, und die Finger wanderten zur Hand weiter, als McCoy seinem Blick begegnete. »Danke, Pille ...« Er hoffte, daß Leonard auch die unausgesprochene Botschaft verstand.

Der Doktor lächelte kurz und drückte die Hand des Captains. »Keine Ursache«, erwiderte er sanft. »Schlaf jetzt.« Auf dem Rückweg zu seinem Platz drehte er das Licht ein wenig herunter.

Die Konturen der Umgebung schienen sich nun im Halbdunkel zu verlieren, und ebenso erging es Kirks Gedanken. Der Schmerz im Knie ließ tatsächlich nach, und die Erleichterung brachte eine mit Schlaf lockende Benommenheit. Scott und McCoy bewegten sich immer weniger, bis das regelmäßige Atmen der beiden Männer darauf hindeutete, daß sie eingeschlafen waren. Das von Sulu stammende, mühsam klingende Zischen vereinte sich mit dem leisen Rauschen im Lautsprecher des defekten Kommunikators.

Jetzt ist es soweit, dachte Kirk und fühlte sich von einer sonderbaren Faszination heimgesucht. *Ich habe versagt.* Es gelang ihm nicht, diesen Gedanken zu verdrängen. Bisher hatten sie überlebt, weil sie bereit gewesen waren, jede Möglichkeit voll auszuschöpfen. Doch jetzt gab es überhaupt keine Möglichkeiten mehr. Sie konnten nur noch warten.

Ich bin NICHT bereit, eine Niederlage hinzunehmen! fuhr es Kirk durch den Sinn. Alles in ihm beharrte auf einem *letzten Versuch,* doch die Erschöpfung hatte sich bereits zu nahe an ihn herangeschlichen, zerrte mit bleierner Schwere die Lider nach unten. *Ich glaube nicht an Situationen, die ohne irgendeinen Ausweg sind!* Er versuchte, wach zu bleiben und weiterhin nachzudenken, aber das leise statische Knistern aus dem Lautsprecher des Kommunikators war wie eine melodische Stimme, die ihn in den Schlaf sang.

Als Kirk erwachte, fühlte er sich wie im Fieber – und wußte plötzlich, was es zu unternehmen galt.

Er stemmte sich hoch, und diesmal begrüßte er den Umstand, daß Schmerz im Knie entflammte – die heiße Pein befreite ihn vom Benommenheitsdunst. Nur noch eine Notlampe brannte, und zwar in der Pilotenkanzel; das Licht reichte bis zu den ersten Sitzreihen im Passagierabteil, überließ den Rest der Dunkelheit. Jim sah die vier ruhenden Gestalten seiner Gefährten, rollte sich auf die Seite und stand auf.

Mühsam setzte er einen Fuß vor den anderen, humpelte durch den Mittelgang und betätigte unterwegs den Lichtschalter. Es erfüllte ihn mit einer gewissen Schadenfreude zu beobachten, wie die anderen erwachten und schläfrig blinzelten.

»Jim, ich ...«

»Ich habe einen Plan«, verkündete Kirk und kam damit McCoys Protest zuvor. »Und damit sollte es eigentlich möglich sein, diese Sache heil zu überstehen.«

Einige Sekunden lang herrschte Stille. Sulu stöhnte leise, und Chekov legte ihm die Hand auf die Schulter, als der Steuermann leise fragte: »Was ist los?«

»Ich hoffe, du weißt, wovon du redest«, sagte McCoy in einem warnenden Tonfall.

Kirk wandte sich an den Sicherheitsoffizier. Er konnte McCoy keine Gewißheit versprechen, und deshalb versprach er gar nichts. »Mr. Chekov ... Der Festspeicher des Navigationscomputers enthält Daten über die Position der *Halley* in bezug auf alle interstellaren Ortungsmarken, nicht wahr?« Der Russe nickte, und Kirk richtete die nächste Frage an Scott: »Ist der Festspeicher nach wie vor in Ordnung?«

»Ja«, bestätigte der Chefingenieur.

»Wir wissen also genau, wo *wir* sind.« Hürde Nummer eins war genommen. »Na schön«, fuhr der Captain fort. »Sulu, erinnern Sie sich an die Koordinaten der *Enterprise* zu jenem Zeitpunkt, als Sie die Brücke verließen?«

»Ja, Sir. 896-448-009 Komma 24.«

»Wir wissen also auch, wo sich die *Enterprise* befindet«, stellte McCoy fest. »Aber hilft uns das weiter?«

Kirk lächelte. »Ich denke schon.« Er verlagerte das

Gewicht aufs gesunde Bein und lehnte sich an die Wand. »Meine Herren…« Er sprach jetzt zu allen. »Wir warten hier auf die *Enterprise*, und das Problem besteht darin, daß sie nicht weiß, wo sie nach uns suchen soll. Hinzu kommt, daß die Sensoren angesichts der energetischen Fluktuationen in diesem Sonnensystem kaum etwas nützen. Sie haben selbst darauf hingewiesen, Scotty: Für die *Enterprise* unterscheiden wir uns nicht von den vielen Asteroiden und Meteoriten. Woraus folgt: Wir müssen irgendwie dafür sorgen, *daß* wir uns von unserer Umgebung unterscheiden – *und* daß die *Enterprise* den Unterschied bemerkt.«

Scott blieb skeptisch. »Wie?« fragte er. »Wir haben gerade genug Energie für die Lebenserhaltungssysteme!«

»Uns steht auch ein Kommunikator zur Verfügung.« Kirk wartete, bis der Gesichtsausdruck des Chefingenieurs darauf hindeutete, daß er zu verstehen begann. »Können Sie dafür sorgen, daß der Apparat *alles* empfängt: Radiowellen, Licht, Sondierungssignale und so weiter?«

»Sie wollen ihn in eine Art schwarzes Loch verwandeln«, murmelte Scott.

Kirk nickte. »Darum geht's im großen und ganzen.«

»Nun… Aber was nützt uns das?«

»An dieser Stelle kommt Chekov ins Spiel.« Der junge Lieutenant versteifte sich in seinem Sitz, wirkte sofort wachsam und unsicher. »Nehmen wir an, daß Spock mit einer logischen, ganz den Vorschriften entsprechenden Suche begonnen hat, als er keinen Kom-Kontakt mehr mit uns herstellen konnte…«

»Oh, wenn's um Logik geht, braucht man bei Spock nie mit einer Enttäuschung zu rechnen.«

Kirk ignorierte diesen Kommentar des Arztes. »Gehen Sie von dieser Annahme aus und benutzen Sie Sulus Koordinaten, um die gegenwärtige Position der *Enterprise* zu berechnen, und zwar in Beziehung auf uns.« Der Blick des Captains glitt wieder zu Scott.

»Wenn wir das schwarze Loch aufs Schiff ausrichten, sollte es bei einer normalen Sensorsondierung entdeckt werden. Und bestimmt zieht Spock die richtigen Schlüsse daraus.«

Der Chefingenieur nickte geistesabwesend, und seine Finger bewegten sich so, als hätte er bereits mit der Arbeit an komplexen elektronischen Bauteilen begonnen. »Für die Ausrichtung brauchen wir zumindest *ein wenig* Schubkraft vom Triebwerk«, überlegte er laut. »Der Konverter ist in einem so schlechten Zustand, daß uns nichts anderes übrigbleibt, als jenen Saft zu verwenden, der jetzt vom Lebenserhaltungssystem und den Lampen beansprucht wird. Aber selbst wenn es uns gelingt, den notwendigen Teil des Triebwerkpotentials wiederherzustellen...« Scott drehte den Kopf und sah besorgt zu Sulu. »Wir brauchen einen Piloten, der es richtig einzusetzen weiß.«

Sulu verzog die Lippen zu einem ebenso mühsamen wie tapferen Lächeln. »Und an *dieser* Stelle komme *ich* ins Spiel«, krächzte er. Der Blick seiner dunklen Augen kroch hin und her, suchte nach McCoy. »Wir sollten die schmerzstillenden Mittel sofort absetzen, Doktor. Ich brauche einen klaren Kopf, um das Shuttle zu steuern.«

Leonard schüttelte besorgt den Kopf. »Jim übernimmt die Navigation.«

Kirk lachte leise. »Nein, dazu ist Jim nicht imstande.«

Bevor der Arzt protestieren konnte, erklärte Sulu: »Der Captain dürfte keine Schwierigkeiten damit haben, ein voll funktionstüchtiges Shuttle zu fliegen, aber bei der *Halley* liegt der Fall anders. Stellen Sie sich jemanden vor, der daran gewöhnt ist, ein Fahrrad mit zwei Rädern zu benutzen – und der plötzlich mit einem Exemplar fertig werden muß, das nur ein Rad hat. Am Prinzip ändert sich kaum etwas, doch im zweiten Fall ist weitaus mehr Geschick nötig.« Sulu versuchte, zuversichtlich zu lächeln. »Machen Sie sich keine Sorgen um mich, Doktor. Ich komme zurecht.«

»Wenn Sie keine Rücksicht auf die Schulter nehmen…«, begann McCoy, unterbrach sich jedoch, als er die Entschlossenheit im Gesicht des Steuermanns sah.

Kirk nickte nur.

»Wir haben da ein Problem«, erklang Chekovs kummervolle Stimme. Er sah Kirk an, und in seinem Gesicht zeigte sich sowohl Erstaunen als auch Betroffenheit. »Es geht dabei um die erforderlichen Gleichungen«, fügte Pavel in einem entschuldigenden Tonfall hinzu. »Mr. Spock mag imstande sein, derartige Berechnungen im Kopf durchzuführen, aber *ich* brauche dazu die Hilfe eines Computers.«

Der Captain sah, wie der Hoffnungsschimmer zu verblassen begann.

»Und wenn Sie per Hand rechnen?« fragte Scott. Der Chefingenieur befand sich bereits im rückwärtigen Teil des Shuttles, suchte dort nach notwendigen Instrumenten und Werkzeugen.

Chekov überlegte einige Sekunden lang. »Das wäre möglich«, räumte er ein. »Aber…«

Scott lächelte selbstgefällig, als er mit einem kleinen Stab in der Tür erschien. »Papier kann ich Ihnen leider nicht bieten, doch die Decksplatten sollten den gleichen Zweck erfüllen.«

Chekov runzelte die Stirn und stand auf, um sich den Gegenstand aus der Nähe anzusehen.

»Was ist das?« fragte Kirk.

Der Chefingenieur strich mit dem Stab über die Wand und hinterließ einen glänzenden dunklen Streifen. »Ein Markierer«, erklärte er. »Damit schreibt man technische Informationen auf Verkleidungsplatten.« Er deutete eine Verbeugung an, als er das Objekt Chekov reichte. »Wo möchten Sie beginnen?«

In weiser Voraussicht löste Scott die letzten vier Sitze aus ihrer Verankerung im Boden, während Chekov noch an der Rückwand arbeitete. Er brachte sie in der Luftschleuse unter und öffnete anschließend das

Außenschott – die entweichende Luft riß die Sessel ins All. Unterdessen setzte Pavel die Berechnungen fort, und schon bald erstreckten sich seine Formeln auch über den Boden.

Kirks Aufregung nahm immer mehr zu, während die Gleichungen wuchsen, sich über Deck und Wände ausdehnten. Auf der anderen Seite des Mittelgangs wurde Sulu immer stiller, als die schmerzstillenden Mittel allmählich ihre Wirkung verloren. »Es ist alles in Ordnung mit mir«, murmelte er mehrmals. Und: »Ich brauche einen klaren Kopf.«

McCoy wanderte unruhig umher, bis ihm Chekov verärgert mitteilte, daß er auf seine Füße schreiben mußte, wenn er sich nicht von ihm fernhielt. Diese Worte entlockten Sulu ein leises Lachen, aber Leonard war nicht so amüsiert: Mürrisch wich er zu seinem Platz in der ersten Reihe zurück und zog sicherheitshalber die Beine an, während er beobachtete, wie der Russe die Arbeit fortsetzte. Kirk gab sich alle Mühe, Ruhe auszustrahlen und seine Gefährten zu beruhigen – obwohl er vor Nervosität fast platzte. Nur Scott schien die Ruhe selbst zu sein und bot dem Captain keinen Anlaß, sich zusätzliche Sorgen zu machen. Doch als der Chefingenieur damit begann, weitere Einrichtungsgegenstände zu entfernen und auszuschleusen, um für Chekov Platz zu schaffen, wandte sich Jim mit folgendem Hinweis an ihn: »Um Himmels willen, Scotty – überlassen Sie Sulu etwas, das er steuern kann!«

Der Schotte lachte. »Sie können ganz beruhigt sein, Captain: Die Toiletten kommen vor den Navigationsgeräten an die Reihe.«

Aber Kirks Unruhe wich nicht.

McCoy behielt seinen Patienten im Auge. Gelegentlich beugte er sich vor und berührte Sulu an der unverletzten Schulter. »Wie geht es Ihnen?« fragte er dann.

»Gut«, behauptete Sulu immer wieder. Und bei

der letzten Antwort betonte er noch einmal: »Ich darf nicht benommen sein, wenn ich dieses Wrack steuern soll.«

Der Arzt schnaubte leise. »Heftige Schmerzen dürften Ihnen die Aufgabe wohl kaum erleichtern.«

Sulu gab ein Geräusch von sich, das für Kirks Ohren nicht nach einem Lachen klang, eher nach einem Schluchzen. »Mag sein«, antwortete er. »Aber die Medikamente hindern mich daran, einen klaren Gedanken zu fassen.« Nach einer kurzen Pause: »Bitte sprechen Sie auch weiterhin mit mir ...«

»Sulu!« rief Chekov aus dem rückwärtigen Bereich des Shuttles. Er hockte hinter den letzten Sitzen, an einer mit Navigationsgraffiti bedeckten Wand. »Wie lauten die Koordinaten der *Enterprise?*«

Der Steuermann seufzte. »Haben Sie die Daten vorhin nicht notiert, Pavel?«

»Die Koordinaten!«

»896-448-009 Komma 24.«

Nach einer Weile lehnte sich Chekov zurück und betrachtete die gekritzelten Zeichen auf dem Boden des Mittelgangs. Er streckte sich, stand auf und schrieb mehrere Zahlen an die vordere Wand. »Lösen Sie dieses Segment«, wies er Scott an, der noch immer irgendwelche Dinge demontierte.

»Fertig?« fragte der Chefingenieur und lächelte.

Chekov nickte, blieb jedoch ernst. »Das ist unser Kurs.«

»Ich bin bereit, uns zu fliegen«, sagte Sulu, doch seine Stimme klang schwach, schien wie aus einem fremden Mund zu kommen. »Allerdings schaffe ich es nicht aus eigener Kraft nach vorn.«

Scott verharrte am Sessel des Steuermanns. »Noch brauchen wir Ihre Dienste nicht«, sagte er und zeigte Sulu eine sehr kompliziert wirkende, elektronische Vorrichtung. »Zuerst muß das hier nach draußen geschafft werden. Halten Sie noch etwas durch.«

»Ich möchte nicht die Chance verpassen, dieses Shuttle noch einmal zu steuern.«

Scott lächelte. »Ich weiß, Junge. Und Sie *bekommen* Ihre Chance, verlassen Sie sich drauf.«

Diesmal bereitete sich Chekov darauf vor, die *Halley* zu verlassen. Scott überprüfte die Siegel seines Schutzanzugs und bedachte den Russen schließlich mit einem strengen Blick, als er ihm den Apparat in die Hände drückte. »Befestigen Sie die Sicherheitsleine, *bevor* sich das Außenschott öffnet«, sagte er. »Und geben Sie gut auf dieses Ding acht. Wenn Sie es verlieren, werden Sie soweit degradiert, daß man für Sie einen ganz neuen Rang schaffen muß.«

Chekov vergewisserte sich, daß die Vorrichtung am Instrumentengürtel befestigt war. »Keine Sorge«, erwiderte er und setzte den Helm auf, bevor sich der Chefingenieur mit weiteren Mahnungen an ihn wenden konnte.

Scott griff mit beiden Händen nach dem Helm und sah durch die Sichtscheibe. »Seien Sie vorsichtig!« sagte er laut. »Haben Sie verstanden?«

Pavel nickte und trat in die Luftschleuse. Hinter ihm schloß sich das Innenschott.

Es bestand keine Kom-Verbindung während dieses externen Einsatzes. »Er hat es nicht weit«, wandte sich Scott an Kirk. »Ich mußte bis zur Triebwerksgondel eine wesentlich längere Strecke zurücklegen. Ganz in der Nähe gibt es einen Wartungsstutzen, mit dem der Apparat verbunden werden kann.« Jim wußte, daß ihn der Chefingenieur zu beruhigen versuchte, aber es klappte nicht. Das Prickeln in ihm nahm immer mehr zu, bis er es kaum mehr ertragen konnte, untätig zu sein. Um sich abzulenken, bestand er darauf, daß McCoy und Scott den Steuermann nach vorn in die Pilotenkanzel brachten.

Für Sulu kam jeder Schritt Agonie gleich, und er schnappte immer wieder nach Luft, wodurch die verletzte Schulter in Bewegung geriet und ihm zusätzliche Pein bereitete. Als ihn Arzt und Chefingenieur schließlich in den Sessel vor der Navigationskonsole sinken ließen, schien der Steuermann nur noch ein Schatten seiner selbst zu sein. Er bot einen Anblick, der Kirk fast das Herz zerriß.

Er humpelte zur Tür und beobachtete, wie McCoy neben dem Leidenden kniete. »Erlauben Sie mir, Ihnen etwas zu geben!«

Sulu konnte nicht einmal genug Atem schöpfen, um zu widersprechen. Er hielt nur die eine Hand um den Arm des Arztes geschlossen und ließ nicht los.

»Verdammt, Sulu ...!«

»*Nein* ...«, hauchte der Steuermann. »*Bitte*, Doktor ... Ich bin gleich wieder in Ordnung ...«

»Sind Sie sicher?«

»Ja ...«

McCoy trat ins Passagierabteil, ohne Kirk aufzufordern, wieder Platz zu nehmen.

Knapp fünf Minuten später kehrte Chekov zurück und lächelte zufrieden – es war ihm gelungen, das Signalmodul am Wartungsstutzen der *Halley* zu befestigen. Er legte den Schutzanzug ab und gesellte sich Kirk und Sulu hinzu, als Scott nach hinten ging, um dem Triebwerk Schubkraft zu entlocken. »Haben Sie den Kurs?« wandte er sich an den Steuermann.

»Ja«, flüsterte Sulu. Mit einer zitternden Hand deutete er auf das Wandsegment, das vor ihm an der Konsole ruhte und mehrere Zahlen aufwies. »Lesen ... Sie die Daten vor ... damit ich mich ... ganz aufs Steuern konzentrieren kann.«

Kirk griff nach dem Metallquadrat und reichte es Chekov. Der Sicherheitsoffizier nahm es mit einem besorgten Nicken entgegen, doch seine Stimme klang fest, als er sagte: »Drehen Sie uns nach 896-448-887 Komma 3 ...«

»Aye, aye, Navigator ...«

Im Heckbereich des Shuttles klickte und klackte es mehrmals, als Scott die normale Beleuchtung ausschaltete, um die Energie für den Antrieb zu verwenden. Kirk hörte, wie McCoy wortlos aufstand und nach den Notlampen tastete, die wenige Sekunden später matt glühten. Der Captain aktivierte die kleine Chemo-Laterne über der Konsole, ohne Sulus und Chekovs Dialog zu unterbrechen.

»Verdammt …«, brachte der Steuermann hervor. »Ich habe einen Teil meines Feingefühls verloren. Stimmt … der Kurs?«

Chekov beugte sich über Sulus Schulter und blickte auf die Anzeigen. »Alles in bester Ordnung.«

Kein Licht, keine Wärme, keine Lufterneuerung … Dieser Gedanke ging Kirk immer wieder durch den Kopf, als er das schmerzverzerrte Gesicht des Steuermanns musterte. Die gleiche Situation wie am Anfang. Und ihr Überleben hing nun von drei Faktoren ab: Funktionierte die von Scott zusammengebastelte Vorrichtung? Stimmten Chekovs Berechnungen? Basierte Kirks Plan auf den richtigen Annahmen? Wenn die Antwort auf eine dieser Fragen *Nein* lautete, so starben sie, wie beim *Kobayashi Maru*.

Aber wir alle haben den Test bestanden, auf die eine oder andere Weise! fuhr es Kirk durch den Sinn. *Mit unseren damaligen Erfolgen bewiesen wir, daß man sich nicht mit einer Niederlage abfinden muß, daß es immer einen Ausweg gibt.* Man verändere die Voraussetzungen, so wie Jim. Man beiße sich durch, so wie Chekov. Oder man nutze alle Möglichkeiten beim Kampf, so wie Scotty. Darauf kam es nun an. Kirk wollte eher seine eigene Seele opfern, als sich geschlagen zu geben. »Kurs, Mr. Sulu?« fragte er mit der ruhigen, gefaßten Stimme des Captains.

»… 896-449-678 Komma 89 …«

»Gut.« Jim bedachte Chekov mit einem fragenden Blick, und der Russe nickte nur. »Weiter so.«

Fast genau eine Stunde später verlor Sulu das Bewußtsein. Er reagierte einfach nicht mehr, als ihm Chekov neue Kursdaten nannte, kippte langsam zur Seite. Kirk sprang auf, hielt ihn fest und verhinderte, daß er zu Boden sank. Chekov und Scott trugen den Steuermann ins Passagierabteil. Dort legten sie ihn in den Mittelgang, auf eine improvisierte Matratze aus Uniformen. Pavel breitete seine Jacke auf der Brust des Reglosen aus.

»Glauben Sie, es hat geklappt?« fragte er leise, als sich McCoy über Sulu beugte und ihm mehrere Injektionen verabreichte.

»Es kommt ganz darauf an, ob das Signalmodul wirklich alle externen Emissionen absorbiert hat und somit den Eindruck eines schwarzen Lochs erweckt«, brummte Scott. »Ich konnte das Gerät nicht testen.«

»Hoffentlich hat Spock in die richtige Richtung gesehen«, fügte Kirk hinzu.

»Hoffentlich ist mir bei den Berechnungen kein Fehler unterlaufen ...«

»Hört endlich auf damit!« knurrte McCoy. Er stapfte zu seinem Platz, setzte sich und schob trotzig das Kinn vor. »Es *hat* geklappt. Und nun seid still. Wir brauchen nur noch ein wenig Geduld.«

Es wurde immer kälter im Shuttle. *Laß uns nicht zu lange warten, Spock,* dachte Kirk.

»Ach, Jim, sieh sie dir an! Sie wirkt wie ... wie ein *Engel!*«

Kirk war so erleichtert, daß ihm fast Tränen in die Augen quollen, und er überhörte McCoys begeisterten Kommentar. Die *Enterprise* füllte nicht nur sein Blickfeld, sondern auch das Herz, ließ für nichts anderes Platz. Auf ihn erweckte das große Raumschiff den Eindruck eines Schwans, der aus einem Märchen zu stammen schien.

McCoys glänzender, blauweißer Engel erschien nur

fünfzehn Minuten nach Sulus Zusammenbruch. Wie eine aufgehende Sonne schwoll sie jenseits der Steuerbordfenster an, zeigte sich zuerst nur als ein Punkt, der bald vertraute Gestalt gewann und Rettung verhieß. Schon seit einer ganzen Weile hatte Kirk sein Schiff nicht mehr von außen betrachtet und daher fast die atemberaubende Schönheit der *Enterprise* vergessen.

Scott hastete durch die *Halley*, schloß Wandfächer und versuchte, Verkleidungsplatten an halb auseinandergenommenen Pulten zu befestigen. »Was für ein Durcheinander!« rief er immer wieder. »Wenn meine Jungs sehen, unter welchen Umständen ich hier gearbeitet habe ... Dann hat es keinen Sinn mehr, von ihnen zu verlangen, am Ende der Schicht aufzuräumen.«

»Wie wollen Sie die fehlenden Sitze erklären?« erkundigte sich McCoy.

Scott stöhnte. »Ich behaupte einfach, den Antrieb mit ihnen repariert zu haben – das bringt mir zusätzlichen Respekt ein.«

»Sagen Sie Ihren Leuten die Wahrheit«, meinte Kirk. »Dadurch bekommen Sie genug Respekt.«

»Sie kennen meine Techniker nicht«, erwiderte Scott. »Sind alle verdammt eingebildet. Sollen Sie ruhig glauben, daß ihr Chef imstande ist, aus beliebigem Schrott ein Raumschiff zu bauen.«

Als die *Enterprise* das Wrack aufnahm, fragte sich Scott, ob er die mit Zahlen bekritzelten Innenwände des Shuttles demontieren oder sie für die Nachwelt aufbewahren sollte. Chekov weigerte sich hartnäckig, seine Meinung zu äußern.

Kurze Zeit später wurde die *Halley* von einer kaum merklichen Erschütterung erfaßt, als sie in der Mitte des Hangars niederging. McCoy sprang sofort auf, eilte zur Schleuse und betätigte dort die Kontrollen. »Scotty!« rief er. »Das Schott öffnet sich nicht!«

»Weil keine Energie zur Verfügung steht«, erklärte der Chefingenieur.

McCoy schlug mit der flachen Hand an die Tür. »Wir haben Verletzte hier drin, verdammt! Wie sollen wir nach draußen gelangen?«

»Spock öffnet die Luke für uns«, sagte Kirk. »Setz dich, Pille. Zuerst muß im Hangar ein Druckausgleich hergestellt werden.«

»Der Vulkanier glaubt vermutlich, wir hätten den ganzen Tag Zeit!« Der Arzt schlug noch einmal an die Tür, schritt dann im Mittelgang auf und ab. »Wahrscheinlich zieht er gar nicht in Erwägung, daß jemand verletzt sein könnte! Zweifellos hält er ›Eile‹ für eine unlogische Aktivität!« Abrupt drehte er sich um, und diesmal hämmerte er mit den Fäusten ans Innenschott. »Hören Sie mich, Spock? Öffnen Sie diese dreimal verfluchte Tür!«

Leonards Zorn schien die bisher fehlende Energie zu liefern, denn plötzlich glitt das Schott beiseite. Warme und gleichzeitig herrlich frische Luft wehte ins Passagierabteil der *Halley*.

Spock stand in der Schleuse. »Guten Tag, Dr. McCoy«, sagte er. »Es freut mich festzustellen, daß die in einer prekären Situation verbrachten letzten achtzehn Stunden ohne Einfluß auf Ihre Umgangsformen geblieben sind.«

»Ach, gehen Sie mir aus dem Weg«, erwiderte der Arzt schroff und schob sich am Ersten Offizier der *Enterprise* vorbei. »Schwester! Besorgen Sie eine Bahre! Und geben Sie der Krankenstation Bescheid – dort soll man alles für eine Operation vorbereiten!«

Der Vulkanier verließ die Luftschleuse und trat ins Innere des Shuttles, blieb neben Kirk stehen, als McCoy mit einer Bahre und einigen Krankenpflegern zurückkehrte. Sulu erwachte, als man ihn hochhob.

»Was ist los?« murmelte er verwirrt. »Wo sind wir?«

»Zu Hause«, antwortete Chekov und lächelte. Er griff nach Sulus Arm, um ihn mit sanftem Nachdruck an dem Versuch zu hindern, sich aufzurichten.

»Wir haben es geschafft!« entfuhr es dem Steuermann. Freude leuchtete in seinen Augen und besiegte den nach wie vor in ihm brennenden Schmerz. »Wir haben es tatsächlich geschafft! Himmel, dafür sollten wie eine Auszeichnung bekommen!«

Chekov lachte und sorgte dafür, daß sich Sulu wieder hinlegte. »Ich gebe mich damit zufrieden, am Leben zu sein.«

»Womit Sie einen Zustand beschreiben, der nicht von Dauer sein muß, Lieutenant«, sagte McCoy. Als ihm der Sicherheitsoffizier einen verwunderten Blick zuwarf, fügte er hinzu: »Ich beabsichtige, diesen Patienten zur Krankenstation zu bringen. Treten Sie entweder beiseite oder begleiten Sie uns – aber stehen Sie nicht länger im Weg.«

»Entschuldigen Sie, Doktor.« Chekov machte rasch Platz. »Ich besuche Sie später«, versprach er Sulu, als ihn die Pfleger nach draußen trugen.

Der Steuermann nickte nur.

Chekov folgte der Bahre nach draußen, und einige aufgeregte Techniker kamen herein. »Rührt die Wände nicht an!« donnerte Scott, als jemand mit dem Fingernagel über die Gleichungen kratzte, um festzustellen, ob sie sich wieder entfernen ließen. »Ich habe noch nicht entschieden, was daraus werden soll.«

»Ich bitte Sie, Mr. Scott ...« Der betreffende Techniker blinzelte erstaunt. »Sie können sich das hier wohl kaum einrahmen und an die Wand hängen.«

Zum Glück ist Chekov gegangen, dachte Kirk. *Es würde ihm bestimmt nicht gefallen, so etwas zu hören.*

»Auf der Brücke erwartet Sie ein detaillierter Bericht über meine Aktivitäten während Ihrer Abwesenheit, Captain.«

Spocks Stimme erinnerte Jim an die Präsenz des Ersten Offiziers. »Danke, Mr. Spock – tüchtig wie immer.« Er rutschte im Sessel ein wenig zur Seite und neigte den Blick nach oben. »Ich nehme an, es kam zu keinen besonderen Zwischenfällen, oder?« fragte er, und dabei gelang es ihm, so gelassen zu sprechen, als sei überhaupt nichts passiert.

Das Gesicht des Vulkaniers blieb ausdruckslos, aber der Glanz in den dunklen Augen schien sich ein wenig zu verändern. »In der Tat, Captain – sieht man einmal vom Verschwinden der *Halley* und unserer Suche nach ihr ab. Leider sind unsere Bemühungen, mit der Gruppe Venkatsen Kontakt aufzunehmen, bisher erfolglos geblieben.«

Kirk verzichtete auf den Hinweis, daß er Venkatsen ganz vergessen hatte.

Der Vulkanier ließ einen kühlen Blick durchs Innere des Shuttles schweifen, und Jim folgte seinem Beispiel, nahm das Ausmaß der Zerstörung zum erstenmal bewußt zur Kenntnis. »Ein ziemliches Durcheinander, nicht wahr?«

»*Ihr* Bericht in Hinsicht auf die Ereignisse der vergangenen achtzehn Stunden dürfte sehr interessant sein«, entgegnete Spock.

»Ein Bericht könnte unseren Erlebnissen überhaupt nicht gerecht werden.« Kirk lachte leise und stand auf. »So etwas sollte man keinem Logbuch überlassen; es taugt mehr für die Märchenstunde.« Spock überraschte den Captain, indem er ihm den Arm anbot. Jim wollte sich zunächst nicht darauf stützen, doch nach zwei taumelnden Schritten überlegte er es sich anders. »Nun, Mr. Spock... Wer soll führen? Sie oder ich?«

»Captain?« fragte der Vulkanier verwundert.

Kirk lächelte. »Lassen Sie es mich folgendermaßen ausdrücken: Ich schätze, als Tänzer würden Sie es nicht weit bringen.«

»Wie Sie meinen.«

Jim zwinkerte im hellen Licht des Hangars, als er langsam über die Rampe des Shuttles humpelte. Er fragte sich, ob er wirklich geglaubt hatte, die *Enterprise* nie wiederzusehen, ob er tatsächlich bereit gewesen war, die Hoffnung aufzugeben. Die Genugtuung in ihm schien eine deutliche Antwort auf diese Fragen zu geben. »Nichts ist unmöglich.«

Spock warf ihm einen neugierigen Blick zu. »Wie bitte?«

»Habe ich Ihnen jemals erzählt, welche Lösung ich für den *Kobayashi-Maru*-Test gefunden habe, Spock?«

»Nein, ich glaube nicht, Captain.« Der Vulkanier wölbte eine Braue. »Darf ich Ihren Worten entnehmen, daß es Ihnen gelang, bei jenem Szenario eine Niederlage zu vermeiden, Captain?«

Kirk nickte. »Sie dürfen.«

»Ihre Lösung ...« Spock zögerte kurz. »Hat sie etwas mit den Geschehnissen an Bord der *Halley* zu tun?«

»Und ob«, erwiderte Jim leise. Er streckte den Arm und berührte die kühle, elfenbeinfarbene Wand des *Enterprise*-Hangars, bevor er sich von Spock in den Korridor führen ließ.

STAR TREK™

Judith & Garfield Reeves-Stevens, Die erste Direktive · 06/5051
Michael Jan Friedman, Das Doppelgänger-Komplott · 06/5067
Judy Klass, Der Boacozwischenfall · 06/5086
Julia Ecklar, Kobayashi Maru · 06/5103
Peter Morwood, Angriff auf Dekkanar · 06/5147 (in Vorb.)
Carolyn Clowes, Das Pandora-Prinzip · 06/5167 (in Vorb.)

STAR TREK: DIE NÄCHSTE GENERATION:

David Gerrold, Mission Farpoint · 06/4589
Gene DeWeese, Die Friedenswächter · 06/4646
Carmen Carter, Die Kinder von Hamlin · 06/4685
Jean Lorrah, Überlebende · 06/4705
Peter David, Planet der Waffen · 06/4733
Diane Carey, Gespensterschiff · 06/4757
Howard Weinstein, Macht Hunger · 06/4771
John Vornholt, Masken · 06/4787
David & Daniel Dvorkin, Die Ehre des Captain · 06/4793
Michael Jan Friedman, Ein Ruf in die Dunkelheit · 06/4814
Peter David, Eine Hölle namens Paradies · 06/4837
Jean Lorrah, Metamorphose · 06/4856
Keith Sharee, Gullivers Flüchtlinge · 06/4889
Carmen Carter u. a., Planet des Untergangs · 06/4899
A. C. Crispin, Die Augen der Betrachter · 06/4914
Howard Weinstein, Im Exil · 06/4937
Michael Jan Friedman, Das verschwundene Juwel · 06/4958
John Vornholt, Kontamination · 06/4986
Mel Gilden, Baldwins Entdeckungen · 06/5024
Peter David, Vendetta · 06/5057
Peter David, Eine Lektion in Liebe · 06/5077
Howard Weinstein, Die Macht der Former · 06/5096
Michael Jan Friedman, Wieder vereint · 06/5142 (in Vorb.)
T. L. Mancour, Spartacus · 06/5158 (in Vorb.)

STAR TREK: DIE ANFÄNGE:

Vonda N. McIntyre, Die erste Mission · 06/4619
Margaret Wander Bonanno, Fremde vom Himmel · 06/4669
Diane Carey, Die letzte Grenze · 06/4714

STAR TREK: DEEP SPACE NINE:

J. M. Dillard, Botschafter · 06/5115
Peter David, Die Belagerung · 06/5129 (in Vorb.)
K. W. Jeter, Die Station der Cardassianer · 06/5130 (in Vorb.)

DAS STAR TREK-HANDBUCH:

überarbeitete und aktualisierte Neuausgabe!
von *Ralph Sander* · 06/4900 und 06/5150 (in Vorb.)

Diese Liste ist eine Bibliographie erschienener Titel
KEIN VERZEICHNIS LIEFERBARER BÜCHER!